ullstein

Das Buch

Nichts verändert eine Familie mehr als ein krankheitsbedingter Ausfall der Frau, ohne die nichts funktioniert. Die den Motor schmiert und den Laden am Laufen hält.

Doch daran wird Ellen, Mutter, Hausfrau, Ehefrau und Journalistin (in dieser Reihenfolge!), gehindert, als sie nach einer Fuß-OP eine Weile ans Bett gefesselt ist.

Vom ersten Tag an geht alles schief: Der Haushalt versinkt im Chaos, der Ehemann macht lieber Bauchmuskeltraining als die Betten. Da hilft es auch wenig, wenn Vater und Sohn sich bemühen, Ellen nach ihren Vorstellungen kulinarisch zu verwöhnen.

Ellen beschließt, endlich andere Saiten aufzuziehen und das Familienleben wieder in Ordnung zu bringen. Mit dem Resultat, dass alles noch schlimmer wird, denn nicht nur Ellens Extremitäten, sondern auch ihre Ehe leidet unter Verschleiß und muss dringend kuriert werden.

Die Autorin

Renée Karthee schreibt Drehbücher, ist Autorin zahlreicher Jugendbücher und hat 13 Jahre lang als Redakteurin beim STERN gearbeitet. Sie lebt zusammen mit ihrem Mann und ihrem Sohn in Hamburg.

Renée Karthee

Aller Anhang ist schwer

Roman

Ullstein

Besuchen Sie uns im Internet:
www.ullstein-taschenbuch.de

Mix
Produktgruppe aus vorbildlich bewirtschafteten Wäldern und anderen kontrollierten Herkünften
www.fsc.org Zert.-Nr. GFA-COC-001278
© 1996 Forest Stewardship Council

Dieses Taschenbuch wurde auf FSC-zertifiziertem Papier gedruckt. FSC (Forest Stewardship Council) ist eine nichtstaatliche, gemeinnützige Organisation, die sich für eine ökologische und sozialverantwortliche Nutzung der Wälder unserer Erde einsetzt.

Originalausgabe im Ullstein Taschenbuch
1. Auflage Juni 2010

Umschlaggestaltung: HildenDesign, München
Titelabbildung: © imagestock/iStockphoto
Satz: LVD GmbH, Berlin
Gesetzt aus der Helvetica und Times New Roman
Papier: Pamo Super von Arctic Paper Mochenwangen GmbH
Druck und Bindearbeiten: CPI – Ebner & Spiegel, Ulm
Printed in Germany
ISBN 978-3-548-28198-8

Für meine Männer

Kolumne

von Ellen Kohlmey

Sind Sie krank? Oder beabsichtigen Sie, es zu werden? Wir reden hier nicht von einem Schnupfen. Von Kater oder einem Mausarm (worunter in diesem Fall nicht die Extremitäten des Nagetiers gleichen Namens zu verstehen sind, sondern die schmerzhafte Entzündung des Unterarms und dessen Muskulatur durch regelmäßiges Benutzen einer Computermaus). Ziemlich angesagte Krankheit im Moment unter Sekretärinnen und Redakteuren. Sehnenscheidenentzündung ist out. Das Karpaltunnelsyndrom rangiert nur noch im Mittelfeld. Aber darum geht es hier nicht. Wir reden von längerer und lästiger Bettlägerigkeit. Wenn Sie das erwartet, sollten Sie Ihre Auszeit akribischer planen als die Römer ihren Alpenfeldzug im Jahr 15 vor Christus Richtung Germanien. Nehmen wir also mal an, Sie werden bald flachliegen:

Laden Sie Ihre Freundinnen vorher zu einer Tupperparty ein! Achten Sie rechtzeitig darauf, dass alle anwesenden Damen es in Sachen Küchenkunst mindestens mit einem Sternekoch aufnehmen können und dass sie genug Behälter ordern, um Ihnen und Ihrer Familie in den nächsten Wochen reichlich Nahrung zu bringen. Sehr zweckmäßig: Thermo-Duo (hält das Essen warm) und UltraPlus (aus dem Backofen frisch auf Ihren Tisch!). Besser noch: direkt an Ihr Bett! Denn das wird in den nächsten Tagen oder Wochen der Mittelpunkt der Welt sein. Ob das Ihrer Umwelt nun passt oder nicht.

Außer Essen sollten Sie sich von Ihren Freundinnen regelmäßig ein paar Flaschen Prosecco spendieren lassen und ein paar Heftchen, die mies genug sind, die Problemzonen der Promis zu verhöhnen. Es gibt nichts Heilsameres als Dellen im Hintern von Kate Moss. Sie hassen Alkohol und Klatsch? Dadurch geben Sie sich leider als Spaßbremse zu erkennen und verdienen es nicht, gesund zu werden.

Trotz guter Freundinnen ist es ratsam, den Gatten zu einem Haushaltskurs für Männer anzumelden. (Immer mal wieder veranstaltet die Volkshochschule Kempten im Allgäu das Seminar »Das bisschen Haushalt – Fit für das eigene Heim«. Bisschen weit weg, sollten Sie meinetwegen in Greetsiel an der ostfriesischen Nordseeküste wohnen, aber räumliche Distanz hat einer Beziehung bekanntlich noch nie geschadet.) Die achtundzwanzig Euro für den Kurs sind besser angelegt als ein Chanel-Lippenstift, glauben Sie mir!

Sollte Ihr Mann sich weigern, in Bayern bügeln zu lernen, und sollten Ihre Freundinnen nicht in der Lage sein, für Sie eine Dorade in der Salzkruste zu zaubern, haben Sie in Ihrem Leben einiges falsch gemacht. Aber das ist jetzt nicht mehr zu ändern. Sorgen Sie wenigstens dafür, dass Ihre Rekonvaleszenz nach einem eventuellen Klinikaufenthalt in eine Zeit fällt, in der Ihre Nachbarn verreist sind. Es könnte laut werden, da Sie sich ziemlich häufig mit Ihrem Mann streiten werden. Das ist so unvermeidlich wie Trockenheit in der Wüste.

Erkundigen Sie sich vor Ihrem krankheitsbedingten Ausfall nach sinnvollen Innovationen für den Haushalt. Darunter fallen nicht unbedingt Küchenaccessoires wie Porzellanbögen für spanische Pincho-Spießchen, Silikonbackformen für kugelrunde Kürbiskuchen oder ein Kurbelschaber auf Holz unter Glas (auch Girolle genannt), mit dem man luftige Schokoladenröschen zum Erblühen bringen kann. Diese Dinge sind überflüssig im Haushalt (was sie übrigens mit vielen Männern gemeinsam haben). All das brauchen Sie nicht, weil niemand in Ihrer Familie auf die Idee kommen wird, Sie mit Pistazien-Zartbitter-Rosetten zu verwöhnen. Das schminken Sie sich ab. Auf der Stelle. Was Sie brauchen, ist jemand Handfestes, der einkaufen kann. Leider können das die wenigsten Männer. Bedauerlicherweise sind aus evolutionärer Sicht immer noch wir Frauen zuständig für das Sammeln und Horten von Lebensmitteln. Früher gingen Männer wenigstens auf die Jagd. Doch die Gelegenheiten, zu denen sie uns heute ein Wildschwein auf die Fußmatte legen, sind selten geworden.

Männer haben Probleme damit, sich im Supermarkt zu orientieren. Deshalb ist die Erfindung eines Supermarktnavigators vermutlich nur noch eine Frage der Zeit. Dieses Ding würde eine Menge Probleme lösen. Stellen Sie sich vor, Sie geben die Koordinaten ein, an denen sich die von Ihnen bevorzugten Produkte befinden. In etwa so: Kochbeutelreis. Rewe 47° 35.53' N 007° 39.32' E. Und schon wird Ihr Liebster problemlos durch den Supermarkt gelotst. »Biegen Sie am Nudelregal links ab, wenden Sie Ihren Kopf nach rechts und gehen Sie leicht in die Hocke, bis Sie sich auf Augenhöhe mit Uncle Ben's befinden!«

Eigentlich sind Sie ganz gut dran, wenn Sie genügend Zeit haben, Ihre Bettlägerigkeit zu planen. Also stellen Sie sich nicht so an! Sie können vorher in aller Ruhe Ihren Nachttisch und Ihren Kühlschrank vollpacken. Sie können Bücher und Blätterkrokantpralinen horten, wenn Sie es nicht lassen können, auch ein paar Flaschen Bordeaux – und sich in aller Ruhe um Stapel von Zeitschriften und einen sexy Fensterputzer kümmern.

Wie böse erwischt es jene, die beim – sagen wir mal Schlittschuhlaufen – stürzen, sich wundern, woher das Geräusch eines knackenden Astes kommt, da doch gar keine Bäume auf dem Eis stehen, bevor sie kapieren, dass das gerade ihr Schienbein war. Die kurz darauf aus der Narkose erwachen, frisch operiert, um zwei Titanplatten und sechzehn Schrauben im Unterschenkel reicher – und um die Erfahrung: Der normale Mensch ist nicht für die Biellmann-Pirouette gemacht, da der normale Mensch sich eben nicht auf einem Bein (stehend auf dem Eis) mit der Hand an der Kufe des anderen (frei in der Luft) wie eine Spirale in den Himmel schrauben kann.

Wem das passiert, der ist zu bedauern. Krank ohne Vorbereitung ist wie schwanger nach einem Seitensprung: Es passt einem überhaupt nicht in den Kram.

Doch darüber sollten sich alle im Klaren sein, ob sie nun Mütter, Ehefrauen oder Geliebte sind. Männer können mit kranken Frauen nichts anfangen. Gut, es wird Ausnahmen geben. Es gibt immer Ausnahmen. Aber von denen wollen wir hier nicht reden. Noch nicht. Später mal. Vielleicht. Wenn wir gute Laune haben und über unser eigenes Schicksal lachen können. Über Ihre Unpässlichkeit freut sich bei Ihnen daheim nur eine bis dato von Ihnen heldenhaft bekämpfte Spezies: die Hausstaubpartikel, die sich endlich ungehindert in wärmenden Rudeln (Wollmäuse genannt) unter den Betten und in den Ecken zusammenrotten und es sich so richtig gemütlich machen können.

Vielleicht machen Sie vor dem Ernstfall spaßeshalber einen kleinen Test. Sie sollten allerdings das Wort Haushalt in diesem Zusammenhang vermeiden. Das Wort Haushalt hat auf Männer eine ähnlich unerotische Wirkung wie das Wort Kondomallergie. Auch Kinder können mit dem H-Wort herzlich wenig anfangen. Sind Ihre Kinder noch kleiner, kann man dem Test lustige Namen geben wie Willi Wischer. (Warum, glauben Sie, gibt es einen Kloreiniger, der auf den putzigen Namen WC-Ente hört?) Pubertieren sie im Moment munter vor sich hin, sollten Sie einen Zahn zulegen. Wie wäre es mit Giga-General? (Marketing kann auch hier nicht schaden.) Fangen Sie mit einfachen Dingen an! Fragen nach dem besten Rezept für Melonen-Wildrosen-Sorbet und nach Arbeitsvorgängen wie Aprikotieren, Bardieren, Blanchieren, Deglacieren, Fäsandieren, Sautieren, Tournieren und Ziselieren verschrecken nur die fröhliche Raterunde. Auch sollte es Sie nicht irritieren, wenn Ihr Mann bei dem Wort Eierstich weniger an eine Suppeneinlage denkt als an die vorwitzige Mücke im letzten Mallorca-Urlaub.

Doch wenn Ihre Lieben wissen, dass man unter Miracoli ein Pastagericht versteht und nicht den Sohn des Asterix-Druiden Miraculix, lässt das für die kommenden Wochen hoffen. Sollten sie allerdings für das Aufhängen von fünf Teilen Bettwäsche länger benötigen als Christo für die Verhüllung des Berliner Reichstags, haben Sie verdammt schlechte Karten! Andererseits: Männer kommen in der Regel nicht auf die Idee, die Betten frisch zu beziehen. Also wird bei Ihnen in den nächsten Wochen auch keine Bettwäsche anfallen. Das beruhigt doch! Irgendwie. Oder nicht?

Schnee von gestern, sagen Sie? Alles Vorurteile, so altbacken wie der Frankfurter Kranz Ihrer Oma? Sie glauben wirklich, der Mann von heute wirbelt im Job – und wischt nach Dienstschluss? Haben Sie eine Ahnung! Wirtschaftsforscher sprechen von der »Hausarbeitsfalle« und schimpfen, dass selbst vollzeitbeschäftigte Frauen immer noch deutlich mehr Zeit für den Haushalt aufwenden als ihre vollzeitbeschäftigten Männer. Sie wissen, was das heißt? Ihr Mann nimmt am Feierabend die Fernbedienung, Sie das Fensterleder. Kein Mann greift eher zum Kloreiniger, nur weil der als Kraftprotz in einer schwarzen Plastikflasche daherkommt, sehnig und stark wie ein Händedruck von Dr. Klitschko Eisenfaust, und sich Harpic Max Power nennt.

Von den fast fünfzig Prozent der Männer, die regelmäßig putzen, so stand es neulich in der »Brigitte«, nimmt sich kaum jemand mal das WC vor. Warum nicht? Hängen Männer so an ihrem Urinstein? Und wenn sie putzen, so seufzte »Brigitte«, geschieht es leidenschaftslos. Es sei denn, sie putzen das, was ihnen ans Herz gewachsen ist. Autos. Computer. Ihren Grill. Dann kommen Gefühle ins Spiel. Emotionen. Da geraten sie in Wallung, beweisen Feingefühl und Tastsinn. Dann geht es plötzlich.

Männer wollen spielen. Und sie wollen Lärm machen. Wie sonst ist es zu erklären, dass sie so gern am Samstag den Rasenmäher anschmeißen? Es gibt einen ganz simplen Grund. Das Ding hat einen Motor. Klar, den besitzt ein Staubsauger auch. Aber gegen einen Traktorrasenmäher (zwei Zylinder, 24 PS), der aussieht wie eine grimmige Bulldogge, ist selbst ein flotter Miele Tango Plus ein armer Schlucker. Damit der Staubsauger nicht länger ein Dasein als Technik-Trottel fristen muss und endlich von Männern geliebt wird, hat ein britischer Hersteller jetzt das Model Motorhead auf den Markt gebracht. Das spricht den Heavy-Metal-Fan und den Rocker an, der im Herzen so manches Raiffeisenbankfilialleiters schlummert. Ganz schön clever, oder? Ob es was nützt?

Effektiver ist da vielleicht die Erwähnung berühmter Sportler in Verbindung mit Hausarbeit. »Weißt du eigentlich, Schatz, was dieser Skispringer Martin Schmitt am liebsten tut?«

»Skispringen?«

»Kochen.«

Vielleicht ist es eine dreiste Lüge, zu behaupten, Ballacks Hobbys seien das Backen von körnigem Brot namens Bauernkruste und das Bügeln von Hemdenknopfleisten, aber der Zweck heiligt wie so oft die Mittel.

Am ehesten kriegt man Männer an die Arbeit, wenn man ihnen mit Sexentzug droht. »Du willst nicht italienisch kochen, Liebling? Dann habe ich keine Lust auf Französisch. Excusez-moi!«

Hausarbeit ist gut für Sex. Das behauptet ausgerechnet ein Mann. Dr. Joshua Coleman, Psychologe aus den Staaten. Nichts törnt eine Frau so an wie ein putzender Mann. Sagt der. Im Prinzip hat also ein Mann mit Staubtuch auf Frauen eine ähnlich aphrodisierende Wirkung wie Frauen mit Stöckelschuhen auf Männer. Der Mann putzt. Die Frau trägt Pumps. Alle wären glücklich. Es könnte so einfach sein.

Ist es aber nicht.

Wie, bitte schön, soll das erst klappen, wenn Sie komplett ausfallen? Wenn sich alles verändert. Ihre Wohnung. Ihre Ehe. Ihr Selbstwertgefühl. Denken wir nur noch mal an unsere arme Schlittschuhläuferin! Es ist nicht witzig, mit einem Bein herumzuhumpeln, das durch all die Ersatzteile im Schenkel plötzlich das Gewicht einer Eisenpresse vom Schrottplatz der Ludolf-Brüder hat. Es macht auch keinen Spaß, nach einer Operation an sich hinunterzugucken und auf Thrombosestrümpfe zu starren, die uns die nächsten drei Wochen durch unser Leben begleiten und unsere Beine aussehen lassen werden, als habe ein Sauerländer Metzgermeister sie in weißen Dauerwurstdarm gepresst. Sie haben also doch allen Grund zu jammern!

Besonders weh tun in diesem Zusammenhang Fernsehsendungen, bei denen aus der Kehle des Gatten knödelige Seufzer dringen (»The Girls of The Playboy Mansion«) und Fragen des Juniors wie »Mama, warst du früher auch mal schön?« (»Germany's Next Topmodel – by Heidi Klum«). Solche Sendungen sollten in der Zeit Ihrer Krankheit bei Ihnen zu Hause auf dem Index stehen. Der Junior sollte »Terra X« gucken oder die »Geo-Reportage« auf ARTE (wie wäre es mit »Die Bambusbahn von Kambodscha«?), der Ehemann künstlerisch wertvolle Filme wie »Dialog mit meinem Gärtner«.

Sie können ja, wenn Ihnen das zu langweilig ist, in der Zeit einen Dialog mit Ihren Lieblingspralinen führen und in den Klatschzeitschriften blättern, die Ihnen Ihre Freundinnen vorbeigebracht haben. Ein frischer Blumenstrauß alle paar Tage ist auch nicht schlecht. Sie sollten sich allerdings darüber im Klaren sein, dass niemand sie pflegen wird. Das gilt für die Blumen – und für Sie.

Aber Kopf hoch! Es wird schon wieder! Sie schaffen das! Sobald Sie wieder gesund sind, werden Sie allerdings um ein paar unbequeme Fragen nicht herumkommen. Sollte Ihre Ehe in die Brüche gegangen sein wie das Schienbein bei der Biellmann-Pirouette, wie würden Sie später einmal einen neuen Mann bei sich aufnehmen? Ambulant? Oder stationär? Und wenn Ihre Ehe es überstanden hat, wie behandeln Sie in Zukunft Ihre Lieben? Kasse? Oder Privat? (Unter uns: Kasse und ambulant macht am wenigsten Scherereien. Aber das müssen Sie natürlich selbst wissen.)

Ihnen auf jeden Fall baldige Genesung! Und gute Besserung für Ihre Familie. Die hat's nötig.

1.

Das Prostpflaster

Es ist ein Abend Ende Januar. Schnee fällt von einem schwarzen Himmel. Ich stehe am Fenster. Die Dielen unter meinen Füßen knarren. Kälte kriecht durch die Ritzen. Ich trage eine dunkle Jeans und einen grauen Rollkragenpullover, ich habe mein frisch gewaschenes Haar unter einem Handtuch versteckt, und ich habe 235 Gramm Schokolade im Bauch. Es hat noch nicht mal fünf Minuten gedauert, den Weihnachtsmann zu verspeisen. Er war der einzige, der das Fest vor ein paar Wochen überlebt hat. Er gehörte meinem Sohn. Ich habe kein schlechtes Gewissen. Morgen werde ich operiert, und ich bin nicht sicher, wann ich wieder etwas zu essen kriege. Ich wende mich vom Fenster ab, drehe mich um und gehe auf mein Bett zu. Ich bin so weit. Eigentlich. Wenn man mal davon absieht, dass ich noch nicht gepackt, nicht geputzt und nicht mein Testament gemacht habe. Vielleicht sollte ich ein paar Kerzen anzünden. Kerzen tun immer gut, wenn die Aussichten düster sind. Und das sind sie.

Es ist sieben Uhr abends. Noch zwölf Stunden. Auf dem Bett liegt aufgeklappt mein Koffer. Ein großer Koffer. Viel zu groß für ein paar Tage Krankenhaus. Länger werde es nicht dauern, hat man mir gesagt. Drei Tage. Vielleicht vier. Das ist natürlich Quatsch! Vermutlich gibt es Komplikationen, und ich werde nicht unter drei Wochen in der Klinik bleiben. Patienten lügen (sagt Dr. House). Ärzte auch (sage ich). Mein Blick fällt auf den Stapel mit Bademänteln. Welcher eignet sich am besten? Gelber Waffelpikee? Wo werde ich morgen liegen?

In einem Wellnesstempel?

Auf der Aufwachstation.

Waffelpikee ist also eine absurde Idee! Schwarzer Satin mit goldenen Sternen? So steigen vielleicht bulgarische Bantamgewichtsboxer in den Ring. Aber ziehen so auch Patienten in den Kampf? Ich sollte im Krankenhaus anrufen und die Schwestern fragen. Ich greife zum Telefon.

»Schwester Ulrike, Station 2 A!«

»Guten Abend, Schwester Ulrike! Hier spricht Ellen Kohlmey«, sage ich. Nein, ich sage es nicht. Ich flöte. Zirpe. Trillere. Ich habe genau den Klang in der Stimme, mit dem ich mich für Geschenke bedanke, über die ich mich *nicht* freue, wie den trommelnden Weihnachtsmann mit USB-Anschluss von meinem Mann und den Pyjama von meiner Schwiegermutter, dunkelblaue Tupfen auf weißem Grund, Größe 46, Frechheit, schönen Dank auch!

Ich will diese Schwester schon jetzt auf meine Seite ziehen. Sie soll meine Verbündete werden. Sie soll wissen, dass morgen die reinste Vorzeigepatientin zu ihr auf die Station kommt. Ein Ausbund an Geduld. Eine Seele von Mensch. Jetzt schon bemüht, alles richtig zu machen. Sogar bei der Wahl des Morgenmantels. (Vielleicht richtet sie es dann so ein, dass die Fernbedienung für den Fernseher auf meinem Nachttisch liegt und nicht auf dem meiner Bettnachbarin. Ich wünsche mir so sehr einen Fernseher. Und so wenig eine Bettnachbarin.)

»Sie haben doch Ihre Erfahrungen, Schwester Ulrike. Ein schöner Name übrigens.«

Keine Reaktion. Dumme Nuss!

»Zu welchem Morgenmantel würden Sie mir für die Dauer meines Aufenthaltes bei Ihnen raten?«

»Bitte?«

»Ich meine, welches Material fördert am ehesten das Wohlbefinden des Patienten und stört am wenigsten das ästhetische Gesamtbild auf Ihrer Station?«

»Sind Sie nicht die Patientin, die heute schon zweimal angerufen hat? Wollten Sie nicht heute Morgen schon von meiner Kollegin wissen, ob sie wasserfeste Wimperntusche während der OP empfehlen würde?«

»Äh, ja, nun …«

»Und haben Sie nicht heute Nachmittag meine andere Kollegin gefragt, ob es einen Multimediaraum hier in der Klinik gibt, in dem man Videobotschaften für die Hinterbliebenen aufnehmen kann?«

»Äh, ja, nun …«

»Kann es sein, dass Sie nervös sind?«

»Überhaupt nicht!«

»Ist das Ihre erste OP?«

»Natürlich nicht. Ich habe einen Sohn.«

»Kaiserschnitt?«

»Nein, aber es hätte ja sein können, nicht wahr?«

»Es *ist* also Ihre erste Operation?«

»Mit sechzehn hat man mir den Blinddarm rausgenommen.« Ich lache. »Ich bin Profi.«

»Sie brauchen keine Angst zu haben. Das morgen ist Routine.«

So direkt braucht sie das nun wirklich nicht zu sagen. Welche Frau ist schon gerne Routine?

»Trinken Sie was zur Beruhigung!«, rät Schwester Ulrike.

»Sie meinen ein Glas Wein?«

»Keinen Alkohol. Eine Tasse Kräutertee oder ein Glas Wasser. Bis 22 Uhr dürfen Sie noch. Ab dann müssen Sie nüchtern bleiben.«

Was glaubt die eigentlich, was man mit Malventee oder Mineralwasser im Bauch ist?

»Und essen sollten Sie ab 20 Uhr nichts mehr!«

»Kein Problem!«, sage ich. »Und welchen Morgenmantel soll ich nun einpacken?«

»Haben Sie keinen Bademantel? Aus Frottee?«

»Doch. Aber der ist weiß.«

»Was ist gegen Weiß einzuwenden?«

»Das tragen doch schon die Ärzte. Und Schwestern.«

»Sie gehen nicht zu einer Hochzeit, bei der alle Frauen in Weiß der Braut Konkurrenz machen«, sagt Schwester Ulrike. »Schönen Abend noch!«

Die hat Nerven! Schöner Abend! Ich bin Routine, und ich habe Angst. Ich darf nur noch Wasser oder Tee trinken, und das auch nur bis zehn, und ich habe immer noch nicht gepackt, geputzt und mein Testament gemacht. Langsam wird es Zeit! Aber jetzt werde ich mir erst mal einen Tee machen. Tee beruhigt! Und passt prima zur Jahreszeit. Es schneit noch immer. Feine Flocken tänzeln durch die Luft. Der Bürgersteig vor unserem Haus ist weiß wie ein frisch gewaschener Arztkittel (was mich daran erinnert, dass ich jetzt endlich packen sollte, anstatt am Fenster zu stehen und hinauszuschauen). Ich hasse Packen! Man kommt entweder zu der Erkenntnis, dass man gar nichts hat – oder zu viel. Beides ist schlecht.

Ich gehe in die Küche und setze Teewasser auf. Mein Blick fällt auf die geöffnete Rotweinflasche auf dem Küchenschrank. Ich zögere. Dann gieße ich mir ein kleines Glas ein. Ein etwas größeres kleines Glas. Mein Mann betritt die Küche.

»Du wirst nicht im Ernst vor deiner OP Alkohol trinken, oder? Willst du dich umbringen?«

»Das hat die Schwester eben am Telefon ausdrücklich empfohlen«, sage ich. »Das raten sie allen Patienten. Es beruhigt, man schläft besser, und es ist gut für die Gelenke.«

»Das habe ich noch nie gehört«, sagt mein Mann.

»Rotwein ist Medizin«, sage ich.

Jonas kommt in die Küche. Jonas ist zwölf, hat neulich sein erstes Achselhaar entdeckt und ist unser Sohn. Auf der Entwicklungsleiter balanciert er im Moment irgendwo im finsteren Niemandsland zwischen Playmobil und Pubertät.

»Wann kann ich zu Max?«, fragt er.

»Ich bringe dich jetzt hin«, sagt Kai. »Dann kann Mama in Ruhe packen.«

»Tschüs, Mama«, sagt Jonas. »Du machst das schon.«

»Klar.« Ich drücke ihn an mich. »Nur die Harten kommen in den Garten.«

»Doofer Spruch!«, sagt Jonas. »Manchmal bist du echt peinlich.«

Er gibt mir einen Kuss auf die Wange. Immerhin. Ein Kuss von einem Zwölfjährigen ist in der Regel so selten wie Sumpfenzian.

»Lieb von Max' Mutter, dass du heute Nacht bei ihnen schlafen kannst. Da müssen wir dich morgen nicht so früh wecken. Du kannst ausschlafen und mit Max zur Schule gehen«, sage ich.

Jonas guckt auf mein Weinglas. »Brauchen Mütter auch Trostpflaster?«

»Prostpflaster«, sagt Kai. Sein Lachen klingt trocken.

Vier Stunden (und drei Glas Wein) später habe ich meinen Koffer gepackt und die Wohnung geputzt. (Da ich nicht mehr ganz nüchtern bin, habe ich beschlossen, auf das Testament zu verzichten. Alkohol macht mich sentimental, und ich könnte Gefahr laufen, jemandem etwas zu vererben, der es gar nicht verdient. Ich könnte in Versuchung kommen, so etwas zu schreiben wie: ›*Und meinen Mann kriegt meine Cousine Simone, weil sie sowieso auf allen Partys hemmungslos mit ihm flirtet und ständig von seinem durchtrainierten Körper schwärmt.*‹ Nicht wissend, wie entwürdigend es ist, ein Stück Schwarzwälder Kirsch zu essen, während der Mann deines Lebens vor deinen Augen gerade die vierhundertste Rumpfbeuge des Tages macht.)

»Was soll die Putzerei, bevor du ins Krankenhaus gehst?«, holt mich Kais Stimme aus meinen Gedanken. »Es kann dir völlig egal sein, wie es hier aussieht. Du bist doch gar nicht da.«

»Aber allein die Vorstellung, wie es hier aussehen könnte, macht mich krank. Noch kränker, als ich ohnehin schon bin.«

»Du bist nicht krank. Das morgen ist ein Klacks.«

»Wenn du dich da mal nicht irrst!«, schnaube ich.

Es ist nicht zu fassen! Mein Mann bezeichnet das, was mir bevorsteht, als »Klacks«. Klacks klingt so fluffig wie ein Löffel Schlagsahne auf warmem Pflaumenkuchen. Möchte man nicht am Abend vor einer Vollnarkose Sätze hören wie: »Ich werde der Letzte sein, den du vor dem Einschlafen siehst, und der Erste, wenn du wieder aufwachst, Engel«?

Möchte man nicht rote Rosen, Nougatherzen, Düfte mit so romantischen Namen wie *Black Orchid* und einen Liebesbrief von der Länge eines Bahnsteigs zugesteckt bekommen (›*Du warst die Liebe meines Lebens*‹, wobei das Imperfekt vielleicht ein bisschen verfrüht wäre)?

Ich seufze. Laut und deutlich.

»Ich habe auch nie kapiert«, fährt Kai ungerührt fort, »weshalb man einen Tag vor dem Urlaub die Fenster putzen muss.«

»Weil es sein kann, dass man nicht zurückkommt«, sage ich.

»Warum sollte man nicht zurückkommen?«, sagt Kai.

»Weil man vielleicht mit dem Flugzeug abstürzt.«

»Wen juckt es dann noch, ob man durch die Fenster gucken kann?«

»Die Leute, die die Wohnung auflösen«, sage ich. »Die armen Menschen, die mein 124-teiliges Keramikgeschirr aus der Bretagne hinaustragen und Jonas' E-Gitarre und dein Rennrad.« Ich muss schlucken. Meine Augen werden feucht. Wenn ich so weitermache, höre ich gleich in Gedanken die Trauerrede des Pfarrers. Ich reiße mich zusammen. Es gibt noch viel zu erledigen. Ich muss dem Chaos vorbeugen.

Wie?

Mit kleinen gelben Post-it-Zetteln.

Als ich damit beginne, die Wohnung vollzupflastern (›Denkt an Jonas' logopädische Übungen, Zunge gegen Spatel!‹), protestiert Kai. »Was soll dieser Unsinn?«

»Was für'n Unsinn?«

»Diese Zettel überall.«

»Das ist ein prima System, um miteinander zu kommunizieren, wenn ich nicht da bin.«

»Du meinst nicht kommunizieren, sondern kommandieren.«

»Ich kommandiere nicht. ›Kommando‹ ist ein schreckliches Wort. Es klingt nach Militärakademie und zwanzig Liegestützen im Hochsommer mit den Handflächen auf heißem Asphalt. Sagen wir doch lieber: Es handelt sich um Anregungen, Vorschläge und Tipps, um euch das Leben leichter zu machen.«

Kai verschränkt die Arme vor seiner Brust. »Zunge gegen Spatel. Was für'n Spatel?«

»Ein Holzspatel. Wie beim Arzt, wenn er einem in den Hals guckt. Du musst Jonas den Spatel gegen die Zungenspitze halten, und er muss versuchen, den Spatel mit seiner Zunge wegzudrücken. Das macht Spaß!«

»Wem?«

»Auf jeden Fall Jonas' Zungenmuskulatur.«

»Will unser Sohn später als Dauerknutscher ins ›Guinness-Buch der Rekorde‹?«

»Willst du, dass er lispelt?«

Ich klebe die nächste Notiz an die Kühlschranktür. Die gelben Zettel ranken sich im Kreis wie Blütenblätter einer Gämswurz.

Philadelphia kaufen!

Plastikmüll erst in den schwarzen Beutel! Dann in die gelbe Tonne!

Kräuter auf dem Fensterbrett gießen!

Kai guckt verächtlich auf die Zettel. »Diese Zettelwirtschaft nennst du ein prima System? Das nennst du Kommunikation?«

»Nun ja, es ist ziemlich effektiv, oder nicht? Quadratisch. Praktisch ...«

»... nicht gut«, sagt Kai.

Ich beschließe, seine kleine Spitze zu ignorieren und fahre fort: »Und falls du Spaghetti kochen möchtest, es ist ganz simpel, lege die Nudeln rund acht Minuten in kochendes Wasser, gib ein bisschen Salz dazu, aber kein Olivenöl, das machen nur wir Deutschen, und die Italiener lachen sich schlapp. Kocht man sie mit Öl, nehmen die Nudeln nach dem Abgießen keine Sauce mehr auf.«

»Welche Sauce?«, fragt Kai.

Okay, ich habe jetzt nicht wirklich erwartet, dass mein Mann meinem Sohn zu seiner Pasta aromatische Steinpilzscheibchen serviert, in Butter sautiert und mit Rucolablättchen garniert.

Aber ...

»Muss es immer Heinz sein?«, frage ich.

»Ketchup ist Gemüse«, sagt Kai. »In den USA hat 1981 einer aus der Reagan-Regierung sogar versucht, eine Gesetzesinitiative durchzukriegen, die Ketchup als Gemüse anerkennt.«

»Und?«

»Wurde abgelehnt.«

»Siehst du!«

»Was heißt das schon?«, sagt Kai und guckt beleidigt. »Seit wann treffen Politiker vernünftige Entscheidungen?«

»Und warum endet ein Gespräch über Pasta bei dir immer mit Politik?«, sage ich.

Ich verlasse die Küche und gehe ins Bad. Ein Zettel muss an die Wanne. Ich könnte jetzt mit schwarzem Filzer schlicht und einfach »PUTZEN!!!« daraufschreiben. Aber diesen Ton mögen Männer gar nicht. Sie wollen nicht herumgeschubst werden wie Geiseln bei einem Banküberfall (»Hände hoch!«) oder wie Hunde (»Platz!«). Ich überlege mir eine charmantere Variante. Wie wäre es mit »Bitte! Bitte! Putze mich!« und einem kleinen gezeichneten Blümchen in der oberen Ecke des Zettels, wie man sie früher auf Pril-Flaschen hatte? Ich verwerfe es wieder. Zu neckisch! Ich entscheide mich für die Beipackzettel-Variante: Bitte 1 x tägl. saubermachen!

Das klingt nett. Das ist konkret. Damit können Männer was anfangen. Männer brauchen klar definierte Aufgaben.

»Wenn du die Wanne putzt …«, beginne ich behutsam, »… dann nimm bitte die Scheuermilch.«

Mein Mann sieht mich groß an. »Die was?«, sagen seine Augen.

»Das ist das Putzmittel in der hellgelben Flasche mit dem grünen Etikett, das so angenehm nach Zitronen duftet und sich anfühlt wie flüssiges Schmirgelpapier.« Das geht sehr ins Detail, ich gebe es zu, aber Verweise auf Dinge, die Männer kennen und lieben, machen Hausarbeit für sie attraktiver. Die Anspielung auf Schmirgelpapier hat also durchaus seine Berechtigung.

»Kai? Hörst du mir überhaupt zu? Ich habe gerade was gesagt. Hallo, warum hört mir niemand zu? Warum werde ich ständig ignoriert? Ich habe es satt, ignoriert zu werden!«

Ich bin erschöpft. Es schlaucht, wenn man um Selbstverständliches bitten und auf den Knien liegend darum flehen muss, dass der eigene Mann den Schmutzrand in der Wanne wegwischen möge, der in nicht unbeträchtlichem Maße aus seinem Hautfett besteht. Doch gewisse Dinge müssen noch gesagt werden.

»Vergiss bitte nicht, den Klodeckel runterzuklappen, Schatz! Denk an unsere Gäste!«

»Hast du dich eigentlich mal gefragt«, sagt Kai, »wieso

die Besucher von öffentlichen Toiletten immer ein offener Klodeckel empfängt?«

»Sollte ich das?«

»Solltest du! Viele empfinden es als ekelhaft, einen geschlossenen Toilettendeckel anfassen und aufklappen zu müssen.«

»Also erstens befinden wir uns hier nicht in der Mailänder Scala«, zische ich, »und zweitens ahne ich bereits, wie unsere Toilette während meiner Abwesenheit aussieht, wenn du jetzt schon davon ausgehst, dass unsere Gäste sich ekeln.«

»Welche Gäste? Besuchen dich deine Freundinnen nicht im Krankenhaus?«

»Ich habe es ihnen verboten. Man sollte keinen Besuch empfangen, wenn man die Tage in einem unförmigen Etwas aus Baumwolle verbringen muss, das zum Knöpfen ist und knöchellang. Man sollte auf keinen Fall einen Mann empfangen, wenn man nicht auf der Höhe seines Aussehens ist …«

»Aber mir mutest du das zu?«, fällt mir Kai ins Wort.

»Du bist *mein* Mann«, sage ich und fahre fort: »Und Frauen erst recht nicht.«

»Können wir das Thema Toilette jetzt abschließen?«, fragt Kai. »Um die paar Keime muss man nun wirklich nicht so ein Theater machen! In jedem Kühlschrank befinden sich mehr.«

»Das glaubst du doch selbst nicht!«

»Ist wissenschaftlich bewiesen.«

»Ich werde es googeln.«

»Von mir aus«, seufzt Kai und kämmt die Haare mit seinen Fingern. »Du suchst dir schon wieder ein Problem, das es nicht gibt.«

»Probleme sucht man sich nicht. Die kommen auf einen zu«, sage ich. »Das ist ja das Problem.«

Es ist kurz vor zwölf. Ich blicke aus dem Fenster. Hinaus in die gefrorene Winternacht.

Eigentlich lohnt es sich kaum, ins Bett zu gehen. Um kurz nach fünf muss ich aufstehen. Ich lege Stapel von Klamotten für Jonas zurecht. Dienstag. Mittwoch. Donnerstag. Sweatshirts. Socken. Boxershorts. Ich erinnere mich an die Unterhosen, die ich als kleines Mädchen tragen musste und auf denen die Wochentage standen. Wir aßen Sonntagsbraten. Und ich trug einen Sonntagsschlüpfer. Das hatte System.

Ich kleistere die Küche weiter mit gelben Zetteln voll. Schreibe auf, wo der Früchtetee steht. Das Müsli. Wo die Plastikbeutel fürs Pausenbrot liegen.

Als Letztes lege ich meinen Schmuck ab, den man während der OP nicht tragen darf. Meine goldenen Ohrringe. Meine goldene Kette mit dem winzigen Diamanten. Meinen Ehering. Dann ist alles getan. Ich gehe ins Bett und lege mich neben Kai.

»Achte drauf, dass Jonas richtig frühstückt!«, sage ich. Und gähne. »Am besten gibst du ihm jeden Morgen eine Kiwi. Oder eine Clementine.«

»Wir sind keine kleinen Kinder mehr«, sagt Kai. »Mach dich nicht verrückt! Alles wird gut. Entspann dich!«

O ja, genau das wollte ich hören! Ich schließe die Augen und ziehe die Decke bis zum Kinn. Es ist gemütlich. Es schneit immer noch. Der Schnee verschluckt die Geräusche der vorbeifahrenden Autos. Ich kuschele mich an meinen Mann.

»Ab wie viel Uhr gibt es eigentlich Frühstück bei McDonald's?«, murmelt Kai.

Am nächsten Morgen bin ich nervös. Müde und ein bisschen verkatert. Ich habe schlecht geschlafen. Dummes Zeug geträumt. Es ist kurz nach sechs. Wir müssen los. Um sieben muss ich in der Klinik sein. Ich will rasch die Betten machen. Doch Kai hält mich zurück.

»Lass! Das mache ich nachher.«

Ich lächele ihn an. Ich bin überrascht. Wie nett von ihm!

Ich werfe einen letzten Blick in Jonas' Zimmer, in dem das Bett unbenutzt ist. Ich gehe darauf zu, nehme sein Kopfkissen hoch und drücke es mir vors Gesicht. Sofort steigt mir dieser Kuschelpudergeruch von Jonas' Haar in die Nase, der frühlings-himmel-blau wäre, wenn Düfte eine Farbe hätten. Mir schießen vor Rührung die Tränen in die Augen.

»Wir müssen!«, sagt Kai aus dem Schlafzimmer nebenan. Ich gehe zu ihm, greife mir eine meiner zwei Dutzend Schneekugeln vom Fensterbrett und lasse es auf die Freiheitsstatue rieseln. Kai schnappt sich meinen Koffer und ächzt. Dann schiebt er ihn auf Rollen durch den langen kalten Flur.

Als wir an der Wohnungstür stehen bleiben, sehe ich ihn lange an. Zu lange vielleicht. Das hätte ich nicht tun sollen. Wie gut er aussieht! Immer noch. Selbst nach all den Jahren. Nach wie vor hat er diesen gewissen Glanz, obwohl der Lack bei uns beiden schon ab ist. Ich weiß, was ich an ihm habe. Und manchmal sage ich lachend, sobald andere Frauen mich um ihn beneiden: Kein Wunder! Bei meiner Pflege! Wir werden uns beide verändert haben, wenn ich aus dem Krankenhaus zurückkomme.

Ich spreche hier übrigens nicht von meinem Mann. Ich spreche von unserem Parkettboden.

2.

Die Fangschrecke

Jeannie ist aus der Flasche, und es gibt kein Zurück. Kai wuchtet meinen Koffer aus dem Auto und zieht ihn hinter sich her über den Parkplatz der Klinik. Es ist dunkel. Mir ist kalt. Ich fühle mich krank. Ich denke an chronische Tonsillenreizung, an Bindegewebsverklebungen, an Bakterienkolonnen, Kopfkissen, hart wie Zementsäcke, an Schwestern, denen ich jede Scheibe Graubrot einzeln aus der Hand reißen muss, weil sie finden, ich hätte genug gegessen, an Ärzte, die über Leichen gehen, um meine im Präpariersaal aufschneiden zu können, während sie darüber plaudern, dass die vor mir rot lackierte Fingernägel hatte. Schick. Todschick.

»Was für ein hübsches Krankenhaus!«, sagt Kai.

»Ein Krankenhaus ist so wenig hübsch wie eine Beerdigung schön ist«, sage ich.

»Es *ist* ein hübsches Krankenhaus«, sagt Kai. »Du hast Glück, dass Holger dich hier untergebracht hat, da sie doch sonst nur Privatpatienten nehmen.«

»Ich bin eben ein schwieriger Fall.«

»Das bist du.«

»Was soll das heißen?«

»Dass du ein schwieriger Fall bist.«

»Hast du nicht gestern noch gesagt, die OP ist ein Klacks?«

»Ich meinte es eher … allgemein.«

»Ich verstehe nicht, was du mir sagen willst.«

»Wir sollten nicht so kurz vor deiner OP streiten.«

»Ich streite nicht. Du streitest.«

»Ich will ja gerade *nicht* streiten.«

»Siehst du, du musst dir regelrecht vornehmen, nicht zu streiten. Und warum willst du nicht streiten? Ich sag's dir! Du willst nur deshalb nicht streiten, weil du Angst hat, dass ich sterbe. Du hast Angst, dass ich sterben könnte, weil du dann dein Leben lang wegen eines Streits kurz vor meinem Tod mit einem schlechten Gewissen herumlaufen müsstest.«

»Wer sagt dir, dass ich ein schlechtes Gewissen hätte?«

Ich bleibe stehen, und da es abrupt geschieht, rammt mir Kai den Koffer in die Hacken.

»Verdammt!«, sage ich. Meine Ferse in den schwarzen Lederstiefeln schmerzt. Ich hole tief Luft. Ich zittere. Vor Wut. Angst. Müdigkeit. Kälte.

Dabei sieht die Welt um uns herum hübsch aus. Der Schnee hat alles Hässliche überzuckert. Die Mülltonnen. Das Häuschen einer Bushaltestelle vor der Klinik. Eine zerbeulte Bierdose, die auf der Straße liegt. Einen toten Vogel.

Eigentlich mag ich den Winter. Er ist gnädig. Doch jetzt nützt es nichts. Mir ist zum Heulen.

»Du hättest noch nicht mal ein schlechtes Gewissen?«

»Nein«, sagt Kai, »weil ich den Streit nicht angefangen habe, sondern du.«

Als wir das Foyer betreten, fühle ich mich etwas besser. Die Klinik ist klein. Fein. Ich hatte ganz vergessen, wie nett es hier ist, nachdem ich schon einmal zur Voruntersuchung da war. Ich *wollte* vergessen, wie nett es ist. Ich bin wild entschlossen zu leiden. Und wie soll man leiden, wenn es nach Blumen duftet, wenn die adrett im Foyer ausgelegten Tageszeitungen so frisch sind wie der junge Morgen und einem das Aroma von Kaffee in die Nase steigt, der in silbernen Thermoskannen darauf wartet, ausgeschenkt zu werden?

Ich gehe über Marmor, der Blick aus den Fenstern fällt auf das Fleet, das sich draußen vorbeischlängelt wie ein dunkler Wurm. Das Mädchen am Empfang ist eine apfelkuchenblonde Schönheit im Kostüm. Auf dem Namensschild an ihrer Brust steht: Olina Kundisová. Es ist gemein, solche Mädchen hierherzusetzen, wenn das eigene Gesicht eine splitternackte Zone ist. Das ist ein unfaires Duell. Funzel gegen Kronleuchter. Olina lächelt meinen Mann an.

»Guten Morgen!«, sagt sie mit leichtem Akzent.

»Guten Morgen!«, sagt Kai.

»Guten Morgen!«, sage ich.

Olina blickt gelangweilt zu mir.

»Darf ich um Ihren Namen bitten?«, sagt sie, um gleich darauf wieder Kai anzulächeln. Frauen wie Olina hören beim Anblick eines attraktiven Mannes so wenig auf zu lächeln, wie der Weihnachtsmann in Rente geht. Frauen wie Olina sind wie Gottesanbeterinnen. Sie verfügen über eine sehr gute Tarnung, hinter der sie ihre oft lang anhaltende Reglosigkeit geschickt verbergen (bevor sie zuschnappen, bevorzugt bei verheirateten Männern). Sie können ruckzuck ihr Beinpaar zu Fangbeinen umwandeln und sind in der Lage, ihr Brustsegment zu erweitern, wodurch sich wiederum der Aktionsradius ihrer Fangbeine vergrößert. Kurz und gut: Frauen wie Olina haben zu viel Busen, wissen ihn einzusetzen und erleben irgendwann den Triumph, ihre gutgeformten Beine um den nackten Leib des Mannes zu schlingen, auf den sie es abgesehen haben. Das nennt man

Balzverhalten. Und da Männer triebgesteuert sind, stört es sie auch nicht, dass sie vor oder während der Begattung von Weibchen wie Olina ganz oder teilweise verspeist werden.

Ich spüre einen sanften Stoß in meine Seite. »Was bei dir gemacht wird?«, sagt Kai.

Ich werfe den Kopf von links nach rechts, wie ich es immer tue, wenn meine Gedanken spazieren gehen, vom Weg abkommen und sich in Gegenden verirren, wo sie nichts verloren haben und nur schwer wieder herausfinden.

»Bitte?«

»Deine Diagnose, Ellen?«

»Steht die nicht im Computer?«, frage ich gereizt.

Olina schaut mich mit großen Augen an. »Nur zum Vergleich. Damit wir nichts Falsches notiert haben, Frau Kohlmey.«

»Arthrose«, sage ich. Ich sage es leise. Es ist mir peinlich. Arthrose klingt wie Herpes. Verstopfung. Blähungen. Wie Schweißfüße. Fettschürze. Kopfläuse. Hämorrhoiden.

»Hallux rigidus, nicht wahr?«, sagt Olina. »Eine abnutzungsbedingte Erscheinung ...«

Oh, Gott, sie quält mich! Diese junge schöne Fangschrecke vor mir quält mich, wie es zwanzigjährige Douglas-Verkäuferinnen tun, die einem eine Probe substanzstärkendes Age-Perfect-Serum für die ersten Vorboten der menopausengeplagten Haut in die Hand drücken, während ihr eigener Teint glatt ist wie Muschelseide.

»... des Großzehengrundgelenks«, vollende ich.

»Verbunden mit einer Deformierung des Hallux valgus«, sagt sie.

Ich könnte sie schlagen.

»Kasse?«, fragt sie.

»Wie bitte?«

»Sie sind Kassenpatientin?« Sie wirft einen Blick in den Computer. »AOK?«

»AOK«, bestätige ich und schaue sie herausfordernd an. Am liebsten würde ich ihr an den Kopf werfen: »Sie wissen doch sicher, dass das eine Abkürzung ist für ›*Arrogante Ost-Kuh*‹, oder nicht?« Aber stattdessen sage ich artig: »Woher kommen Sie?«

»Aus Prag«, sagt sie.

Sie erhebt sich. Langsam. Lasziv. »Ich bringe Sie jetzt auf Station«, sagt sie. »Wenn Sie mir bitte folgen würden!«

Olina trippelt auf hohen Absätzen voran. Wieso erlaubt man Rezeptionistinnen in einer orthopädischen Klinik High Heels? Züchten sie so ihren Hallux-valgus-Nachwuchs? Weshalb ist sie am frühen Morgen schon mit glitzerndem Schmuck behangen wie ein Kronleuchter in der St.-Nikolaus-Kirche in Prag? Und warum warten in dickwandigen Schälchen zartbittere Schokoladentäfelchen und sahnige Bonbons darauf, vernascht zu werden (wie Olina), wenn man doch nüchtern zu erscheinen hat?

Ich schaue auf Olinas Hintern im dunkelblauen Rock, der wie ein Gespann beim Wagenrennen von Ben Hur schaukelt. Von der Seite mustere ich Kai. Er hat diesen Blick aufgesetzt, den ich sehr gut an ihm kenne. Diesen Blick, mit dem er zum Ausdruck bringen will: Ich habe an der Butter geschleckt, aber was erwartet man von Katern? Schön blöd, die Butter vor ihnen nicht in Sicherheit zu bringen!

Meine Laune ist auf dem Nullpunkt.

Mein eigener Mann hätte kein schlechtes Gewissen, wenn ich nach einem Streit mit ihm sterben würde. Ich bin fünfundvierzig Jahre alt. Ich habe Arthrose im Großzehengrundgelenk. Ich bin bei der AOK, ich habe die ersten Knitterfältchen um den Mund, während Olinas Lippen prall sind wie Rettungsschwimmwesten, und mein Mann hat sich offensichtlich besser gehalten als ich. Jetzt zufrieden, Olina?

»So, da wären wir!«, sagt sie und bleibt vor einer Tür auf Station 2 A stehen. Ich habe das Zimmer mit der Nummer 24.

Sie lächelt erst mich an. Dann Kai.

»Bald ist Ihre Frau wieder die Alte«, sagt sie zu ihm.

Warum fühle ich mich in ihrer Gegenwart bloß, als hätte sie gerade voller Mitgefühl zu ihm gesagt: »Allerdings ist ein Duschklappsitz mit Standfüßen nur noch eine Frage der Zeit.«

3.

Der Bettpfannen-Blues

Als ich eintrete, beginnt meine Seele zu lächeln. Mein Blick geht aufs Wasser. Unter dem Fenster verläuft das Fleet, an der Wand hängt ein Flat Screen. Hier gibt es keine nachgedruckten Kreidelithographien von heimischen Heilpflanzen *(Arnika, auch Bergwohlverleih oder Leopardenwürger genannt, Arzneipflanze des Jahres 2001)*, sondern große Bilder, die mit bunten Farben dafür sorgen, dass meine schlechte Laune langsam verschwindet.

Kaum habe ich mich umgesehen, betritt eine Schwester das Zimmer.

Attraktiv. Schmal. Drahtig. Klein. Pechschwarzer Pagenkopf. Gebräunte Haut. Die Augen blau wie der Himmel an einem klaren Wintertag. Der Blick genauso kühl. Ich schätze sie auf Ende dreißig. Sie mag mich nicht. Das sehe ich sofort. Und wie immer, wenn ich spüre, dass mich jemand nicht mag, lächele ich so angestrengt, bis *ich* mich nicht mehr mag. Du meine Güte! Arbeiten hier nur Playmates und Frauen, die aussehen, als würden sie nach Feierabend am liebsten auf fahrenden Autos herumturnen?

Sie vergräbt die Hände in den Taschen ihres Kittels. »Frau Kohlmey! Da sind Sie ja!«, sagt sie zu mir. »Ich bin Schwester Ulrike! Wir haben gestern telefoniert. Haben Sie sich für einen Bademantel entschieden?«

»Ja!«, sage ich. »Habe ich!«

»Und die wasserfeste Wimperntusche?«

»Ich habe darauf verzichtet.«

»Und die Videobotschaft für Ihre Angehörigen?«

Ich räuspere mich. »Das war ein Scherz.«

War es nicht. Muss sie aber nicht wissen.

»Was möchten Sie heute Abend essen? Mozzarella mit Tomaten? Einen knackigen Gartensalat mit Streifen von gebratener Hähnchenbrust? Oder die italienische Aufschnittplatte?«

»Ich darf heute Abend schon was essen?«

»Natürlich.«

Das wird ja immer besser.

Auf was hatte ich mich gefasst gemacht? Vollkornbrot trifft Möhrensalat. Fettreduzierte Allgäuer Käseecke kuschelt sich an streichfähige Teewurst. Malventee dampft neben cholesterinspiegelsenkender Margarine.

Und jetzt das!

Knackiger Gartensalat. Gebratene Hähnchenbrust. Mortadella. Mozzarella.

Hier bin ich richtig. Hier wird man mich verwöhnen. Ich träume vor mich hin. Vor meinem inneren Auge erscheinen Lilien und schillernde Bougainvilleen, Palmwipfel im Meereswind und tropische Frangipanibäume. Ich kann ihn fast riechen, den Rosen- und Zederndufft. Ich werde hier rauskommen und gesegnet sein mit dem »inner glow«, dem Glanz von innen, und mein Energiefluss wird so ausbalanciert sein, als hätte ich lange in einem Ashram an einem Lotusblütenteich gelebt oder wäre geschult in Hatha-Yoga nach der Methode von Paramahamsa Satyananda.

»Falls Sie Fleisch mögen, wovon ich ausgehe«, dringt die Stimme von Schwester Ulrike in meinen Tagtraum, »so haben wir morgen Mittag Tafelspitz mit Meerrettichsauce,

Kartoffeln und grünen Bohnen. Für Vegetarier gibt es hausgemachte Buchweizen-Crêpes mit Spinat, Ricotta und frischem Parmesan in einer Kräuter-Rahm-Sauce. Und falls Sie nur eine Kleinigkeit möchten, dann kann ich Ihnen entweder eine Rote-Bete-Suppe anbieten, abgeschmeckt mit Kokosnuss und Ingwer, oder einen Wald- und Wiesensalat mit gebratenen Austernpilzen und Kirschtomaten.«

Oh, mein Gott! Ich bin im Paradies gelandet.

Sie werden an meinem Fuß herumsägen, mir eine Kerbe in den Knochen meines Großzehengrundgliedes ritzen und Knochenwülste abtragen, und ich werde die beste Zeit meines Lebens haben.

Wer hätte das gedacht?

»Sie müssen sich jetzt für das Abendessen und für das Mittagessen morgen entscheiden«, sagt Schwester Ulrike.

»Ich nehme die Aufschnittplatte«, sagt Kai. »Ganz wundervoll wäre ein bisschen Parmaschinken! Und morgen wäre doch nichts gegen Tafelspitz einzuwenden, nicht wahr, mein Schatz?«

Er lächelt mich an.

»Also gut«, sage ich zu Schwester Ulrike, »*ich* nehme die Aufschnittplatte, bitte! Und *ich* entscheide mich für den Tafelspitz.«

Als Schwester Ulrike gegangen ist, fahre ich zu Kai herum. »Ich bin die Patientin. Wie kommst du dazu, *mein* Essen auszusuchen?«

»Sieh es doch mal praktisch, Schatz! Wir bestellen etwas, das uns dreien schmeckt, weil ich dich ja heute Abend sowieso mit Jonas besuchen komme, und schon erspare ich mir die ganze Kocherei.«

»Was wolltest du denn kochen?«

»Wie ich meinen Sohn kenne, wünscht er sich Miracoli.«

»Das ist ein Fertiggericht und dürfte selbst dir keinerlei Probleme machen.«

»Ein *Halb*fertiggericht«, sagt Kai.

»Und morgen Mittag willst du auch zum Essen vorbeikommen? Verstehe ich das richtig?«

»Mein Gott, nun hab dich doch nicht so! Kann dein Mann denn nicht mal ein Stückchen von deinem Tafelspitz probieren? Du weißt doch, wie sehr ich die österreichische Küche liebe.«

Plötzlich weiß ich: Wenn mein Mann sich noch länger in diesem Krankenzimmer herumdrückt, wird das definitiv nichts mit meinem »inner glow«!

Ehe ich Kai antworten kann, geht die Tür auf, und eine ältere Dame kommt an Krücken ins Zimmer gehumpelt, den Rücken gerade wie auf einen Stab Kupferdraht gespannt. Sie hat den Körper einer Turnerin und das gestochen scharfe Gesicht einer handgeschnitzten Marionette. Ihre silbergrauen Haare hat sie in leichten Wellen nach hinten gekämmt. Sie trägt einen karmesinroten Morgenmantel mit champagnerfarbenen Paspeln. In ihren Ohrläppchen stecken weiße Perlen. Ihr linker Fuß ist dick verbunden und befindet sich in einem unförmigen Schuh mit Klettverschluss, der gesunde steckt in einer schwarzen Samtpantolette.

Sie lehnt ihre Krücken gegen den Nachttisch, schlüpft aus dem Morgenmantel, legt ihn aufs Bett und baut sich vor uns auf. Ihre dünn gemalten Augenbrauen schieben sich Richtung Stirn, während sie uns mustert.

Ich hatte es bisher völlig übersehen. Die Betten sehen zwar eher nach Luxushotel als nach Lazarett aus, aber sie haben einen Nachteil. Es gibt zwei davon. Und das bedeutet: Ich habe eine Bettnachbarin.

»Sind Sie die Kassenpatientin?«, fragt sie. Wenn sie

spricht, ist nur ihr Mund in Bewegung; ihre Gesichtshaut ist festgezurrt wie das Trommelfell eines Tamburins.

»Stört Sie das?«

»Als Privatpatientin habe ich das Recht auf ein Einzelzimmer. Aber man hat mich gebeten, ein Zimmer mit Ihnen zu teilen, da kein Bett mehr frei war. Haben Sie so einen exorbitant entstellten Fuß, dass die Ärzte in Ihnen eine Herausforderung sehen, oder wie haben Sie hier einen Platz bekommen?«

»Durch einen befreundeten Orthopäden«, sage ich. »Dr. Holger Saalfeld. Darf ich mich erst einmal vorstellen? Ich heiße Ellen Kohlmey.«

»Rebekka von Schlippenbach.«

Ich spüre es: Wir beide sind jetzt schon gefühlsmäßig am Polarkreis. Ich will gerade auf sie zugehen und ihr die Hand geben, da gerät eine ihrer Krücken ins Rutschen und fällt krachend zu Boden.

Kai ist schneller als ich. Er springt von seinem Stuhl und hebt die Krücke wieder auf. Er lächelt meine Nachbarin mit seinen schönen weißen Zähnen an, während sie sich langsam auf ihr Bett gleiten lässt.

»Bitte schön!«, sagt er.

Man kann über Kai sagen, was man will. Das Braten einer Wurst stellt ihn zwar vor ähnliche Probleme wie der Keltische Kreuzstich eine Gichtpatientin mit Knoten an den Fingern, aber Kai ist charmant. Kai ist der Typ Mann, der von Frauen gemocht werden will. Egal, wie alt sie sind! Er versprüht seinen Charme wie ein Rasensprenger das Wasser. Und je trockener das Areal, desto mehr dreht er auf.

Sie fühlt sich wohl geschmeichelt, denn wie zum Dank gibt's ihr Leben in Kurzfassung. Wir erfahren, dass sie mit einem Anwalt verheiratet war und geschieden ist, keine

Kinder hat, als Politikredakteurin bei einem Nachrichtenmagazin beschäftigt war und jetzt im Ruhestand lebt, dass sie im Förderverein einer Barockkirche sitzt, eines Freibades, einer russisch-deutschen Freundschaftsinitiative und eines Robert-Schumann-Liederzirkels und nebenbei ganz passabel Tennis in einer Senioren-Damenmannschaft spielt.

»Du musst jetzt los!«, raune ich Kai zu, während er sich auf meiner Bettkante niederlässt. Um es mir sofort anders zu überlegen. »Bleib! Ich habe Angst.« Ich presse seine Hand.

»Dazu hast du gar keinen Grund«, flüstert Kai.

»Doch, hat sie«, sagt Frau von Schlippenbach. »Sie könnte das Narkosemittel nicht vertragen. Ihre Wunde könnte sich infizieren, es könnten Blutungen, Schwellungen und Schmerzen auftreten. Die Wundränder könnten spannen oder auseinanderklaffen, es könnten sich Hämatome bilden, gar nicht zu denken an Lymphstau und Nervenschmerzen. Reden Sie Ihrer Frau also nicht ein, dass nichts passieren kann, wenn laufend etwas passiert. Weltweit leiden rund sieben Millionen Patienten nach einer OP an Komplikationen.«

»Recherchieren Sie immer so gründlich?«, fragt mein Mann.

»Berufskrankheit«, entgegnet meine Bettnachbarin ungerührt und guckt Kai von oben herab an, obwohl sie liegt – und er steht.

»Sie können einem echt Mut machen!«, sagt Kai matt.

»Ich bin für die Wahrheit. Ich gehöre zu den Frauen, die wissen wollen, was sie erwartet, weil sie nicht mehr viel zu erwarten haben. Ich mag es, wenn die Dinge auf den Tisch kommen.«

»Und Sie wissen so genau, dass sieben Millionen Operationen schiefgehen, ja?«, sagt Kai, zwischen dessen Augenbrauen sich ein Grübchen in Form eines kleinen Kreuzes gebildet hat. Wie immer, wenn er ungehalten wird.

Meine Bettnachbarin zuckt die Achseln. »Das behauptet die WHO.«

»Und diese Zahl muss ausgerechnet jetzt auf den Tisch kommen? Auf den OP-Tisch sozusagen, auf dem meine Frau gleich liegen wird?«

Die Tür geht auf. Schwester Ulrike tritt ein.

»Sie sollten jetzt Ihren Fuß kühlen, Frau von Schlippenbach!«, sagt sie. »Ihre OP war erst vor zwei Tagen.«

»Geben Sie schon her!«

Schwester Ulrike bückt sich und greift zu einem blauen Kunststoffbehälter mit weißem Deckel. Er erinnert mich an den Henkelmann, in dem meine Mutter meinem Vater den Linseneintopf zur Baustelle unseres Hauses gebracht hat. Ein Schlauch führt vom Henkelmann zu einem blauen Astronautenstiefel mit Klettverschlüssen.

»Eine ganz hervorragende Methode zur kontinuierlichen Kühlung des Fußes. In dem Container hier …«, sagt Schwester Ulrike und hebt den Henkelmann hoch, »… sind Eiswürfel und Wasser. Über den Schlauch füllt sich die Manschette …«, sie schwenkt den Stiefel, »… mit dem Eiswasser und gibt die Kälte an den Fuß ab.«

»Das ist das sogenannte ›Cryo-cuff-System‹«, sagt meine Bettnachbarin, die alles zu wissen scheint – und das meiste davon besser.

Schwester Ulrike legt einen flachen Stapel auf mein Bett. OP-Hemd. Spearmintgrün. Haube für die Haare aus Vliesstoff. Barettform. Weiß. Und einige Stoffpäckchen, mit denen ich nichts anfangen kann.

»Thrombosestrümpfe«, erklärt Schwester Ulrike. »Ich habe drei Größen zur Auswahl mitgebracht. Fünf für das korpulente Bein, vier für das lange, schlanke und drei für das normale. Ich denke, Sie brauchen fünf.«

»Nie im Leben!«, protestiere ich. »Ich bin sicher, ich brauche drei. Wenn nicht sogar vier.«

»Fünf passt schon!«, sagt Rebekka von Schlippenbach, während sich ihre Augen und die von Schwester Ulrike in meine Jeans bohren und an den darin steckenden Oberschenkeln Maß nehmen.

»Wozu sollen die gut sein?«, frage ich.

Schwester Ulrike lächelt. »Wir wollen doch eine tiefe Bein- und Beckenvenenthrombose vermeiden, nicht wahr?!«

Ich will vor allem vermeiden, dass mein Mann mich so sieht. Ich falte die Strümpfe auseinander. Sie sind weiß und lang und von einer Konsistenz, die sich anfühlt wie weich gewordenes Kaugummi, das man an einem heißen Sommertag auf einem Autositz platt gesessen hat.

»Ziehen Sie sie jetzt an!«, kommandiert Schwester Ulrike.

»Hier?«

»Gehen Sie ins Bad! Beim ersten Mal kommt man schwer rein. Das braucht Zeit. Und rasieren Sie sich gründlich die Beine.«

»Das habe ich heute Morgen gemacht.«

Ich ziehe ein weiteres weißes zusammengefaltetes Ding hervor. Eine Mischung aus Vlies und Papier.

»Ein Wegwerfslip«, sagt Schwester Ulrike. »Sehr praktisch. Die Saug- beziehungsweise Absorptionsschicht trägt zur weitgehenden Unterdrückung der Geruchsbildung bei.«

»Ich rieche nicht«, sage ich und schaue verlegen zu meinem Mann.

»Nehmen Sie's nicht persönlich!«, sagt Schwester Ulrike.

Wie soll man es nicht persönlich nehmen, wenn man sich innerhalb weniger Minuten verwandelt haben wird in ein bleiches Wesen im spearmintgrünen Kittel mit weißer Baretthaube, Thrombosestrümpfen und einem Zewawischundweg-Slip gegen vermeintlichen Genitalgeruch? Wenn man die Nacht neben einer wildfremden Frau verbringen wird, die einem Wundbrand und Lymphstau prophezeit? Ich werde Schmerzen haben. Und vom einzigen Lichtblick des Tages, der italienischen Aufschnittplatte, wird für mich nicht mehr übrig bleiben als der Kern einer Olive. Das alles nehme ich verdammt persönlich!

Ich schaffe es, die Strümpfe anzuziehen. Meinen Beinen wird die Luft abgeschnürt. Nur meinen Zehen bleibt die Freiheit, durch Gucklöcher zu blinzeln. Ich streife den Slip über, das OP-Hemd und stülpe mir die Haube aufs Haar. Ich gehe zurück ins Zimmer. Das Hemd lässt sich hinten nicht schließen. Ich raffe es mit einer Hand zusammen, damit nicht jeder meinen nackten Rücken sehen kann und den Schlüpfer, der eine merkwürdige Kastenbackform hat. Ich lege mich aufs Bett. Betrachte das Stückchen heftpflasterfarbener Haut, das zwischen Slip und Strumpfende hervorquillt.

»Sie müssen die Haube nicht jetzt schon tragen«, sagt Schwester Ulrike. Ich nehme sie wieder ab, ziehe die Bettdecke über mich und lege die Haube darauf. Schwester Ulrike verlässt das Zimmer. Ich habe mich noch nie in meinem ganzen Leben so gedemütigt gefühlt. Ich bin ganz sicher, dass mein Mann mir nie mehr seine Jacke über eine Regenpfütze legen wird, damit ich mir keine nassen Füße hole, wie er es früher manchmal getan hat. Und ein anderer erst recht nicht.

Er soll mich alleine lassen, er soll mich nicht länger so sehen.

Ich gucke ihn an. Meine Augen senden Signale.

Geh jetzt!

Kai springt aus seinem Sessel und tritt an mein Bett. »Ich werde dann mal!«, sagt er und küsst mich.

Manchmal verstehen wir uns wortlos.

»Ich komme am frühen Abend mit Jonas wieder. Ich liebe dich«, haucht er.

»Ich dich auch«, hauche ich.

»Halt die Ohren steif!«, sagt er.

»Würde ich«, sage ich, »wenn ich ein Finnischer Spitz wäre. Oder Mister Spock. Sieh zu«, rufe ich ihm nach, »dass Jonas heute Mittag was Vernünftiges zu essen kriegt! Wenigstens einen Apfel. Vitamin-C-Mangel führt zu Skorbut. Zu Zahnfleischbluten, Muskelschwund, Knochenschmerzen, Gelenkentzündungen, Fieber, Durchfall und – wenn's ganz hart kommt – zu vermoderten Gliedmaßen.«

»Entspann dich jetzt«, sagt Kai und wirft mir von der Tür ein Lächeln zu.

Frau von Schlippenbach beobachtet uns, bis Kai aus der Tür ist. »Sind Sie immer so?«

»Wie?«

»So sehr Mutti? So rührend besorgt um andere, wobei Sie es doch sind, der man gleich den Fuß aufschneidet? Plant Ihr Sohn eine Weltumseglung? Dann würde ich ihm empfehlen, ein Fass Sauerkraut mit an Bord zu nehmen. So hat schon James Cook seine Mannen am Leben gehalten.«

»Natürlich plant mein Sohn keine Weltumseglung. Er ist zwölf.«

»Das war eine rhetorische Frage. Und nun schalten Sie

mal einen Gang runter! So viel Muttitum geht einem ja auf die Nerven.«

Schwester Ulrike kommt ins Zimmer und reicht mir einen winzigen Plastikbecher mit einer Tablette. »Zur Beruhigung«, sagt sie. »Nehmen Sie die mit wenig Wasser. Sie sind bald dran!«

»Ich hätte gerne zehn davon«, sage ich. Und schlucke die bittere Pille.

Die Schwester wendet sich an Rebekka. »Möchten Sie noch einen Tee?«

»Ich möchte vieles«, sagt meine Bettnachbarin. »Aber gut, für den Anfang reicht eine Tasse Tee.«

Die Schwester geht. Ich bin wieder allein mit Rebekka.

»Bekommt man hier eine Bettpfanne?«, überwinde ich mich zu fragen.

»Sind wir schon so intim, dass Sie mir mit so etwas kommen?«

»Wenn ich draufsitze, kriegen Sie es ohnehin mit, oder nicht?«

»Sie brauchen keine«, sagt sie und blickt stur geradeaus auf den dunklen Flachbildschirm an der Wand. »Sie können gleich nach der OP an Krücken auf die Toilette.«

Ich atme auf. Es wird mir erspart bleiben, meinen Körper, abgestützt auf meinen Händen und verschämt unter der Bettdecke versteckt, über einem Aluminiumschieber hin- und her zu jonglieren, bis er die richtige Position zwischen Sitzen und Liegen gefunden hat und durchhängt wie ein Waschbärenhintern in der Hängematte.

Ich stehe auf, hole drei silbern gerahmte Fotos von Jonas aus dem Koffer und stelle sie auf meinen Nachttisch. Mein Kind. Jonas im Kindergartenalter. Sandkasten. Blauer

Himmel. Ohren, die zwischen den Locken unter der roten Mütze hervorschauen, als hätten sie nicht die geringste Lust, eingesperrt zu werden. Jeanshemd. Dunkelblauer Pullunder, rote Streifen am V-Ausschnitt. Viel zu fein gemacht für den Spielplatz. Immer wollte ich das schönste Kind von allen haben. Jonas mit kurzen Haaren. Gebräunte Haut nach einem Sommer auf Sylt vor fünf Jahren. Grünweiß gestreiftes Polohemd. Zahnloses Lächeln. Jonas heute. Die Haare lang und dick und dunkler. Aus Locken wurden Wellen, die sich hinter seinen Ohren blähen wie kleine Segel und den Anschein machen, als wollten sie seitlich davontanzen. Blaurosa gemustertes Sweatshirt. Die Augen nicht mehr rund wie ein Cheeseburger, sondern schmal, blaugrau und mit vielen Wimpern.

Ich lächele ihn an.

»Keines von Ihrem Mann?«, fragt Rebekka.

»Nein.«

»Sie haben Ihr halbes Leben mit ihm verbracht und haben kein Foto von ihm?«

»Woher wollen Sie wissen, wie lange wir zusammen sind?«

»Sie wirken wie ein Paar, das es schon sehr lange miteinander aushält.«

»Wie Sie das sagen, können Sie gleich die Jahreszahl 1917 dranhängen. Außerdem habe ich nicht gesagt, dass ich kein Foto habe. Ich habe keins dabei. Ich sehe ihn doch jeden Tag. Er kommt mich besuchen.«

»Ihr Sohn nicht?«

»Nicht so oft wie mein Mann.«

»Mir wird ganz elend bei so einer Ausrede.«

Ich fahre herum und fege beinahe einen der Rahmen vom Tisch. »Sie haben wohl keine Kinder?«

»Nein. Und ich danke Gott auf Knien dafür. Mir sind nie die Hormone durch den Körper gerauscht, wenn man mir ein Baby vor die Nase gehalten hat. Ich mag Hunde lieber. Da gibt's keine Probleme mit Drogen und der Pubertät, in der viele meiner Freunde von Sitzungen beim Psychologen über den Einsatz von Pfefferspray bis zu Elektroschocks alles erwogen haben. Hunde wollen kein Taschengeld und machen einen nicht zur Großmutter. Ich habe einen Chihuahua.«

»Wie heißt er?«

»Sie. Es ist eine Sie. Und sie heißt Avalanche.«

»Wow!«, sage ich. »Ich meine: wau! Ziemlich prätentiös.«

»Wie haben Sie erraten, dass ich keine Kinder habe?«

»Dann wären Sie netter.«

»Das kann nur eine dieser Super-Muttis sagen«, lacht sie. »Sie haben sich bestimmt viele Gedanken über pädagogisch korrektes Spielzeug gemacht und glauben heute noch, dass aus jedem Wasserpistolenschützen ein Mafiaboss wird. Haben mit den anderen Super-Muttis auf dem Spielplatz Milchkaffee aus der Thermoskanne getrunken und sind zusammen zu Ikea gefahren, haben die Kleinen im Kinderparadies abgegeben und dann mit ihnen ›Köttbulla‹ gegessen, das war lecker, wenn auch leider nicht bio, weshalb Sie ein schlechtes Gewissen hatten, aber manchmal darf man das ja. Haben gedacht, Ihr Sohn wird ein neuer Einstein, weil er schon mit vier die beiden Kuhkarten beim Memory zuordnen konnte, und sind zur Therapeutin gerannt, weil er mit sechs immer noch keine Schere halten konnte und Menschen mit Wasserköpfen gemalt hat. Haben sich was darauf eingebildet, dass Ihr Kind noch nie eine Möhre aus dem Glas gegessen und beim Anblick von Dosenchampignons an Schubladenknöpfe aus Kiefernholz gedacht hat.«

Langsam wirkt die Tablette. Ich werde benommen. Das ist genau das, was ich jetzt sein will. Ich möchte meine Angst verdrängen, und ich möchte vergessen, dass ich die nächsten Tage und Nächte an der Seite dieses missmutigen Chihuahuas verbringen werde, der kläfft und mit kleinen spitzen Zähnen zuschnappt.

Aber das, was Rebekka eben gesagt hat, kann ich nicht auf mir sitzen lassen. Jonas hat nie Menschen mit Wasserköpfen gemalt.

»Mein Sohn hat niemals …«, stammele ich.

Ach, mir doch wurscht!

»Was haben Sie gegen Mütter?«, frage ich stattdessen mit schwerer Zunge.

»Mein Mann hat mich vor fünfzehn Jahren wegen einer Jüngeren verlassen«, sagt sie. »Damals waren er und ich zweiundfünfzig. Und zur jüngeren Frau gab's gleich noch drei Prämiengeschenke dazu: ein Mädchen von damals acht und Zwillingsjungs von zehn. Und jetzt darf er bald mit ihren Enkelkindern Adventskalender basteln.«

»Gegen Liebe kann man sich nicht wehren«, sage ich.

»Man kann sich gegen alles wehren«, sagt sie. »Es passiert nichts, was man nicht selbst will. Ich habe diesen Mann geliebt und vom ewigen Frühling mit ihm auf Teneriffa geträumt. Später einmal.«

»Das tut mir leid für Sie«, nuschele ich.

Ja? Tut es das? Eigentlich nicht. Sie hat's nicht anders verdient.

Es klopft. In der Tür steht ein junger Pfleger. Er kommt auf mich zu. »Ich heiße Markus«, sagt er. »Es ist so weit! Ich bringe Sie jetzt in den OP.« Er löst die Feststellbremse an meinem Bett und rollt uns hinaus. Das Bett. Und mich. Meine Füße sind schon draußen auf dem Flur und mein

Kopf befindet sich noch im Zimmer, da drehe ich mich noch mal um und blicke sehnsüchtig aus dem Fenster in den milchigen Himmel. Auf was habe ich mich eingelassen? Es war eine so schöne Zeit mit meinen Schneekugeln und meiner Schiefzehe.

4.

Die Nadel in der Tomate

Nebel. Nebelschwaden an einem frühen Sommermorgen über einem Bootssteg am See. Ich träume. Durch den Nebel dringt die Stimme eines Mannes: »Lass mich in Ruhe, du Miststück!« Ups! Was macht dieser wütende Mann in meinem Traum?

Oder träume ich am Ende gar nicht? Bin ich im Himmel, und da sitzen gar keine Engel mit goldenen Locken und weißen Flügeln auf tuffigen Wolken und naschen Philadelphia, sondern zornige Männer veranstalten ein Donnerwetter?

»Fass mich noch einmal an, und ich hau dir eine runter!«

Falls ich im Himmel bin, will ich sofort zurück!

»Nun wollen wir uns mal beruhigen, Herr Dörler!«, höre ich die Stimme einer Frau. »Es ist alles in Ordnung. Ich möchte nur Ihren Blutdruck messen. Kein Grund zur Aufregung!«

Einen Moment lang ist Ruhe.

»Ich will hier raus! Ich will auf der Stelle hier raus! Kriegst du das nicht in deinen Kopf?«

»Wie geht es Ihnen?«, dringt eine männliche Stimme in meine Gedanken. Ich merke, wie jemand meinen Arm berührt. Ich versuche, die Augen aufzuschlagen. Meine Lider sind schwer. Meine Hand fasst nach meinem Gesicht. Ich ertaste ein Kunststoffrohr unter meiner Nase.

»Das ist ein Sauerstoffschlauch«, sagt die Stimme. »Wir nehmen ihn bald ab.«

»Bin ich noch am Leben?«

»Sieht so aus. Sie haben alles überstanden.«

»Wo bin ich?«

»Im Aufwachraum. Tut mir leid, dass einer Ihrer Mitpatienten gerade ausflippt.«

»Warum schreit der Mann so?«, frage ich mit einer Stimme, die klingt wie ein schlingernder Autoreifen auf nassem Asphalt.

»Manchen Menschen bekommt die Vollnarkose nicht. Wir nennen das Patientenübergriffe durch Verwirrtheit nach Narkose.«

»Interessant«, brumme ich.

»Manche Menschen vertragen auch Alkohol schlechter als andere. Der beruhigt sich wieder. Haben Sie Schmerzen?«

Ich nicke.

»Ich gebe Ihnen was.«

Kurz darauf kommt der Mann zurück. Endlich schaffe ich es, meine Augen zu öffnen. Es ist Markus, der Pfleger. Ich beobachte ihn, wie er in die Kanüle an meiner Hand ein Schmerzmittel spritzt. Der Patient ein paar Betten neben mir tobt weiter.

Markus lächelt mich an. »Es sind meistens Männer, die verrückt spielen«, sagt er und zwinkert mir zu.

»Wundert das jemanden?«, sage ich.

Wir lachen.

Er hat hübsche Augen. Es tut schon nicht mehr so weh.

Es muss Nachmittag sein, als man mich zurück auf mein Zimmer bringt. Frau von Schlippenbach knabbert an einem Keks und trinkt Tee.

»Wie viel Zahlen haben Sie geschafft?«

Ich verstehe nicht.

»Als Sie rückwärts zählen mussten«, sagt sie ungeduldig, »wo sind Sie stehengeblieben?«

»Bei acht, glaube ich.«

»Sind Sie schon mal operiert worden?«, will sie wissen und gibt sich die Antwort selber. »Bestimmt an der Galle, oder?«

»Wie kommen Sie darauf?«

»Sie sind weiblich, über vierzig, und Sie haben leichtes Übergewicht«, sagt sie. »Sie sind die typische Gallensteinpatientin. Sie sind doch über vierzig?«

Ich hasse sie.

»Nein«, sage ich, verwirrt durch ihre Unverschämtheit. »Ich meine, ja, ich bin über vierzig. Aber ich bin nicht an der Galle operiert. Warum sollte ich an der Galle operiert sein? Meine Galle ist mopsfidel.«

»Nun regen Sie sich doch nicht so auf!«, sagt sie. »Oder gehören Sie zu den Patienten, die eine Vollnarkose aggressiv macht?«

»Nein.« Ich schnappe nach Luft. »Mir ist die Narkose ausgezeichnet bekommen. Danke der Nachfrage.«

Schwester Ulrike kommt und legt mir eine Blutdruckmanschette an.

»Er ist hoch«, sage ich. »Sehr hoch. Wie immer, wenn ich mich aufrege. Gefühlte 240 zu 180.«

Um kurz nach fünf am Nachmittag besuchen mich Kai und Jonas. Draußen ist es dunkel.

»Es hat aufgehört zu schneien«, erzählt Kai.

»Nur noch Matsch auf den Straßen«, sagt Jonas.

»Danke, mir geht's gut«, sage ich.

»Wir wollten dich nur auf andere Gedanken bringen«, sagt Jonas.

»Wie geht's dir?«, fragt Kai und küsst mich auf die Stirn.

»Ganz okay.« Ich ziehe Jonas zu mir auf die Bettkante und streiche ihm über den Kopf. Er schüttelt meine Hand ab. »Mama! Lass das!«

»Ich bin krank«, lächele ich ihn an. »Da darf man das.«

Jonas grinst schief, während ich sein Gesicht liebkose und meine Nase in seinem Haar vergrabe. Da ist er wieder, der Kuschelpudergeruch, der heute Morgen an seinem Kissen klebte. Einen Moment lang schließe ich die Augen und inhaliere ihn.

Jonas wirkt erleichtert, als das Abendessen kommt. Die Platte auf dem ausklappbaren Tablett an meinem Nachttisch sieht verlockend aus. Mailänder Salami. Prosciutto di Parma. Oliven. Kapernäpfel. Artischockenherzen. Gorgonzola. Ciabatta. Doch ich habe keinen Hunger.

»Esst ihr!«, sage ich zu Kai und Jonas.

Rebekka nimmt am Tisch Platz. Klein und zart wie eine Tannenmeise hockt sie mit durchgedrücktem Rücken auf der Kante des Stuhls und breitet eine weiße Stoffserviette auf ihrem Schoß aus. Man kann sie sich nicht vorstellen, krumm wie ein Fleischerhaken im Sessel lümmelnd, wie ich das zum Leidwesen meiner Lendenwirbelsäule oft tue. Ich beobachte sie, wie sie isst, wie sie ihr Salatblatt seziert, wie sie mit feiner Geste die Gabel zum Mund führt, sich mit der Serviette die Lippen abtupft. Sie wiederum lässt uns nicht aus den Augen, was mich irritiert.

»Wie geht's zu Hause?«, frage ich mit gespielter Munterkeit.

»Super!«, rufen Kai und Jonas wie aus einem Mund. Mit vollem Mund.

Ich werfe beiden einen Luftkuss zu.

»Papa hat Trauben gekauft und Bananen. Und er hat die ganze Wohnung geputzt«, sagt Jonas.

»Morgen nehme ich mich mir den Duschkopf vor«, sagt Kai und rubbelt seine Hände, als habe jahrelanges Putzen mit Domestos seine empfindliche Epidermis angegriffen. »Der ist völlig verkalkt. Ich werde ihn abschrauben und in kochenden Essig legen. Der blitzt danach wie eine Eins.«

»Woher weißt du das?«, staune ich.

»Ich bin jetzt Mitglied in einem Internet-Hausfrauen-Portal.« Kai lacht schallend. »Das wär's noch, oder?! Aber manchmal findet man da ein paar ganz gute Tipps. Und der kleine Snack vor dem Krankenhaus war auch der Hit, stimmt's, Kumpel?« Er haut Jonas auf die Schulter.

»Hammer!«, sagt Jonas. »Hammerhart!«

»Was gab's denn?«, frage ich.

»Toast mit Nutella«, sagt Jonas.

»Aber was für'n Toast!«, sagt Kai. »Knusprig geröstet. Nicht zu dunkel. Nicht zu hell. Ein Hauch von Butter, die in das geröstete Weißbrot gesickert und ganz sanft genau mit der richtigen Menge Nuss-Nougat-Creme verschmolzen ist.« Er küsst seine Fingerspitzen.

Ich möchte jetzt gerne etwas sagen. Ich möchte eigentlich immer etwas sagen, nachdem mein Mann etwas gesagt hat, aber jetzt gerade besonders.

»Kai, du hast kein Ragout von Jakobsmuscheln nach einem Rezept von Alain Ducasse gekocht, bei dessen Genuss man Gott auf der Zunge spürt, sondern einen Toast geschmiert«, möchte ich sagen. »Einen ganz normalen Toast, wie ihn Millionen von Müttern ihren Kindern jeden Tag vorsetzen, und das, ohne diesen Vorgang in poetische Worte zu kleiden und für den simplen Akt des Weißbrotbutterns das Bundesverdienstkreuz zu erwarten. Ich habe schon Weichteile aus Enten geholt und Federn aus Gänseärschen gerupft, während andere bereits andächtig beim Weihnachtsgottesdienst in der Kirche saßen, ich habe in die toten Augen von Regenbogenforellen geblickt; wenn du glaubtest, ich weine Glückstränen, waren es meistens Zwiebeln, und manchmal wusste ich nicht, ob das Ding mit der hautfarbenen Pelle auf dem Brett ein daumengroßes Stück Ingwerknolle ist – oder meine Fingerkuppe. Ich habe Chilischoten entkernt, die so höllisch scharf waren, dass Hersteller von unterirdisch verlegten Glasfaserkabeln damit die Außenschicht einreiben, um sie vor Nagerfraß zu schützen. Ich habe stundenlang in der Küche gestanden, damit ihr all diese Köstlichkeiten in einem Tempo aufesst, die man bei der ›ARD Sportschau‹ dafür braucht, um das ›Tor des Monats‹ zu zeigen, und mein Lohn für all die Liebe war meistens nur ein zufriedenes Grunzen. Wenn überhaupt. Und du, Kai, willst mir jetzt allen Ernstes etwas über einen *Nutella*-Toast erzählen?«

Ja, das will ich sagen.

Mache ich aber nicht.

Ich bin frisch operiert. Mein Fuß braucht Schonung. Meine Nerven auch.

»Das klingt ja wunderbar«, sage ich deshalb nur und streichle Jonas' Arm.

Er zieht die Nase hoch.

»Nimm ein *Tempo,* Schätzchen!«, sage ich weich. »Wie war's gestern bei Max?«

»Seine Mutter hat gekocht. Chicken Curry. Total lecker.«

Ich verspüre einen kleinen Stich. »Kann sie überhaupt kochen?«, frage ich.

»Glaubt man gar nicht, oder?!«, sagt Kai. »Irgendwie

glaubt man nicht, dass Frauen kochen können, die aussehen wie die ältere Schwester ihres Sohnes.«

Ich schaue auf meine weißen Thrombosestrümpfe und wackle mit den Zehen meines gesunden Fußes. »Ihr könnt jetzt gehen, wenn ihr wollt.«

Als sie weg sind, humpele ich auf Krücken zum Klo. Das Fenster im Bad geht zur Straße raus, und ich höre den Schneematsch unter den Autoreifen spritzen. Ich betrachte mein blasses Gesicht im Spiegel, während aus unserem Zimmer die Tabletts entfernt werden.

»Der Feldsalat war gut gewaschen«, vernehme ich Rebekkas Stimme.

Fast hätte ich gelacht. Sind das die einzigen warmen Worte, zu denen eine Frau fähig ist, in deren Nähe selbst eine Schneeeule Schüttelfrost bekommt?

Ich gehe zurück ins Bett und packe mir die Eismanschette um.

»Was macht eigentlich Ihr Mann?«, fragt Rebekka.

»Er schreibt Krimis.«

Meine Bettnachbarin seufzt. »Er sieht gut aus. Haben Sie keine Angst, dass er Ihnen wegläuft? Ich hoffe, Sie schnarchen nicht.«

Ich schlafe schlecht in dieser Nacht. Mein Fuß schmerzt. Während ich wach liege, dämmert der Morgen.

Um sieben kommt Schwester Ulrike. Sie reicht Rebekka eine Spritze. Ich beobachte sie. Sie zieht das Nachthemd hoch, kneift in ihren flachen Bauch, quetscht beherzt eine Hautfalte zwischen ihren Fingern und sticht zu.

»Und jetzt sind Sie dran!«, sagt sie.

»Rein damit!«, sagt Schwester Ulrike. »Das ist eine Anti-

Thrombosespritze. Davon kriegen Sie jeden Morgen eine im Krankenhaus, und sieben weitere geben wir Ihnen für zu Hause mit. Für jeden Morgen der ersten Woche nach Ihrer Entlassung eine.«

»Die soll *ich* mir setzen?«, frage ich entsetzt. »Das kann ich nicht.«

»Es kann natürlich auch Ihr Mann machen.«

»Der kann das auch nicht.«

»Dann lernt er es«, sagt meine Bettnachbarin und verdreht die Augen.

»Ich zeige es Ihnen«, sagt Schwester Ulrike. »Und dann üben wir das.«

»Ich soll es üben?« Ich reiße die Augen auf. »Wissen Sie überhaupt, was das heißt? Üben bedeutet Verbesserung durch ständige Wiederholung. Aber wir sprechen hier nicht vom Panflötespielen, sondern davon, dass ich mir eine Nadel in den Bauch rammen soll! Ich bin keine Voodoo-Puppe.«

»Es gibt einen Trick«, sagt Schwester Ulrike. »Nehmen Sie die Bauchhaut quer zwischen Zeigefinger und Daumen, nie längs, das tut weh! Dann setzen Sie die Spritze mit der Nadel von oben senkrecht auf die Haut, sehen weg und drücken zu! Es tut nicht weh. Es ist eher so ein Gefühl, als würden Sie mit einer Nadel in eine Tomate piksen.«

»Ich pikse in der Regel nicht mit Nadeln in Tomaten.«

»Heute werde ich das übernehmen«, sagt Schwester Ulrike. »Ab morgen machen Sie es allein. Schieben Sie Ihr Nachthemd hoch!« Sie formt ein Fleischröllchen von der Größe eines Cevapcicis zwischen Zeigefinger und Daumen und versenkt die Nadel. »War das jetzt so schlimm?«, fragt sie. »Was möchten Sie zum Frühstück? Aufschnitt? Käse? Marmelade? Honig? Gekochtes Ei? Brötchen oder Croissant? Tee oder Kaffee? Oder lieber unser Gesundheitsfrühstück mit frisch gepresstem Orangensaft, Obstsalat und Bircher-Müsli?«

»Für mich bitte nur Müsli«, sagt Frau von Schlippenbach und erhebt sich, um am Tisch Platz zu nehmen.

»Ich nehme alles«, sage ich, werfe Rebekka einen herausfordernden Blick zu und kuschele mich in mein Kissen.

»Geht aber viel rein in Ihren Bauch«, sagt sie.

»Geht Sie aber gar nichts an«, sage ich.

»Mit Essen stopfen Sie wohl die Löcher in Ihrem Leben?«

Ich tue so, als hätte ich das nicht gehört. Aber kurz darauf beiße ich so krachend in mein Mettwurstbrötchen, dass Frau von Schlippenbach zusammenzuckt.

5.

Der Bullenbeißer

Ab jetzt werde ich alles ignorieren, was mein Wohlbefinden stört.

Spritzen.

Spitzen.

Ich genieße – und schweige. Ich lasse mich nicht länger provozieren. Ich trage die Eismanschette, breche Bröckchen von meinem warmen duftenden Croissant, nippe am Orangensaft und vertiefe mich in die Tageszeitung.

Als es im Bett neben mir unruhig wird, schaue ich von meinem Tablett auf.

»Visite!«, sagt Rebekka.

Ich zucke die Achseln. »Ja, und?!«

»Der Oberarzt, Dr. Patrick Olevin, ist der Typ Mann, der uns Frauen zu all dem Unsinn treibt, den wir bei anderen albern finden.« Sie hüstelt und wirft einen verstohlenen Blick in den Spiegel ihrer Puderdose, der mir nicht verborgen bleibt.

Die Tür wird geöffnet, Dr. Olevin tritt ein – und ich sehne mich nach roten Lippen.

Er sieht gut aus. Mehr als das. Blendend. Schmaler Körper. Schmale Hände. Schmales Gesicht. Dunkle Haare. Huskyblaue Augen. Weiche Lippen. Ein sanftes Lächeln. Männer wie er gehören in Hollywoodfilme – und nicht an die Betten von Hallux-valgus-Patientinnen. Höchstens *in* die

Betten von Hallux-valgus-Patientinnen. Dr. Olevin mit seinem Gefolge von fünf Ärzten und Schwester Ulrike macht halt bei Rebekka, die kerzengerade im Bett sitzt, die Hände im Schoß, und sagt: »Herzlichen Glückwunsch! Morgen werden Sie entlassen, Frau von Schlippenbach!«

Da ich ein spontaner Typ bin, der zu unbedachten Äußerungen neigt, rufe ich aus: »Wenn das keine wundervollen Neuigkeiten sind!«

Rebekka mustert mich kühl. »Für wen?«

»Für Sie«, sage ich mit lammfrommer Miene und streiche eine Strähne aus der Stirn. »Und für Avalanche. Das süße Hündchen.« Ich kann auch beißen. *Schnapp.*

Dr. Olevin tritt an mein Bett. »Guten Morgen, Frau Kohlmey! Wie geht es Ihnen? Haben Sie Schmerzen?«

»Es ist auszuhalten«, sage ich tapfer.

»Sie neigt zur Larmoyanz«, sagt Rebekka.

»Tue ich nicht!«, protestiere ich.

Unverschämtheit! Das mir! Ich sehe die Dinge positiv und stehe selbst liegend mit beiden Beinen im Leben.

»Ich habe was für Sie«, sagt er und reicht mir einen Bogen Papier.

Ich sehe meinen Fuß. Vorher. Nachher. Auf der Aufnahme vor der OP ist er krumm wie die Lotusfüße der Frauen im alten China. Auf dem Foto daneben habe ich einen wunderschönen Fuß. Einen Fuß, auf den ich stolz sein kann.

Dr. Olevin deutet auf die Ausbuchtung meiner linken Großzehe auf dem Vorher-Foto und sagt: »Jetzt sind Sie Ihren Frostballen los.«

Frostballen! Was für ein scheußliches Wort! Klingt wie Frustballen.

Er doziert über die »OP-Methode nach Waterman-Green«. Es klingt, als habe sich ein New Yorker Designer-Duo zur

Abwechslung nicht an Schulterpolstern, sondern an meinem Fuß versucht. Er redet von »Moberg-Akin-Osteotomie«, hinter der Laien eine deutsch-türkische Filmemacherpaarung vermuten könnten.

»Was ist Osteotomie?«, frage ich.

»Das operative Durchtrennen von Knochen«, sagt Dr. Olevin.

Schlechter Film, denke ich. Ganz miese deutsch-türkische Koproduktion.

Ich höre »Weichteilkorrektur in Höhe des ersten Zehenstrahls«, höre »Schraubenfixierung«, »Extrosenabtragung«, »Knorpelabschilferungen« und »Vorfußdeformität«. Muss er so ins Detail gehen?

Wie ist das, wenn er mit einer Frau im Bett liegt? Massiert er beim Liebesspiel ihre unteren Extremitäten, um ihr dann zärtlich ins Ohr zu raunen: »Liebling, am inneren Rand deines rechten Fußes kommt es zu einer deutlich sichtbaren knöchernen Auswachsung des Mittelfußknochens. Ganz zu schweigen von den Adhäsionen in deinem Sesambeingleitlager. Dagegen sollten wir schnellstens was unternehmen, meinst du nicht?«

»Hier auf dieser Röntgenaufnahme, die wir ebenfalls unmittelbar nach der OP gemacht haben, sehen Sie sowohl die acht Millimeter große Knochenklammer als auch die vierundzwanzig Millimeter lange Scarfschraube, die jetzt zur Fixierung in Ihrem Fuß stecken.« Er reicht mir ein weiteres Blatt Papier.

Mein Blick fällt auf eine Schraube und eine Art Heftklammer, die aussieht, als käme sie geradewegs aus dem Tacker.

»Bleibt das etwa drin?«

Er nickt. »Haben Sie noch Fragen?«

»Zu welchen Schuhen würden Sie mir nach meiner Genesung raten, Doktor?«

Das ist eine intelligente Frage, finde ich. Die Frage einer Patientin, die nicht nur mit-, sondern weiterdenkt. Eine Frage, die auf die Zukunft gerichtet ist. Ich setze noch eins drauf: »Im Hallux Forum habe ich gelesen ...«

Dr. Olevin lacht laut auf. »Hallux Forum! Es gibt ein Hallux Forum?«

Alle lachen. Die Ärzte, Schwester Ulrike und Rebekka. Ich bin rot angelaufen. Ich komme mir blöd vor. Wie eine Frau, die nichts anderes zu tun hat, als mit Leidensgenossen im Hallux Forum über Frostballen und Ballengroßzehe zu chatten.

»Ich kann Ihnen keinen Schuh empfehlen, Frau Kohlmey«, sagt Dr. Olevin. »Das muss Ihr behandelnder Arzt tun. Die nächsten sechs Wochen bekommen Sie von uns erst mal einen hübschen Vorderfußentlastungsschuh, der das Abrollen über den Ballen verhindert. Die Knochenheilung ist mit sechs Wochen zu veranschlagen, die angestrebten Gelenkumbauveränderungen mit zwölf. »

Gelenkumbauveränderung klingt nach Totalrenovierung eines alten Hauses wegen Gefährdung der Bausubstanz. Wie uncharmant!

»In den ersten sechs Wochen nach OP gilt: absolute Schonung. Sie sollten Ihre Wohnung nur zu den Nachsorgeterminen verlassen. Fadenzug in zwei Wochen. Elastokompressive Zügelwicklung voraussichtlich bis zur sechsten Woche nach OP. Krankengymnastik ...«

»Elastokompressive Zügelwicklung?«, unterbreche ich ihn.

»Ein spezielles Bandagierverfahren. Das zeigen wir Ihnen noch. Und dann zeigen Sie es Ihrem Mann. Am einfachsten geht es zu zweit. Und wir Männer halten doch gern die Zügel in der Hand, nicht wahr?« Er lacht. Sein Gefolge stimmt ein. »Bei späteren Problemen«, fährt er fort, »ist eine MPT-I-Prothese zu erwägen.«

»Eine was?«, sage ich, während mir das hässliche Wort »Stumpfende« durch den Kopf schießt.

»Machen wir uns doch jetzt keine Gedanken um ungelegte Eier«, sagt er.

»Dann gucke ich mir jetzt wieder mein Vorher-Nachher-Foto an. Manche haben eines von ihrem Gesicht. Ich habe eins von meinem Fuß.«

»Von Ihrem Gesicht brauchen Sie auch keins«, sagt er. »Da kann man nicht viel verbessern.« Er lächelt mich an – und schwebt hinaus.

Ich surfe auf einer Welle des Glücks durch den Vormittag, bis mein Mann kommt, um meinen Tafelspitz zu essen.

Er hat mir etwas mitgebracht: die »Apotheken Umschau« (in Fachkreisen »Senioren-Bravo« genannt).

Ich stürze von meiner Glückswelle ins kalte Wasser. »Was soll ich damit?«

»Die hat mir die Apothekerin bei uns unten im Haus für dich mitgeschickt. Ich habe erwähnt, dass du Arthrose hast. Das ist die aktuelle Titelgeschichte.«

»Und die Bedienung aus dem Coffeeshop? Weiß die bereits über den Zustand meiner Darmflora Bescheid?«

»Nun hab dich doch nicht so!«, sagt Kai beleidigt. »Da will man nur dein Bestes …«

»Falls du gestattest, würde ich das gerne für mich behalten.«

Ich blicke auf das Cover der Zeitschrift. Keiner käme auf die Idee, einem die zu geben, wenn man dreißig ist. Die bekommt man nur, wenn die Nöte, die man mit dem eigenen Körper bereits erduldet hat, nicht mehr zu übersehen sind. Wenn man gezwungenermaßen anfängt, sich für Themen wie Treppenlift, inkontinenzgeeignete Unterwäsche und arterielle Verschlusskrankheiten zu interessieren. Wenn man weiß, dass man bald genügend Zeit hat, Kreuzworträtsel zu lösen, Ausflüge mit dem Samenvermehrungsverein für Wiesenblumen auf die Insel Mainau zu unternehmen und erste Sympathien für Marianne & Michael verspürt. Wenn der tägliche Kampf den Krampfadern gilt und Vitamin D wichtiger wird als Vitamin B.

»Haben Sie schon einmal eine Osteoporose-Messung vornehmen lassen?«, fragt Rebekka, die ihr Mittagsmahl wieder am Tisch einnimmt und mich mit einem Röntgenblick bedenkt, mit dem sie glatt meine Knochendichte messen könnte. »Auch das wird zu einem Thema in den Wechseljahren. Haben Sie schon Hitzewallungen? Nachtschweiß? Dann sollten Sie Rotklee-Tee trinken.«

»Ich bin weder in den Wechseljahren, noch habe ich Osteoporose, und unter Hitzewallungen leide ich nur dann, wenn heiße Wut in mir aufsteigt. Gerade jetzt ist es wieder so weit. So ein Pech aber auch!«

Kai sagt nichts, sondern lacht und verschluckt sich am letzten Bissen meines Tafelspitzes.

Am nächsten Morgen wird Rebekka von Schlippenbach entlassen. Sie trägt eine schwarze Hose, eine weiße Bluse, einen schillernden lila Blazer und einen fliederfarbenen Chiffonschal.

»Vielleicht treffen wir uns mal auf einen Kaffee«, sage ich.

Warum sage ich das? Lieber würde ich mit Gaddafi eine Tasse Pfefferminztee in einem Beduinenzelt trinken als einen Kaffee mit diesem silberhaarigen Eiswürfel. Warum bin ich so verdammt harmoniesüchtig?

Niemals werde ich mich mit ihr verabreden. Krankenhausbekanntschaften sind wie Urlaubsbekanntschaften. Die einen funktionieren nur im Dunstfeld von Sagrotan, die anderen mit Sangria. Die mit Rebekka von Schlippenbach funktioniert überhaupt nicht.

Warum belasse ich es nicht dabei, sondern erhebe mich aus dem Bett, krame in meiner Handtasche und reiche ihr sogar noch meine Visitenkarte? Sie wirft einen Blick drauf und zeigt zum ersten Mal Interesse an mir. »Sie sind Journalistin?«

Ich nicke.

»Für welches Blatt arbeiten Sie?«

»Für ›Elixier‹.«

»Nie gehört! Worüber schreiben Sie?«

»Ich analysiere Produkte zum Wohle des Käufers und untersuche anhand von objektiven Merkmalen deren Nutzen. Man könnte in aller Bescheidenheit behaupten, meine Bewertungen haben einen enormen Einfluss auf das Konsumverhalten der Deutschen und lassen die Hersteller zittern. Wenn man so will, ist es auch eine Art politischer Journalismus.« Ich hebe die Faust, wobei mir die Krücke aus der Hand fällt. »Ich kämpfe für die Rechte der Verbraucher.«

»Und was bewerten Sie?«

»Die Augenwischerei, die die Hersteller betreiben!«, steigere ich mich in meine kleine Rede hinein. »Dieses Vollkleistern mit falschen Versprechungen. Die menschenverachtende Schönfärberei und Übertüncherei der Realität ... Dabei geht es manchmal doch nur um den richtigen Schwung und klare Linien.«

»Sie sind ja richtig engagiert!«, sagt Rebekka und

schenkt mir den Anflug eines Lächelns. Sie steckt meine Karte ein und humpelt mit durchgedrücktem Kreuz aus dem Zimmer, während Markus hereinkommt, mir meine Krücke wieder in die Hand drückt und ihre Reisetasche nimmt.

»Gute Besserung!«, ruft sie an der Tür.

Ihr Wort in Gottes Ohr. Ich werde daran arbeiten.

Dieser Tag ist grandios. Schwester Ulrike hat mir in der Frühe meine Spritze gegeben, da mich auf unerklärliche Weise ein heftiges Zittern in den Händen befallen hat. Ich habe das Zimmer für mich. Ich schlafe viel. Ich esse gut. Am Nachmittag kommen mein Mann und mein Sohn. Ich blicke Jonas verzückt an. Seine Jeans hat Löcher. Seine schwarze Baseballmütze hängt auf halb acht; der Schirm überdacht das linke Ohr.

»Du siehst süß aus wie ein Heidelbeer-Muffin.«

»Süß ist scheiße«, sagt Jonas. »Wenn ich süß aussehe, habe ich was falsch gemacht.«

»Wie willst du denn aussehen?«

»Krass.«

»Du siehst echt krass aus. Läuft's immer noch so gut mit euch beiden?«

»Genial«, sagt Kai.

Kai sagt immer dann ›genial‹, wenn etwas mittelmäßig bis schlecht ist. Ich werde misstrauisch. Ich schaue Jonas fest in die Augen. Er schiebt den Schirm seiner Mütze nach vorn und zieht sie tiefer ins Gesicht. »Papa hat alles im Griff. Gestern Abend hat er sogar gekocht.«

Schwester Ulrike betritt das Zimmer und bringt mein Essen. Ich lächele ihr zu, während ich fassungslos zu Kai sage: »Du hast gekocht?«

Kai wirft sich in die Brust. »Kein Thema.«

»Was hast du gekocht?«

»Wiener Würstchen.«

»Und eben hat er die Waschmaschine angestellt«, sagt Jonas.

»Du hattest keine Schwierigkeiten?«, frage ich.

»Nee. Hast doch alles super erklärt auf deinen Zetteln.«

Ich strahle. »Siehst du!«

»Guten Appetit!«, wünscht Schwester Ulrike und verlässt das Zimmer.

»Dein Chefredakteur hat angerufen«, sagt Kai. »Er wollte wissen, ob du die Testberichte für Wimperntusche und Konturenstifte bis nächsten Montag schaffst.«

»Kein Problem! Ich schreibe im Bett.«

»Gemütlich zu Hause«, sagt Kai und blickt mich zärtlich an. »Bald gibt es nichts mehr, was dich noch hier hält.«

»Nichts mehr«, sage ich, während ich an warme Brötchen denke, an Gartensalat und Dr. Olevin. »Bringst du mir morgen mein Schminktäschchen mit?«, bitte ich meinen Mann.

Am nächsten Morgen reißt mich Schwester Ulrike aus meinen Träumen. Ich blinzele in grelles Licht, das an der Decke aufflammt. Draußen ist es dunkel. Eine Mischung aus Schnee und Regen fällt wie Eisfäden vom Himmel. Ich räkele mich. Ich muss nicht raus. Keine Kälte. Kein Frost. Keine nassen Füße. Schwester Ulrike klatscht in die Hände. »Gute Nachrichten! Sie werden heute entlassen!«

Vor Schreck vergesse ich zu atmen. Dann fahre ich hoch. »Was? Das ist doch viel zu früh! Ist das nicht unverantwortlich? Das können Sie doch nicht machen!«

Wenn meine Entlassung aus dem Krankenhaus eine gute Nachricht ist, dann gehören auch Gletscherschmelze, die

Begünstigung des organisierten Verbrechens durch den internationalen Kapitalismus und Lehrstellenkrise in diese Kategorie.

»Sie können mich noch nicht entlassen. Ich habe Schmerzen. Ich kann mir keine Spritzen setzen. Ich …« Hastig suche ich nach Gründen, die gegen meine Entlassung sprechen. Ich kann ja schlecht sagen: »Weil ich mir für heute Mittag schon Saltimbocca vom Lachs auf Pestonudeln bestellt habe.« Stattdessen erkläre ich: »Mein Mann ist noch gar nicht darauf eingestellt.«

»Rufen Sie ihn an! Es ist kurz nach sieben. Um diese Zeit sind Ehemänner noch daheim.«

»Meiner ist immer zu Hause«, würde ich ihr am liebsten entgegnen, »genau das ist ja das Problem.« Aber nein, halt, stopp, ich muss logisch argumentieren. Logisch. Kühl. Besonnen. Auch wenn Logik und Besonnenheit nicht gerade zu meinen Stärken gehören.

»Ich glaube, die Titanteile in meinem Fuß haben sich verschoben.«

»Das kann ich mir nicht vorstellen. Aber wenn es Sie beruhigt, wird der Doktor gleich noch mal nach Ihnen sehen.«

»Dr. Olevin?«

»Der ist schon im OP. Dr. Guth wird heute die Visite machen.«

»Schlecht.«

»Bitte?«

»Dr. Olevin wäre mir lieber, da er meinen Fall kennt.«

»Die Patienten nehmen bei uns leider keinen Einfluss auf die Dienstpläne der Ärzte. So, und jetzt rufen Sie Ihren Mann an, bekommen Ihr Frühstück, warten noch die Visite ab, und dann geht's nach Hause!«

Schwester Ulrike zaubert etwas Schwarzes mit Klettverschlüssen hervor, das sich vielleicht etwas auf sein Fußbett einbilden kann, aber ganz bestimmt nicht auf sein Design. »Voilà! Ihr Vorderfußentlastungsschuh!«

»Sieht aus wie ein Schneeschuh zu Luis Trenkers Zeiten«, nörgle ich.

»Den tragen wir die nächsten sechs Wochen!«, kommandiert Schwester Ulrike.

»Wieso wir? Sie auch? Warum müssen im Krankenhaus immer alle im Plural reden?«

»Zusätzlich sollten Sie in den nächsten drei Wochen zu Hause Ihre Gehhilfen Marke ›Seniorenland‹ benutzen, die Ihnen Ihr Orthopäde bereits mit ins Krankenhaus gegeben hat!«, fährt Schwester Ulrike fort.

»*Gehilfen* wären mir lieber«, sage ich.

»Bitte?«

»Gehilfen. Im Haushalt. In meiner Familie gibt es zwei männliche Wesen, die bei Cilit Bang nicht an ein Putzmittel, sondern an die Schusswaffen in einem intergalaktischen Action-Spiel denken.«

»Das klang aber gestern Abend ganz anders«, sagt Schwester Ulrike. »Ihr Mann kocht. Und wäscht. Und er sieht übrigens sehr gut aus.«

»Ach, ja?!«, sage ich kühl.

Sie hat recht. Natürlich sieht Kai gut aus. Trotzdem ärgert mich ihre Bemerkung, weil leichte Verwunderung darin mitschwingt. So als hätte sich ein gestrandeter Walfisch eine hübsche Makrele geangelt. Langgestreckt und stromlinienförmig. Alles an Kai ist groß und schmal und kantig. Sein Körper. Sein Gesicht. Seine Nase. Seine Augen sind grau, wenn er sich ärgert. Hat er gute Laune, sind sie gelblich braun wie das Harz verwundeter Bäume, durch das die Sonne schimmert. Ist er glücklich, zeigen sich auf seiner Iris grüne Sprenkel. Bei sexueller Erregung hat er einen leichten Silberblick. Manchmal wünsche ich mir, er hätte einen Bauch. Einen, in den man den Finger piksen kann wie in einen prallen Wasserball, während man gleichzeitig mit geschürzten Lippen zischende Geräusche macht und gemeinsam lacht. Einen Bauch wie ein Kissen, auf das man seinen Kopf legen kann. Aber an Kais Körper ist kein Gramm Fett.

»Ja, er ist sehr attraktiv«, sagt Schwester Ulrike. »Da haben Sie Glück gehabt! Seien Sie nicht undankbar! Und wenn etwas nicht läuft, wie es soll, machen Sie einfach die Augen zu! So, und jetzt bringe ich Ihnen Ihre Henkersmahlzeit! Bis elf müssen Sie das Bett geräumt haben.«

Während ich frühstücke, fasse ich einen Plan. Einen ganz einfachen. Die simpelsten Pläne sind immer die besten. Ich bleibe einfach liegen. Schließlich kann man niemanden aus der Klinik werfen, in dessen frisch operiertem Fuß ein halbes auch im Flugzeugbau erprobtes Metalllager steckt und der nur aus Versehen noch am Leben ist. Ich bitte Sie! Das bringt kein Mensch übers Herz.

Kaum ist die Visite vorüber, kehrt Schwester Ulrike zurück. Es ist kurz vor halb elf.

»Haben Sie Ihren Mann erreicht?«

Ich schüttele den Kopf und hoffe, es gelingt mir, die Geknickte zu spielen. »Nein. Ich verstehe das auch nicht. Ich weiß nicht, wo er ist.«

»Hat er kein Handy?«

»Kaputt.«

Schwester Ulrikes Lippen sind schmal, und ihr Blick ist kühl wie das Wasser der Eismanschette, die sie mir bereits entrissen hat.

»Sie müssen jetzt das Bett frei machen! Um zwölf kommt

die nächste Patientin. Eine neue Hüfte. Wir wollen das Zimmer saubermachen.«

»Warum kommt die nicht erst morgen?«, maule ich.

»Die Hüften kommen immer schon einen Tag vor der OP.«

»Die Glückliche! Kann man nicht noch was anderes bei mir operieren? Allein in den Füßen befindet sich ein Viertel der 206 bis 215 Knochen des menschlichen Körpers. Irgendwas wird sich doch finden lassen. Wobei es ziemlich ungerecht ist, dass manche Menschen mehr Knochen besitzen als andere. Genauso ungerecht wie die Bevorzugung der Hüft-Patienten übrigens.«

»Dass die Menschen nicht die gleiche Menge an Knochen haben, liegt an der unterschiedlichen Anzahl von Kleinknochen in Fuß und Wirbelsäule. Und jetzt rufen Sie gefälligst Ihren Mann an!«, sagt Schwester Ulrike, die immer weniger Florence Nightingale und immer mehr einem Brabanter Bullenbeißer ähnelt. Sie zieht mir die Bettdecke weg. »Wie verzweifelt muss ein Mensch sein, der die Krankenschwester anfleht, ihn in der Klinik zu behalten?«

Unter ihrem strengen Blick wähle ich schweren Herzens unsere Nummer zu Hause. Kai geht nicht ran. Ich spreche aufs Band.

»Rufe mich bitte auf meinem Handy zurück!«, sage ich. »Es ist dringend!«

»Brav!«, sagt Schwester Ulrike.

Kaum ist sie draußen, schalte ich das Handy aus.

Um kurz vor halb zwölf kommt Kai.

»Was machst du denn hier?«

»Du hast gesagt, ich soll dich zurückrufen. Dringend. Da ich dich auf deinem Handy nicht erreichen konnte, habe ich in der Klinik angerufen. Da hat man mir erzählt, du wirst entlassen. Wunderbar! Willkommen zurück im Leben! Warum hast du dein Handy ausgeschaltet?«

Ich zucke mit den Schultern. »Habe ich das? War wohl ein Versehen.«

Er packt meine Sachen in den Koffer, während ich danebenstehe und ihm zusehe.

»Schön, dass du nach Hause kommst!«, sagt Kai und gibt mir einen Kuss. »Eine neue Frau mit einem neuen Fuß! Bin ich ein Glückspilz!«

»Ich bin jetzt ein wandelndes Ersatzteillager«, sage ich. »Du musst mich ölen.«

Kai lacht.

Als wir auf den Flur treten, sehe ich Dr. Olevin. Er bleibt stehen. Kai geht mit meinem Koffer weiter.

Dr. Olevin reicht mir die Hand. Seine Lippen nähern sich meinem Ohr. »Erlauben Sie mir eine kleine Indiskretion!«

Ich blicke auf den nackten Ringfinger meiner rechten Hand, an dem mein Ehering fehlt. Ich spreize meine Finger und wedele mit der Hand durch die Luft.

Wird er mich fragen, ob ich verheiratet bin?

Warum nicht?

War das etwa kein Flirtversuch bei der Visite, sein Kompliment mit dem Vorher-Nachher-Foto?

Ich bringe meine Augen zum Leuchten und lächele ihn an. »Ich erlaube Ihnen alles«, sage ich mit wattierter Stimme und finde mich ziemlich bestrickend.

»Hatten Sie seit Ihrer OP schon Stuhlgang?«

Einen Moment lang verschlägt es mir die Sprache. »Beim Hippokrates: ja!«, fahre ich ihn an und hinke davon, hinter Kai her.

»Alles Gute!«, ruft Dr. Olevin mir nach.

Schwester Ulrike eilt mit wehendem Kittel über den Korridor und ignoriert mich. Sie navigiert einen Putztrupp zu *meinem* Zimmer. Ich gebe ihr kein Trinkgeld für die Schwesternkasse. Das hat sie nun davon.

Der Wagen mit dem Mittagessen steht schon auf dem Flur. Als ich den Duft von zart gebratenem Lachs und würzigem Pesto rieche, möchte ich weinen.

6.

Armes Würstchen!

»Wieder daheim!«, ruft mein Mann, als er die Wohnungstür aufschließt. »Glücklich?«

Ich nicke abwesend, während ich mich umschaue. Unter meinen Füßen knirschen die Steinchen vom Streusand. Schuhe und Stiefel liegen verteilt auf dem Parkett. Eine Plastiktüte mit leeren Flaschen wartet auf den Gang zum Container; ein Stapel mit Altpapier hat es sich auf dem einzigen Stuhl im Flur gemütlich gemacht.

»Es sieht etwas chaotisch aus bei euch«, sage ich.

»Chaos ist nichts anderes als Organisation, die nicht jedem sofort auffällt«, sagt Kai. »Außerdem habe ich im Moment andere Sorgen.«

»Welche?«

»Ich hänge. Mit meinem Krimi. Mir ist mein eigenes Subjekt suspekt.«

Ich zwinge mich zur Ruhe. »Was ist das Problem?«

»Dass der Hamburger Anlageberater, der sein Geld in Tschechien macht und später dem Mädchen den Hals aufschlitzt, ein Typ ohne irgendwelche Besonderheiten ist. Irgendwas Charakteristisches sollte der von Anfang an haben.«

»Vielleicht ist er ein Messie«, sage ich, während mein Blick über die Unordnung um mich herum wandert. »Er hat einfach die notwendigen Strukturen nicht gelernt. Das soll's geben.«

Kai stöhnt. »Kaum bist du da, gibt's Stress!«

»Ich wollte dir nur helfen«, sage ich mit unschuldigem Blick.

Ich humpele unseren langen Flur entlang. Als ich an der Küche vorbeikomme, verspüre ich den dringenden Wunsch, meine Augen zu schließen. Doch ich schaue hin. So wie man auch auf einen vor dem Haus parkenden Krankenwagen starrt, wohl wissend, dass man gar nicht erfahren will, was sich darin gerade abspielt.

Ich sehe es sofort. Unsere Küche ist in einem äußerst pflegebedürftigen Zustand. Auf der Arbeitsfläche sind Saftspuren zu kleinen stumpfen Pfützen getrocknet, die aussehen wie Salzseen in der Wüste. An der Schranktür kleben Ketchupspritzer. Ein angebissener Apfel auf dem Tisch hat sich braun verfärbt; neben ihm gammelt eine Bananenschale. Ein Senfglas steht aufgeschraubt auf der Anrichte, die gelbbraune Masse am Rand festgetrocknet wie schrumpeliger Käse. Auf der Fensterbank welken meine Kräuter, auf dem Herd steht ein Topf mit trübem Wasser, in dem ein paar aufgeplatzte Würstchen planschen.

»Bevor man diese Küche gefahrenfrei betreten kann, muss man sich eine Tetanus-Impfung verpassen lassen«, sage ich.

»Entschuldige bitte, dass wir leben!«, kontert Kai.

Ich schüttele den Kopf und blicke in den Topf. »Die habt ihr gegessen?«

»Würden sie noch im Topf liegen, wenn wir sie gegessen hätten?«

»Sie sehen eklig aus.«

»Soll ich sie etwa wegwerfen? Ich werfe keine Lebensmittel weg. Kann sein, dass du das tust. Ich tue es nicht. Sie schmecken gut, auch wenn sie aufgeplatzt sind.«

»Aufgeplatzte Würstchen sind wie wässriges Rührei.«

»Wenn du so weitermachst mit deiner Besserwisserei, ziehe ich aus.«

»Tu das!« Ich spüre, wie meine Augen feucht werden. »Lass mich ruhig allein. Aber vielleicht könntest du vorher wenigstens ...«, sage ich, stelle meine rechte Krücke ab und hebe einen Teller aus der Spüle, der so verkrustet ist mit Marmelade, Honig und Nutella, dass selbst in senkrechter Haltung das Messer kleben bleibt, »... diese Alltagskunst in die Spülmaschine räumen! Den könnte man glatt ins Museum hängen.«

»Und dann besorge ich noch Plastiküberzüge für die beiden Sofas, damit keine Flecken draufkommen. Couch-Kondome! Der Sex des Alters! Herrgott, bist du pingelig! Jonas braucht nicht für jedes Frühstück einen frischen Teller. Du bist der größte Energieverschwender, den ich kenne. Al Gore würde dich hassen«, sagt Kai, schenkt sich ein Glas Orangensaft ein und stürzt es in einem Zug hinunter, bevor er weiterredet. »Du kannst mir nicht deinen völlig übertriebenen Standard aufzwingen. Ich muss nicht vom Fußboden essen können.«

»Wäre aber genug da«, hetze ich.

»Ich habe keine Lust«, sagt Kai, »mir die Hände von Reinigungsmitteln aufweichen zu lassen, die aus so appetitlichen Dingen wie Säuren, Laugen, Chlorverbindungen und Tensiden bestehen.«

»Glückwunsch, Ellen!«, sage ich und klopfe mir mit der freien Hand auf die Schulter. »Bald sind alle fiesen Fette, Kalkspritzer, Rostflecken, Krümel, Staubflocken und Haare im Waschbecken wieder ganz für dich alleine da. Das wird ein fröhliches Wiedersehen!« Ich bin atemlos vor Wut und schnappe nach Luft. »Habt ihr nicht erzählt, hier läuft alles super? Hier läuft gar nichts. Außer Jonas' Nase.«

»Es lief, bis du kamst.«

»Ich kann gern wieder gehen.«

»Gehen ist gut«, sagt Kai.

»Das war gemein!«, platzt es aus mir heraus, während ich eine volle Filtertüte betrachte, die neben dem Mülleimer in einem braunen Kaffeesee auf der Erde liegt.

Kai folgt meinem Blick. »Ich mache das weg.«

»Du machst das weg?! *Der* war gut!«

»Das kann schon mal passieren, wenn man morgens in Eile ist.«

»Passiert mir nie!«, sage ich.

»Man muss noch Chaos in sich haben, um einen tanzenden Stern gebären zu können. Friedrich Nietzsche«, sagt Kai.

»Warum bist du eigentlich immer das Genie – und ich die Frau fürs Grobe? Karl Popper. Und Meister Propper.«

Kai zuckt die Schultern. »Ich gehe jetzt an den Schreibtisch. Ich habe keine Zeit, mir deine Vorwürfe anzuhören. Ich habe einen Job, und ich habe einen Abgabetermin, und der ist in drei Monaten.«

»Im Krankenhaus würde ich jetzt zu Mittag essen«, rufe ich ihm nach. »Saltimbocca vom Lachs auf Pestonudeln.« Erst jetzt fällt mir mein Schreibtischstuhl auf, der vorm Herd steht. »Was macht mein Stuhl hier?«

»Ich dachte mir, so geht das für dich mit dem Kochen leichter«, höre ich Kais Stimme aus unserem Arbeitszimmer. »Du kannst zwischen Kühlschrank und Herd hin und her rollen. Essen auf Rädern.«

»Sehr witzig!«, sage ich bitter und haue vor Wut mit dem Gummistopper meiner Krücke auf den Deckel unseres Abfalleimers. »Warum kannst du eigentlich nicht kochen? Warum kannst du, verflucht noch mal, nicht ein Schnitzel braten oder ein paar Kartoffeln machen wie jeder andere auch? Oder Hähnchenbrust mit Brokkoli?«

»Ich hasse Brokkoli! Jeder Mensch, dessen Geschmacksnerven halbwegs intakt sind, hasst Brokkoli.«

»Könntest du vielleicht herkommen, wenn wir uns unterhalten?!«

»Wir unterhalten uns nicht. Du beschimpfst mich.«

»Wir führen eine Diskussion«, sage ich.

»Das ist keine Diskussion. Das ist Diktatur«, sagt Kai, der sich vor mir im Türrahmen aufbaut, Beine über Kreuz, Arme vor der Brust. »Du willst mir sagen, wo's langgeht. Und ich mache da nicht mit.«

»Ich will dir nur vermitteln, dass Kochen simpel ist. Du bist intelligent genug, um es schnell zu lernen. Und außerdem zu klug, um unser Geld dem Pizzaservice in den Rachen zu schmeißen.«

»Ich werde nicht auf meine alten Tage noch anfangen zu kochen.«

»Snob!«, zische ich wie heiße Butter in der Pfanne, kurz vor dem Verbrennen. »Dir wird kein Zacken aus der Krone brechen, wenn du deinen unbestreitbar vorhandenen Virtuositäten wie Schreiben, Schachspiel, Angeln, Rennradfahren, Skifahren und Weintrinken noch die des Kochens hinzufügen würdest. Und ich spreche hier nicht von flambiertem Rebhuhn, sondern davon, Würstchen unfallfrei warm zu machen.«

»Noch was?«, sagt Kai. »Du bist schon ganz rot im Gesicht.«

»Ja, noch was! Du kannst doch auch gleichzeitig Kaffee trinken und Zeitung lesen. Auto fahren und atmen. Mit dem Handy telefonieren und einer schönen Frau auf der Straße hinterherschauen. Warum kannst du dann nicht einen Topf Reis kochen und dabei einen attraktiven Mord planen?«

»Mir kommen da gerade ein paar ganz prima Ideen«, sagt Kai und verengt seine Augen zu Schlitzen, bevor er im Arbeitszimmer verschwindet.

Plötzlich ist Kai wieder da und strahlt mich an. In seinen Händen hält er ein zirkelähnliches Gerät aus Metall. »Ich weiß jetzt, was dein Problem ist. Du befürchtest, von deinem Stuhl aus die hinteren Herdplatten nicht bedienen zu können.« Er überreicht mir das Ding mit der gleichen Geste, mit der ein Magier einen Reigen bunter Tücher aus dem Jackenärmel zaubert.

Auf einem Pappanhänger lese ich: »Lurch Cuisipro All-in-one-Zange.«

Ich drehe sie hin und her und sehe Kai an. »Und wozu soll die gut sein?«

»Du kannst damit Steaks in der Pfanne wenden oder Klöße aus dem Topf nehmen oder …«

Als Kai meinen Blick sieht, bricht er ab, hält eine Sekunde den Mund und fährt mit leiser, hastiger Stimme fort, wobei er angestrengt aus dem Küchenfenster schaut: »… heiße Brötchen aus dem Ofen holen. Die Enden sind antihaftbeschichtet. Tim Mälzer hat die auch.«

»Meine Güte, du verwöhnst mich ja richtig!«, höhne ich. »Erst die ›Apotheken Umschau‹ – und jetzt das! Wie wär's denn mal mit Rosen, wenn die Ehefrau aus dem Krankenhaus kommt? Oder Pralinen?«

Kai guckt mich abschätzig an. »Ich will dir ja nicht zu nahe treten, aber wo du dich in nächster Zeit so wenig bewegen kannst …« Er schüttelt den Kopf. »Ich weiß nicht.«

»Danke«, fauche ich. »Du willst also damit ausdrücken,

ich sei zu fett?! Genau das willst du doch sagen: Noch zwei, drei Pralinen mehr, und meine Frau ist ein Fall für den Schaufelbagger, der sie durch das Schlafzimmerfenster katapultiert, weil der Fahrstuhl kapituliert.« Meine Stimme klingt hysterisch. Schrill wie Kreide auf der Tafel. »Warum musst du mir ausgerechnet jetzt meine Schwachstellen vorhalten? Es tut weh, wenn man immer wieder mit der Zunge an einen schmerzenden Zahn kommt.«

Ich gehöre nicht zu den Frauen, die einmal im Monat so unter Hormonschwankungen leiden, dass sie am liebsten die Hoden ihres Mannes auf seinem Outdoorchef-Kugelgrill rösten würden. Ich bin ein geduldiger Mensch, wirklich. Aber im Augenblick habe ich das dringende Bedürfnis, Kais Hals in die Lurch Cuisipro All-in-one zu klemmen.

»Was willst du mir dann erst zu Weihnachten schenken? Ein Heringsräucherset? Obwohl das Kochbuch ›Rezepte für die Mikrowelle‹, das ich mal von dir zum Geburtstag bekommen habe, nach wie vor schwer zu toppen ist.«

»Was war denn daran so schlimm?«

»Dass wir damals gar keine Mikrowelle hatten.«

Ich fuchtele meinem Mann mit der Zange vor der Nase herum und lasse sie auf- und zuschnappen. Es klingt wie das Geräusch einer Klapperschlange.

»Du bist ja verrückt geworden!«, sagt Kai. »Komplett verrückt.«

Ich knalle die Zange auf den Fußboden. »Kapiere es endlich«, schreie ich ihn an, »und erspare dir und mir diese ganzen lächerlichen Konstruktionen! Den Stuhl am Herd! Und diese Scheißzange! Ich werde in den nächsten Wochen nicht kochen.«

Kai geht zur Tür, dreht sich noch einmal um und funkelt

mich zornig an. »Hör auf zu jammern! Das hält doch kein Mensch aus! Du hast keinen Krebs. Du hast Verschleiß. Arthrose. Altweiberkram.«

Vor Empörung bleibt mir die Luft weg. Ich beginne zu weinen. Und während meine Tränen mir den Blick vernebeln wie Milchglas, fische ich eines der kalten, aufgeplatzten Würstchen aus dem Topf und beiße ein Stück ab.

Armes Würstchen!

Ich humpele ins Schlafzimmer. Unser Bett sieht aus wie eine weiße Düne, die ein Unbefugter betreten und aufgewirbelt hat. Eine Düne aus Daunen.

Ich höre Kais Schritte hinter mir.

»Konnte ja nicht wissen, dass du heute schon wieder da bist.«

»Hab ich was gesagt?«

»Ich hätte das Bett gemacht, wenn ich nicht kurz zuvor gelesen hätte, dass ein gemachtes Bett die gemeine Hausstaubmilbe ernährt.«

»Das musst du mir jetzt aber erklären!«

»Britische Forscher haben herausgefunden, dass die Viecher nur in gemachten Betten die idealen Überlebensbedingungen finden. Gemachte Betten sind feuchtwarm. Nicht gemachte trocken. Ein nicht gemachtes Bett ist sozusagen der Super-GAU für jede Hausstaubmilbe. Ich finde das total einleuchtend. Weißt du, wie viele Milliarden Euro jedes Jahr von den Kassen für die Behandlung von Krankheiten ausgegeben werden, die durch Milben verursacht werden? Leute, die ihre Betten machen, haben kein soziales Gewissen.«

Kai geht zum Fenster, öffnet es und lässt eine einsame Winterfliege ins Freie, während ich es mir auf unserem Milbenfriedhof bequem mache.

Es ist halb eins.

Ich bin seit dreißig Minuten zu Hause und hatte schon den ersten Streit mit Kai.

Und was für einen.

So geht das nicht weiter.

Als Kai sich wieder zu mir umdreht, lächele ich ihn an. Es ist wieder gut, sagt dieses Lächeln. »Wir wollen doch nicht, dass einer von uns beiden nur wegen aufgeplatzter Würstchen und nicht gemachter Betten zerstückelt in der Tiefkühltruhe landet.«

»Ich werde da nicht landen«, sagt er. »Höchstens du. Und das wäre doch ein hübscher Mord für einen Roman.«

Er lacht.

Ich lache.

Er wuschelt sich durch seine dunklen Haare, die wie meistens wirr vom Kopf abstehen. »Musst du nicht kühlen?«

»Haben wir Eiswürfel?«

»Ich weiß was Besseres! Wir kaufen eine große Packung mit Tiefkühlerbsen und schmiegen sie um deinen Fuß. Und wenn du gesund bist, kochen wir daraus eine schöne Erbsensuppe.«

»Aus Erbsen, die meinen Fuß gekühlt haben? Ziemlich unhygienisch.«

»Die sind doch verschweißt.«

»Wie kommst du auf Erbsen?«

»Ich habe recherchiert. Ich gehe jetzt zu Aldi und hole welche.«

»Bring bitte noch Schmelzkäse mit! Und Bananen. Und Bratwürstchen. Vielleicht kriege ich die ja doch mit deiner tollen Zange gebacken.«

»Alles, was du willst!« Er beugt sich zu mir herunter und schaut mir in die Augen.

Mein Blick fällt auf den Wäscheständer. Was ist das, dieses Teil in Topflappengröße, schwarz, verfilzt? Ich weiß es, will es aber nicht wahrhaben.

Es ist mein Kaschmirpullover.

»Bisschen eingelaufen«, lacht Kai. »Schlimm?«

»Nein«, sage ich und ziehe eine Grimasse. »Ich hatte sowieso vor, im nächsten Leben als Zwergseidenäffchen zur Welt zu kommen.« Ich werde mich nicht mehr aufregen, nehme ich mir vor. Ich werde die Ruhe selbst sein. Ausgeglichen. Tolerant. Großmütig statt kleinkariert. Spaßig statt spießig. Zuckrig statt zickig. Nichts wird mich aus der Ruhe bringen. Ich werde einfach beide Augen zudrücken. Kai und Jonas werden staunen.

Ich staune.

Was ist da am Fenster?

Weißlich grau und geformt wie der Schwanz eines Ichthyosauriers. Warum klebt an unserer Scheibe ein halber Kalksteinbruch wie ein Zeugnis vergangenen Lebens?

Als ich realisiere, dass es Taubenkacke ist, die vermutlich noch die nächste Eiszeit in 15 000 Jahren erleben wird, wenn ich nichts dagegen tue, schließe ich die Augen, warte, bis mein Mann aus der Wohnung ist, und greife zum Vibrator.

7.

Pump Up The Volume

Ich starte den Motor an der Unterseite des schwarzen Apparates. Siebentausend Schwingungen pro Minute. Was für ein beruhigendes Geräusch! Ich spüre das Vibrieren. Ich setze den Stab an. Schließe die Augen. Fühle nur noch ein sanftes Massieren und einen zarten Kitzel. Lasse mich fallen. Wie schön! Ich stöhne leise.

Mein Handy auf dem Nachttisch klingelt.

Ich lese den Namen meines Mannes auf dem Display.

Ausgerechnet jetzt.

»Hi, Kai!«

»Was für Würstchen meinst du?«

»Habe ich das nicht gesagt? Bratwürstchen.«

»Wo sind die?«

Ich seufze und schalte den Vibrator aus. »In der Fleischtruhe. Mitten im Laden.«

Einen Moment lang herrscht Schweigen.

»Ich bin jetzt da«, sagt Kai. »Ich stehe direkt vorm *Bauernglück*.«

»Siehst du die Würstchen?«

»Nein.«

»Dann guck gegenüber, wo die abgepackte Wurst liegt. Neben dem Joghurt. Im obersten Regal.«

»Hier sind nur *Bruzzl-Kracher*. Geflügelwürstchen.«

»Da müssen auch noch richtige Bratwürstchen sein.«

»Was ist gegen Geflügelwürstchen zu sagen?«

»Ich weiß genau, dass da noch andere sind.«

»Dann irrst du eben.«

»Ich war schon tausendmal in diesem Aldi.«

»Hier sind noch Nürnberger Rostbratwürste. Ganz versteckt.«

»Aldi versteckt nichts. Aldi will verkaufen. Nimm sie! Wie lange sind die haltbar?«

»Drei Wochen. Ich habe noch andere gefunden.«

»Spielen die auch Verstecken?«, frage ich.

»Sehr komisch! *Meister Eisenacher. Original. Die Handgelegte …*«

Ich gucke sehnsüchtig auf den Apparat, den ich unfreiwilligerweise *aus der Hand* gelegt habe.

»Wo finde ich deinen Schmelzkäse?«

»Es ist nicht *mein* Schmelzkäse. Auch wenn ich in unserer Familie leider die Einzige bin, die in der Lage ist, die gekauften Lebensmittel zu verarbeiten, heißt das noch lange nicht, dass meine Beziehung zu ihnen ein Possessivpronomen rechtfertigen würde.«

»Hör auf zu dozieren und hilf mir beim Käse!«

»Geh zu der Tiefkühltruhe mit den Fertiggerichten! Im Regal darüber ist der Schmelzkäse. Vis-à-vis steht übrigens die Milch. Vielleicht bringst du noch einen Liter mit!«

»Haben wir nicht noch welche?«

»Wie soll ich das wissen? Ich war im Krankenhaus.«

»Könntest du mal im Kühlschrank nachsehen?«

»Bis ich in der Küche bin, ist bei Aldi Jahresabschlussinventur.«

»Entschuldige, Schatz! Manchmal vergesse ich einfach, dass du Invalide bist. Hier gibt es nur Frischkäse.«

»Daneben ist der Schmelzkäse.«

»Ist er nicht.«

»Ist er doch. Ich weiß es. Definitiv.«

»Definitiv ist er hier nicht.«

Ungeduldig boxe ich meine Faust in unseren Milbenfriedhof, wobei der Vibrator einen kleinen fröhlichen Hüpfer macht. »Der Schmelzkäse ist immer neben dem Frischkäse.« Ich betone jedes Wort. »I-m-m-e-r!«

»Hier ist nur Frischkäse, Räucherkäse und …«

»Und?«

»Schmelzkäse«, sagt Kai.

»Aha!«, triumphiere ich.

»*Alpenmark*«, fährt Kai ungerührt fort, »etxra cremig, Rahmstufe, streichbar.«

»Siehst du! Wusste ich's doch!«

»Du hast mich falsch navigiert«, sagt Kai. »Du hast gesagt, der Schmelzkäse befindet sich direkt neben dem Frischkäse. Aber da kam erst der Räucherkäse. Es ist immer das Gleiche mit dir! Du kannst keine Straßenkarte lesen, wenn du einmal einen *Falk*-Stadtplan aufschlägst, hat das Ding siebenundzwanzig Einrisse, und ich habe eine Schramme auf der Nase, und du bist nicht in der Lage, deinen Mann durch Aldi zu lotsen.«

»Ich müsste dich nicht lotsen, wenn du häufiger den Einkauf übernehmen würdest. Außerdem kann ich nichts dafür, wenn Aldi umräumt.«

»Such nicht immer die Schuld bei anderen.«

»Es ist gut, Kai!«, sage ich erschöpft. »Bring bitte noch Eier mit. Bio. Keine Bodenhaltung. Keine Freilandhaltung. Bio.«

Ich lege auf, atme einmal tief aus und greife zum Vibrator. Ich starte den Motor. Mein Handy klingelt erneut.

»Ja.«

»Ich wollte dir nur sagen«, meldet sich Kai, »die Bananen sind aus. Und jetzt sag nicht, ich habe nicht richtig geguckt. Ich habe den Filialleiter gefragt.«

»Okay, Kai! Keine Bananen. Danke für die Info! Bis gleich!«

Ich schalte den Vibrator wieder an. Ich führe ihn an mein Gesicht. Hautnah. Bringe ihn dicht an meine Augen. Was für ein Powerstab! Stark. Schlank. Schwarz. Dann spüre ich, wie die Spiralbürste die Tusche um meine Wimpern wickelt. Kurz darauf blicke ich in den Spiegel meiner Puderdose. Meine Wimpern wirken dicht, lang, schwungvoll. Mein Blick ist intensiv. Es tut gut zu arbeiten. Ich werde keine Gedanken mehr verschwenden an Vogelkot, aufgeplatzte Würstchen, eingelaufene Lieblingspullover und einen Aldi-Routenplaner (am Ende besteht Kai noch auf einer Stauwarnung vor dem Gang zur Kasse).

Ich werde mich jetzt voll und ganz auf meine Beauty-Seite konzentrieren.

Fehlt nur noch eine Überschrift für den Mascara-Vibrator! Per Augenaufschlag zum Höhepunkt. Wie wär's damit?

Gut, ich habe bei Rebekka von Schlippenbach ein wenig übertrieben. Ich teste Kosmetikprodukte. Mein Gebiet ist Politur. Nicht Politik. Na und?! Es kann nicht jeder über den Beförderungsstopp im Entwicklungshilfeministerium schreiben.

Ich mag meinen Beruf. Ich empfehle den Leserinnen günstige Produkte, die genauso gut sind wie die teuren. Ich finde, das ist eine durchaus verantwortungsbewusste Tätigkeit. Ich helfe den Frauen sparen. Denn wenn wir ehrlich sind: Kein Puder mit Goldstaub und keine Creme mit Collagen von Edelfischen, Silberpartikeln und Seidenproteinen zaubert einem den Frühling ins Gesicht, wenn man über vierzig ist.

Kai kommt heim.

Er tritt zu mir ans Bett und lächelt mich an. »Du hast dich geschminkt? Das ist ein gutes Zeichen.«

Mein Mann wirft mir einen Beutel mit Tiefkühlerbsen aufs Bett. Während ich ihn um meinen Fuß drapiere, packt Kai sämtliche Einkäufe aus unserer roten Kunststofftasche und legt sie mir in den Schoß.

»Was soll ich damit?«

»Sehen, ob es das Richtige ist!«

»Ich bin nicht der Einkaufs-TÜV, Schatz! So geht das nicht!« Ich klopfe mit der flachen Hand auf die Matratze. »Setz dich mal zu mir!«

Kai lässt sich neben mir auf dem Bett nieder und zieht dabei das letzte Teil hervor. Eine Plastikbox mit Kartoffelsalat.

»Schau, was ich dir mitgebracht habe! Gute Idee?«

»Wie bist du darauf gekommen?«, sage ich und strahle ihn an, als hätte ich einen der Bundessieger von »Jugend forscht« auf meiner Bettkante sitzen und als ginge es nicht um die simple Zusammenstellung von Pellkartoffeln, Pflanzenöl, Branntweinessig, Eier, Zucker, Salz und Zwiebeln, sondern um die Weiterentwicklung der Standardplatinentechnik zur Analyse von medizinisch relevanten Reagenzien.

Männer muss man loben. Männer brauchen Anerkennung. Lob und Anerkennung sind der Schlüssel zum Erfolg. Wer erst mit freundlicher Stimme gelobt hat, kann anschließend guten Gewissens mit strenger Stimme tadeln. Das ist bei Männern nicht anders als bei Kindern.

»Das ist sehr aufmerksam von dir«, sage ich und reibe meine Nasenspitze an seiner stacheligen Wange. »Aber weißt du, Liebling, mit dir wird das Einkaufen zu einer so großen Sache. Wenn wir Frauen in den Supermarkt gehen, geschieht das eher so … nebenher. Beiläufig. Wir machen davon nicht mehr Aufheben als ihr, wenn ihr an der Tankstelle Bier und Bifi besorgt. Ich werde mindestens sechs Wochen ausfallen. Wir müssen zusammen überlegen, wie wir das hinkriegen, meinst du nicht?«

Ich bin ausgesprochen zufrieden mit mir. Erst das Lob, dann der Tadel, dann das Angebot einer gemeinsamen Lösungsfindung. Das ist pädagogisch perfekt.

»Ich könnte dir jeden Tag einen klar strukturierten Einkaufszettel schreiben«, schlage ich vor. »Ich notiere die Lebensmittel in genau der Reihenfolge, in der du sie im Supermarkt findest.«

»Und legst mir eine Skizze vom Supermarkt bei?«

»Das finde ich ein bisschen übertrieben.«

»Wieso?«, sagt Kai. »Und dann holst du die Bilder der Sachen, die ich kaufen soll, aus dem Internet und lädst sie mir aufs Handy.« Er schaut mich mit großen Augen an. »Ist das nicht die Lösung?«

»Das ist albern«, sage ich.

Kai bricht in schallendes Gelächter aus. »Das ist genial.«

Ich stoße ihn in die Rippen. »Du nimmst mich auf den Arm!«

»Tu ich das?« Er lacht noch immer.

»Ein klar strukturierter Einkaufszettel müsste reichen«, sage ich. Ich gebe ihm einen Kuss auf die Wange. »Die Idee mit dem Kartoffelsalat war phantastisch! Was für eine Riesenportion! Da werden wir lange was von haben.«

»Man muss nicht jeden Tag etwas anderes essen«, sagt

Kai. »Wir sind alle viel zu verwöhnt. Ich lasse dich jetzt ein wenig schlafen und hole Jonas vom Fußballtraining ab.«

Ich muss eingenickt sein, denn als ich meine Augen wieder öffne, ist es draußen dunkel, und neben meinem Bett steht mein Sohn. Es ist schön, ihn zu sehen! Er kaut Kaugummi, und auf seinem Kinn sprießt der erste Pickel. Angriffslustig thront ein weißes Köpfchen auf einer roten Beule. Er beugt sich zu mir hinunter und gibt mir einen Kuss. Wären Freunde von ihm in der Nähe, würde er jetzt zwar so tun, als wäre ich eine entfernte Verwandte aus Neuseeland, aber wir sind allein, und so schaffe ich es, ihn drei Sekunden lang an mich zu ziehen. Ich drücke ihn ganz fest. Er soll merken, wie sehr ich ihn liebe. Wie viel er mir bedeutet. Wie viel *es* mir bedeutet, dass er da ist. Und ich will genau das aus seinem Mund hören. Vor allem will ich hören, dass die Tage ohne mich so finster waren wie der Blick nach draußen.

Er kämpft sich aus meiner Umarmung. »Mama! Chill!«

»Ich habe dich vermisst.«

»Pech!«

»Du mich nicht?«

»Geht so.«

Ich richte mich ein wenig in den Kissen auf. »Danke für das Gespräch!«

»Nun sei doch nicht gleich beleidigt. Es war irgendwie cool mit Papa.«

»Was war denn so … cool?«

»Papa. Der ist cool wie eine Gurke im Kühlschrank.«

»Weil du nicht duschen musstest, richtig?«

»So riechen Männer«, sagt Jonas.

»Haben Männer auch eine Borke am Hals, schwarz wie

eine Motorradkette? Du kommst jetzt in die Pubertät und musst auf deine Körperhygiene achten.«

»Ich will über so was mit dir nicht reden!«

»Mütter und Söhne müssen über so etwas sprechen.«

»Müssen sie nicht!«, sagt Jonas. »Ich rede mit meinen Freunden. Das reicht.«

Ich versuche es mit einem anderen Thema.

»Was habt ihr beide denn abends gemacht?«

Kai platzt herein. »Nun quetsch doch den Jungen nicht so aus! Ich werde dir verraten, was wir gemacht haben. Wir haben eine Dokumentation über Naturschätze in Südtirol geguckt, dazu haben wir grüne Sojabohnen gegessen und Sanddornsaft getrunken. Und für dich sind heute Abend noch Würstchen da«, sagt mein Mann mit teuflischem Lächeln.

»Ein belegtes Brot wäre mir lieber. Und dann nehmt bitte gleich die Einkaufstasche mit in die Küche!«

»Behalte die doch hier«, sagt Jonas. »Die hängst du dir um den Hals. Darin kannst du alles aus der Küche holen, was du brauchst, und hast deine Hände frei für die Krücken.«

Ich nage an meiner Unterlippe. Warum sollte ich mir etwas aus der Küche holen, wenn in diesem Haushalt zwei gesunde männliche Wesen leben, durchaus fähig zu kräftigem Armeinsatz, mit stabilen Gelenken, einem geschmeidigen Bewegungsapparat und dank reger sportlicher Betätigung gutgedehnter Muskulatur?

Doch ich ziehe es vor zu schweigen. Bloß keinen Streit! Keine Missstimmung! Keine Sonderwünsche! Keine Diskussionen! Wir sind eine kleine glückliche Familie, wir sind stolz auf unseren Sohn, auf unsere Radtouren, unsere Picknicks an heißen Sommertagen auf den Alsterwiesen, unsere Schlittenausflüge in den Harz und unsere Weihnachtskrippe aus dem Erzgebirge. Wir werden uns von so einem winzigen Problem wie meiner Bettlägerigkeit doch nicht die Laune verderben lassen. Ich neige nicht zum Dramatisieren (jedenfalls nicht immer), und ich lade banale Dinge nicht mit Bedeutung auf (von ein paar Ausnahmen mal abgesehen).

Ich halte was aus. Ich stehe über den Dingen.

Über Schmerzen. Und Schmelzkäse.

»Ich gehe jetzt in die Küche«, sagt Kai. »Und vorher nehme ich noch rasch die Wäsche von der Leine, und du legst sie im Bett zusammen. Das nennt man Teamwork.«

Die Sachen, die mir Kai in den Schoß wirft, sind bretthart. »Deine Boxershorts haben Leichenstarre«, sage ich. »Hast du keinen Weichspüler genommen?«

»Ist schädlich für die Umwelt«, sagt Jonas.

»Da hörst du's!«, sagt Kai. »Dein Sohn hat mehr Öko-Bewusstsein als du.«

»Da du dich gerade so hervortust, junger Mann«, sage ich, »auch du musst in nächster Zeit im Haushalt helfen.«

»Wenn ich sehe, dass etwas auf dem Boden liegt, hebe ich es auf. Reicht das nicht?« Er grinst mich an. »Ich mache mir jetzt ein Toasty!« Er schlurft davon.

»Hey!«, rufe ich ihm nach. »Jonas Kohlmey! Heb die Füße beim Laufen! Und musst du dir unbedingt eine orthopädische Einlegesohle in den Toaster schieben? Muss das sein?«

»Willst du in der Zeitung lesen: ›Mutter lässt Sohn verhungern‹?«

Er zieht mir gerade auf raffinierte Weise den Stöpsel raus.

Darf ausgerechnet ich mich aufregen? Aufspielen? Ich, die es liebt, das Köpfchen ihres Vier-Minuten-Frühstückseis auf ein Marmeladenbrötchen zu pflanzen, zu salzen und sich die Mischung aus schmelzender Butter, Konfitüre, Ei und Salz in den Mund zu schieben? Die Erdnusssauce mag (vor allem zu Pommes frites), Matjesbrötchen mit Curry und die verrückt ist nach Nappo, diesen rhombenförmigen Nougathappen in Zartbitter, die kurz zwischen den Zähnen und ein Leben lang auf den Hüften kleben? Vielleicht gefällt es mir bloß, dass es sie seit 1925 gibt und sie somit wesentlich älter sind als ich. Es gibt nicht viele in meinem Bekanntenkreis, von denen man das behaupten kann.

Ich habe einen großartig schlechten Geschmack, aber da ich gerne einzelne Blüten in schlanke Vasen stelle, was ziemlich japanisch aussieht, an guten Tagen ein wunderbares Boeuf Bourguignon zustande kriege und meine rechteckigen weißen Teller manchmal mit Schnittlauchstangen dekoriere – fällt das nicht sofort jedem auf. Doch in meinem tiefsten Innern liebe ich all die Dinge, die pompös aussehen, glitzern, funkeln und duften. Strass. Stuck. Aromalampen. Spülmittel mit dem Geruch von wilder Himbeere und Winterapfel *(auch meine Töpfe haben ein Recht auf ein parfümiertes Vollbad)*. Ich mag leuchtende Elche an Hauswänden in der Adventszeit, Gartenzwerge im Metalliclook und Deko-Hirsche mit Glitzerstaub in Silber und Pink. Ich liebe eine Menge von den Dingen, die diejenigen als Kitsch bezeichnen, die Design studiert haben, sich bevorzugt in Schwarz kleiden und die bei Toucy nicht an eine dumme Kuh, sondern an einen französischen Ziegenmilchkäse aus dem Burgund denken.

»Toll, dass Papa nicht kochen kann«, sagt Jonas, »sonst müsste ich Möhrensuppe essen.«

»Müssen es denn alternativ unbedingt Sachen sein, die schon seit Monaten im Dauerkoma in der Tiefkühltruhe liegen?«

Jonas guckt auf meinen Fuß. »Du stehst doch auch auf die Erbsen«, sagt Jonas.

»Iss was Richtiges!«, sage ich *(während ich mich danach sehne, aus meiner 350-Gramm-Vorratsbox unter den altmodischen weißen Stofftaschentüchern in meiner Nachttischschublade ein Nappo zu nehmen, es aus dem Stanniolpapier zu wickeln und meine Zähne in Hühnertrockeneiweiß, Zucker, Kokosfett und Backhonig zu schlagen)*.

»Ich habe eben Chips gegessen. Die sind aus Kartoffeln«, sagt Jonas. »Und Kartoffeln sind was Richtiges.«

Kurz darauf kommt Kai mit einem Tablett zurück, das er mir auf den Schoß stellt. Es ist so alt wie unsere Ehe. Wir haben es zur Hochzeit von Freunden bekommen. Ein dralles Ferkel mopst sich auf tannennadelgrünem Holz.

»Abendessen!«, ruft er mit leichtem Singsang.

Der Begriff Abendessen ist ein weites Feld, laut *Wikipedia* versteht man unter Abendessen, »auch Abendmahlzeit oder Abendbrot genannt, in Süddeutschland oder der Schweiz gern als Nachtessen bezeichnet, in Österreich als Nachtmahl oder Vesper, eine in den späten Tagesstunden eingenommene Mahlzeit beliebiger Art«. In der Regel verheißt das Wörtchen »beliebig« selten etwas Gutes. Es kann bedeuten: irgendwas, gleichgültig wie, willkürlich. Etwas Beliebiges ist unwichtig, nebensächlich, nicht erwähnenswert, fade, kümmerlich, spärlich, banal. Von mir aus kann eine ganze Menge »beliebig« sein, aber nicht mein Abendessen.

Doch genau das ist es: Auf dem Schweinchen-Tablett vor mir steht ein Teller, darauf liegen zwei Scheiben Roggenmischbrot in Kastenform, daneben befindet sich ein Rest grober Leberwurst in goldener Pelle, die vergeblich versucht, dem Ganzen etwas Glamour zu verleihen. Dieses Abendessen ist nicht zu vergleichen mit dem, was Frauen in aller Welt ihren Lieben vor dem Zubettgehen in emsiger Kleinarbeit als kalte Platte, Schnittchen, Sandwichs, Canapés, Bruschetta, Tramezzini und Smörrebröd servieren. Dekoriert mit Gürkchen, Maiskölbchen, Schnittlauch, Radieschen, Zitronenscheiben, Basilikumblättchen.

»Wofür ist die Alufolie?«, frage ich.

»Falls du deinen Mund abwischen willst. Ich finde die Servietten nicht.«

»Stimmt was nicht?«, fragt Kai, als ich die Leberwurst mit dem Messer aus der goldenen Pelle presse und auf das Roggenbrot streiche.

»Alles fein«, sage ich. »Ein bisschen rustikal vielleicht.«

»Rustikal sagt ihr Frauen auch dann, wenn ihr uns zu verstehen geben wollt, dass unsere Füße in Motorradstiefeln neben eurem kostbaren chinesischen Teeservice auf dem Couchtisch nichts zu suchen haben. Gib's zu! Du hast was anderes erwartet, stimmt's?«

»Ganz und gar nicht.«

»Du hast erwartet, dass ich deinen Teller mit Petersilie dekoriere.«

»Absurd!«

»Ich bin froh, dass du das genauso siehst. Petersilie liegt nur dumm rum. Ist überflüssig. Hässlich. Und ungenießbar.«

»Gib doch zu, dass du von mir sprichst!«, murmele ich, aber Kai ist schon hinausgegangen.

Es ist früher Abend. Ich überlasse meinen Leberwurstrest dem Schweinchen auf grünem Holz, ziehe die Nachttischschublade auf und nehme zwei Nappo aus der Box. Ich packe sie aus, schiebe sie in den Mund und kaue. Dann lösche ich das Licht. Die Dunkelheit hüllt mich ein. Manchmal bleibt einem nichts anderes übrig, als Vampir zu spielen. Eintauchen in nachtschwarze Finsternis und ganz flach atmen.

8.

Mein aufgeräumter Fuß

Ich bin seit gut einer Woche zu Hause, und im Wolkengrau zeigt sich ein erstes Fleckchen Blau. Es ist Wochenende. Neben mir schläft Kai. Im Zimmer nebenan Jonas. Ich werfe den Beutel mit den Erbsen auf den Boden, verlagere mein hochgelegtes Bein auf die Seite, beuge mich zu Kai hinüber und küsse ihn auf die Wange. Der Duft seines Aftershaves bleibt an meinen Lippen hängen. Alles ist so friedlich. Auch draußen ist es an diesem frühen Samstagmorgen ruhig. Nur unter mir spüre ich alle zehn Minuten das Vibrieren der U-Bahn. Nach vielen kleinen Gefechten im Laufe der vergangenen Woche habe ich beschlossen: Mögen alle um mich herum zu Ferkeln mutieren, ich bin *keine* Zicke. Jeder in dieser Familie soll tun und lassen, was er will.

Es ist eines der größten Missverständnisse zwischen Männern und Frauen, dass Männer glauben, Frauen *lieben* es zu meckern. Frauen hassen es. Die Sache ist nur: Wenn Frauen ein Anliegen haben, begnügen sie sich lange Zeit mit Botschaften, die auf Zehenspitzen daherkommen. Kann oder will der Mann diese Botschaften nicht verstehen, wird aus leise irgendwann laut. Dann wühlt die Wut im Bauch, der Druck wird zu groß, der Vulkan explodiert. Peng!

Ich habe beschlossen: Ab jetzt sage ich klipp und klar, was ich will. Bekomme ich das nicht, werde ich trotzdem nicht in die Luft gehen. Ich werde mich um eine entspannte Tonlage bemühen.

Als Kai wach wird, steht er auf und kocht Kaffee. Eine blasse Wintersonne schaut durchs Fenster. Unbarmherzig scheint sie auf Mensch und Schmutz. Ich bleibe gelassen, als ich zufällig einen Blick unter unser Bett werfe – und mit einer Staublunge wieder auftauche. Ich zwinge ein Lächeln auf meine Lippen, als ich zur Frühstückszeit ein heiteres Hüpfgeräusch aus dem Toaster höre und dazu Jonas' Schlachtruf: »Don't call it Schnitzel!« Ich lächele noch, als Kai im Schlafzimmer mit klappernden Hanteln seinen Bizeps trainiert, während mein Koffer auch nach acht Tagen noch nicht ausgepackt ist, aber will ich meinem Mann wirklich zumuten, auf etwas so Degoutantes wie Slipeinlagen zu stoßen?

Aus der Küche höre ich das Blubbern und Seufzen der Kaffeemaschine. Ich schließe mich an. Seufzen muss erlaubt sein. Seufzer sind Rülpser der Seele.

Ich liebe das Gefühl, alles richtig zu machen. Ich mache schon seit Tagen alles richtig. Zumindest mache ich nichts falsch. Denn ich halte meinen Mund. Alles nur eine Frage der Toleranz! Es klappt prima.

Ich lehne mich entspannt in meine Kissen. Jonas kommt mit dem Schweinchentablett.

»Frühstück, Mama!«

»Was gibt's denn Feines?«

»Toasty!« Er stellt das Tablett vor mich hin.

Ich klappe eine der gerösteten Weißbrotscheiben hoch, mein Blick fällt auf goldgelbe Panade, auf Ketchup, Mayonnaise, Röstzwiebeln und eine Gurkenscheibe. Ich bin gerührt.

»Wie lieb von dir, mein Schatz!«

Dieses Sandwich ist leider (doch das bleibt unter uns!) ziemlich lecker. (Das finde ich auch am zweiten Wochenende noch, an dem mir mein Sohn das Frühstück bringt.)

Jonas schaut mich gespannt an. »Schmeckt's?«

Ich kaue, nicke und nuschele: »Und wie!«

Jonas strahlt.

Und ich? Ich habe mich schon vor einiger Zeit auf die Seite der Lebensmittelingenieure geschlagen, die es schaffen, Himbeerkerne synthetisch herzustellen, um uns die Illusion taufrisch gepflückter Früchte zu verschaffen. Vielleicht bin ich feige, eine Anpasserin, die Freundschaft schließt mit Food Designern, Glutamat und Diphosphaten. Wenn dem so ist, geschieht das nur aus einem Grund: aus purer Verzweiflung. Man sollte den Mund nicht zu voll nehmen, wenn man einen leeren Magen hat.

»Und heute Mittag kriegst du das hier!«, sagt Jonas und zeigt mir stolz ein gelbes Tütchen, auf dem *Yum Yum* steht. »Das ist Nudelsuppe«, sagt Jonas. »Thailändisch. Davon hat Papa wieder Nachschub gekauft. Den ganzen Küchenschrank voll. Mit Ente und Huhn und Rindfleisch und Krabben.«

»Und wie macht man die warm?«

»Weiß nicht!«, sagt Jonas. »Wir essen die roh.«

»Ihr esst die Nudeln roh aus der Tüte?«, frage ich ungläubig. »Ist das wahr?«

»Das ist cool«, sagt Jonas. »Machen alle.« Er will das Tütchen aufreißen. »Hier probier mal!« Er hält mir die Tüte entgegen.

Ich winke ab. »Danke, Schatz, mir ist schon schlecht!«

Ich schlage die Tageszeitung auf, die Jonas mir gebracht hat. Ich zwinge mich zur Ruhe. Soll Kai sich in das Training seines zweiköpfigen Armbeuger-Muskels vertiefen, während immer noch Taubenkacke am Fenster klebt! Sollen mein Mann und mein Sohn Tütensuppe aus Thailand als Fingerfood essen und mir Alufolie als Serviettenersatz bringen! Nichts wird mich aus der Fassung bringen! Man muss Prioritäten setzen. Das Glück der Familie, die innere Ausgewogenheit jedes einzelnen Mitgliedes, ist wichtiger als der Kampf gegen Wollmäuse, Vogelscheiße und Instant-Hühnersuppe. Wenn man die Dinge schleifen lässt, geht es einem besser.

Ich liebe es zwar sauber und gut durchlüftet, aber ich bin kein Putzteufel. Ich mache meine Sache in diesem Haushalt korrekt. Ich kann Hemden bügeln, ohne die Rauchmelder im Haus auszulösen, ich fluche nicht, wenn ich Kräuter in Hühnerärsche stopfen muss, ich habe meinem Sohn erklärt, dass man nicht in die Serviette schnäuzt und dass das lange silberne Ding mit Stiel und Mulde zum Joghurtlöffeln da ist und nicht zum Rückenkratzen. Aber ich muss nicht jeden verdammten Kuchen selbst backen.

So bin ich. Recht leger. Eigentlich.

Warum nur schaffe ich es jetzt nicht, mich auf den Artikel über den Besuch eines Bundestagsabgeordneten der Grünen bei türkischen Dönerbudenbesitzern auf dem Kiez zu konzentrieren? Genauso wenig, wie ich abends entspannt »Grey's Anatomy« gucken kann, wenn sich zeitgleich die Dreckbröckchen aus den Profilsohlen (überwiegend) männlicher Besucher lösen, um sich flächendeckend über unseren Fußboden zu verteilen? Warum dreht sich mein Kopf automatisch nach rechts? Warum werden meine Augen geradezu magnetisch angezogen von der feinen Staubschicht auf meinem Nachttisch? Ich will es nicht, ich kämpfe schon lange dagegen an, aber Staub macht mich nervös. Macht mir schlechte Laune. Wenn ich Staub sehe, muss ich mit den Zähnen knirschen, was über kurz oder lang zu einer Kiefergelenkarthrose führen wird. Ich muss Kai bitten, über den Nachttisch zu wischen. Sonst werde ich verrückt! Ich muss es nur geschickt anfangen. Mein Mann reagiert äußerst unwirsch auf Haushaltsdebatten während seines Hanteltrainings.

»Denkst du noch manchmal an unsere Hochzeit, Liebling?«, frage ich und schließe einen Moment lang die Augen, als würde ich vor mich hin träumen.

»Du hast wunderschön ausgesehen in Venedig«, sagt Kai weich. Falsch! Ganz falscher Beginn!

Noch mal von vorn.

»Über welches Geschenk hast du dich damals am meisten gefreut?«, frage ich.

»Weiß nicht. Ist so lange her. Vierzehn Jahre.«

»Fünfzehn.«

»Fünfzehn? Wir sind schon fünfzehn Jahre verheiratet? Wahnsinn! Wahrscheinlich über unsere Helme für die Harley.«

»Ich mich über den Nachttisch, für den unsere Freunde gesammelt haben«, sage ich und streiche zärtlich über den schwarzen Lack.

»Auf dem Mistding siehst du alles«, flucht Kai.

»Das sage ich ja! Könntest du vielleicht mal drüberputzen?«

»Siehst du nicht, dass ich im Training bin?«

Entspannte Tonlage, ermahne ich mich.

Ich werde nicht kreischen und nicht knurren, wie es Schabrackenhyänen zu tun pflegen, wenn sie sich jemandem unterwerfen (Kreischlaute) oder Aggressionen haben (Knurrlaute). Im Falle meines Ehemannes versuche ich gerade, beides (Unterwürfigkeit und Aggressionen) zu vermeiden, um ihn endlich mit dem Staubtuch wedeln zu sehen. Ohne Kreischen, ohne Knurren, immer hübsch in der Mittellage.

Meine Stimme klingt fremd. Es kommt mir vor, als würde sie in der Mittellage verschwinden. Keine Resonanz. Kein Volumen.

Kai jault auf, legt seine Hanteln auf den Teppich und haut gegen seinen Boxsack, der in den Seilen hängt und ächzt.

»Ich wusste nicht, dass du bei den nächsten Olympischen Sommerspielen antrittst«, sage ich leichthin.

»Okay, ich mach's!«, brummt er. »Sonst gibst du ja doch keine Ruhe.«

Kai kommt ums Bett herum, streckt die rechte Hand aus und wischt rasch mit dem Handteller über den Nachttisch, während sein Ehering auf dem Lack klappert.

Ich glaube es nicht!

Da gibt es Poliertücher. Vliestücher. Mikrofasertücher. Zellstofftücher. Allzwecktücher mit Pick-up-Poren und mit Aktiv-Power-Points. Da haben Menschen jahrzehntelang bis zur Erschöpfung in hermetisch abgeriegelten Labors geforscht, um den optimalen Lappen zu erfinden, und mein Mann wischt Staub mit der Hand, bevor er den Schmutz an seiner dunkelblauen Trainingshose abklopft.

Oh.

Das muss ihm erst mal jemand nachmachen!

Jonas beobachtet seinen Vater und lacht. »Papa, so macht man das nicht!«

»Wie macht man's denn, du Klugscheißer?«

»So!«, sagt Jonas, packt einen Zipfel seines weißen T-Shirts und wischt.

Oh.

Jonas und Kai lachen, heben beide ihre rechte Hand und schlagen ein. Das habe ich jetzt davon. Wer seinen Sohn nicht rechtzeitig zur Hausarbeit erzieht, hat später nichts anderes verdient als schwere Schläge seiner Schwiegertochter auf den Hinterkopf.

Mir schnürt es erst die Kehle zu. Dann beginne ich zu brüllen. Ich hab's gewusst. Ich bin kein Typ für die tiefere Kehlkopfposition.

»Ist das jetzt wirklich zu viel verlangt, mir mal einen kleinen Gefallen zu tun?«

»Ich muss meine Matheaufgaben machen«, sagt Jonas – und verdrückt sich.

»Tu bloß nichts, was mich glücklich macht!«, knurre ich Kai an.

»Wenn es dich schon glücklich macht, dass der Nachttisch geputzt ist, hast du ein gewaltiges Defizit in deinem Gefühlshaushalt«, sagt Kai.

Ich schiebe meine Zungenspitze zwischen die Zähne und beiße darauf, um mir die Bemerkung zu verkneifen, dass das Einzige, was mich in der Tat im Augenblick mit stillem Glück erfüllen würde, das Geräusch des Staubsaugers wäre.

Aber ich kann mir nicht ewig auf die Zunge beißen. Mein Denken entscheidet sich immer heftiger gegen diese untadelige Sache, die man Duldsamkeit oder Nachsichtigkeit nennt und für die man später vielleicht in den Himmel kommt. Im Moment würde es mir reichen, wenn ich es hier unten schön hätte. Mich stören plötzlich die Toastkrümel im Bett. Die Staubkörner im Licht der müden Sonne. Kais achtlos weggestrampelte Socken und diese schwarze Abrissbirne, die bei uns an der Decke baumelt. Hätte ich einen Boxsack im Schlafzimmer haben wollen, hätte ich Henry Maske geheiratet. Mich stört das Flusen-Gewusel auf dem Parkett.

Wenn ich mich nicht täusche, entdecke ich zwischen Daunenfedern und Staubflocken ein paar Fußnägelschnipsel. Das ist wirklich das Letzte. *(Wann sind Männer endlich in der Lage zu niesen, ohne dass die Geräusche an die Wucht eines startenden Düsenjets erinnern? Und wann kapieren sie, dass man sehr wohl regelmäßig Fußhygiene betreiben kann, ohne dabei die kümmerlichen Überreste entweder mit scharrenden Hufbewegungen in den Teppich einzuarbeiten oder lässig vom Balkon auf die Bruzzl-Kracher des Nachbarn in dessen Gartengrill zu schütten?)*

»Dann frag dich mal, an wem mein Gefühlsdefizit liegt!«, schnaube ich. »Du bist einfach nicht nett zu mir.«

Kai wirft den Kopf nach hinten und fährt sich durch seine Haare. »Nett klingt nach Niete«, sagt er, kühl wie Eukalyptus. »Die Netten sind nie die Helden.« Er nimmt die Hanteln wieder auf und stemmt sie in die Luft. Die Eisenscheiben klirren und klappern.

Meine Stimme zittert. »Hast du irgendwas getan, um mir zu zeigen, dass du mich liebst? Ist dieser Futtertrog mit Kartoffelsalat jeden Abend etwa ein Liebesbeweis?«

Außer Atem setzt Kai die Hanteln ab.

»Es ist ein ganz normales Abendessen«, japst Kai. »Hat Madame seit ihrer Entlassung aus der feinen Klinik nur noch Hunger auf Hummer? Hast du uns eigentlich irgendwann in den letzten acht Tagen mal *nicht* daran erinnert, dass du aus dem Krankenhaus kommst? Hast du mir auch nur ein einziges Mal die Chance gegeben, den Haushalt so zu führen, wie ich es will? Mir mal nicht deine Regeln und deinen Zeitplan aufgezwungen? Vielleicht kehrst du mal vor deiner eigenen Tür. Das dürfte dir nicht schwerfallen, da Putzen doch dein Hobby ist.«

»Putzen ist nicht mein Hobby«, schreie ich, außer mir vor Wut. »Ich bin geistig noch nicht so verarmt, dass es meine Lieblingsbeschäftigung ist, das WC zu schrubben. Nein, es macht mir kein bisschen Spaß, vor der Kloschüssel zu hocken und mit Gebissreiniger den Kalk aus dem Knie des Toilettenrohrs zu kratzen. Das Dumme ist nur: Es macht niemand außer mir. Und es sieht scheiße aus!«

Meine Stimme überschlägt sich. Macht einen Salto, bleibt auf dem Rücken liegen, klingt gepresst und keucht. »Manchmal habe ich das Gefühl, dass es eine Strafe ist, wenn man etwas kann. ›Ich zerdeppere sowieso den Teller, also trockne ich besser gar nicht erst ab!‹ Ganz schön clever, dass du damals in Jonas' Alter die Eierpappe samt Inhalt auf den persischen Teppich deiner Mutter hast fallen lassen. Von da an war spätestens allen klar, dass man seine kostbaren Orientteppiche und den Rest des Hausstandes vor dir schützen muss. Das machst du ganz geschickt mit deiner Ungeschicklichkeit. Die Soziologen nennen das ›verbale Aufgeschlossenheit bei gleichzeitiger Verhaltensstarre‹. Du gibst vor zu wollen, aber du kannst nicht.«

»Hör auf mit deinen Anwälten!«, sagt Kai.

Ich presse mir das Kissen auf den Kopf, um meinen Zorn zu ersticken. An Kais Schritten höre ich, dass er das Zimmer verlässt. Ich tauche unter meinem Kissen wieder auf und werfe es hinter ihm her. Es prallt am Türrahmen ab.

Erschöpft sinke ich zurück. Ich schniefe und ziehe die Nase hoch. Mein Nervenkostüm ist dünn, die Wände zur Nachbarwohnung sind es auch. Ab jetzt bin ich im ganzen Haus abgestempelt als Xanthippe. Als zänkisches Weib aus dem dritten Stock. Ich habe mich so bemüht, und nun mache ich doch noch Furore als Furie. Wie entwürdigend!

»Glaubt ihr etwa, das hier ist so witzig?!«, serviere ich einen Nachschlag Richtung Flur. »Ich habe Schmerzen.«

»Jetzt nicht die Mitleidstour!«, ruft Kai. »Wenn du beunruhigt bist, ruf in der Klinik an!«

»Genau das werde ich tun.« Ich greife zum Handy auf dem Nachttisch. »Und es wird dir noch leidtun, wenn sie mich gleich in den Notarztwagen schieben.«

»Falls ein Rettungshubschrauber kommen muss«, höre ich Kai aus der Küche, »kann er auf dem Dach landen.«

Ich drücke die Tasten meines Handys und habe kurz darauf Station 2 A am Apparat.

Eine weibliche Stimme meldet sich.

»Guten Tag! Hier ist Ellen Kohlmey! Könnte ich bitte Doktor Olevin sprechen?«, sage ich. »Ich bin eine Patientin.«

Meine Gesichtsmuskeln verkrampfen sich, als ich höre, wer auf der anderen Seite der Leitung ist. »Schwester Ulrike? Wie schön, Ihre Stimme zu hören!«, lüge ich. »Was los ist? Ich habe Schmerzen. Ich dachte, ich komme besser noch mal vorbei (und bleibe die nächsten achtunddreißig Jahre gleich da, füge ich in Gedanken hinzu, weil mich hier sowieso niemand vermissen würde und weil ich eigentlich ein neues Knie und eine neue Hüfte gebrauchen könnte, und darüber, wie lange meine Wirbelsäule noch ohne Stützkorsett auskommt, sollten wir bei der Gelegenheit auch gleich reden).

»Sie sollten aufhören, sich verrückt zu machen!«, sagt Schwester Ulrike. »Die Schmerzen sind normal. Ihre OP ist bestens verlaufen. Ihr Fuß ist wunderbar aufgeräumt. Alles ist wieder an seinem Platz.«

»Im Gegensatz zu meiner Wohnung«, sage ich und lege auf.

9.

Kompaktehe

Ich atme mehrmals ein und aus. Ein und aus. Langsam. Tief und gleichmäßig. Das löst Verkrampfungen und entspannt.

Fürs Erste.

»Und?«, fragt Kai, der im Türrahmen auftaucht und sich das Kinn reibt. Unter die dunklen Bartstoppeln mischen sich immer mehr graue, wie ich feststelle, aber im Augenblick ist das nicht unser drängendstes Problem. »Was ist jetzt mit deinem Fuß?«

»Kannst du nicht zurück ins Krankenhaus?«, sagt Jonas, der ebenfalls hinzukommt und mir damit eine Antwort auf Kais Frage erspart. »Dann kann ich endlich wieder Freunde mitbringen.«

»Oder ins Heim?«, sagt Kai, schneidet eine Grimasse und versteckt sich hinter dem schmalen Rücken seines Sohnes. »Im Seniorenstift ›Zur alten Eiche‹ sind noch Plätze frei.« Er zwinkert mir zu. »War nur ein Scherz!«

»Tut mir leid, ich bin nicht zu Scherzen aufgelegt.«

»Bist du in letzter Zeit nie«, motzt Jonas.

»Ich kann es ja machen wie die Dinosaurier«, schlage ich vor, »die auch irgendwann nicht mehr flexibel genug waren, sich auf neue Lebensbedingungen einzustellen, und aus Rücksichtnahme auf die übrigen Erdbewohner still und heimlich ausgestorben sind. Damit falle ich niemandem durch mein hemmungsloses Siechtum zur Last.«

»Ihr hättet was gemeinsam. Den Dinosauriern fiel es auch immer schwerer, Nahrung zu finden«, sagt Kai und grinst mich an. »Nun komm schon, Schatz! Krieg dich mal wieder ein!«

Mir schießen die Tränen in die Augen, während ich meinen Sohn anschaue. »Warum kannst du keine Freunde zu uns nach Hause einladen?«

»Wie peinlich ist denn eine Mutter, die die ganze Zeit im Bett liegt wie so 'n Krüppel?«

»Ich kann mich ja im Schrank verstecken.«, sage ich.

»Bei uns ist es gar nicht mehr schön«, schluchzt Jonas auf, rennt in sein Zimmer und wirft die Tür hinter sich zu. Plötzlich gibt es einen zweiten Knall. Wir zucken beide zusammen und blicken uns an.

»Das kam aus seinem Zimmer!«, sage ich.

Kai läuft los. Ich rappele mich aus dem Bett hoch, greife mir die Krücken und humpele hastig hinter meinem Mann her nach nebenan.

Kai reißt die Tür zum Kinderzimmer auf. Kaum hat er den Kopf hineingesteckt, fliegt ihm ein Brachiosaurus aus Hartgummi entgegen. Er knallt an Kais Schläfe und fällt dann zu Boden.

Genau neben den Tyrannosaurus Rex, der bereits dort liegt. Einen Moment lang bin ich so benommen, als hätte ich den Dino an den Kopf gekriegt. Ich sehe, wie Kai seine Hand gegen die Schläfe presst.

»O Gott, Liebling!«, jammere ich. »Bist du verletzt?«

»Wonach sieht das aus?«, sagt Kai und streckt mir seine rechte Hand entgegen, an der ein wenig Blut klebt.

»Bist du von allen guten Geistern verlassen?«, herrsche ich meinen verängstigten Sohn an.

Jonas beginnt zu weinen. »Es tut mir leid, Papa. Ich

wollte dich nicht treffen. Aber wenn Mama sagt, dass sie sterben will wie die Dinosaurier, dann will ich diese Scheißviecher nicht mehr haben.« Mit flehendem Blick aus nassen Augen sieht er seinen Vater an. »Ich konnte doch nicht wissen, dass du in dem Moment reinkommst!«

Kai versucht mit schiefem Lächeln einen Witz: »Brachiosaurus kommt anscheinend von brachial. Es ist nicht deine Schuld, Chef. Es ist Mamas Schuld.«

»WAS? Moment mal! Ich habe kein drei Pfund schweres Urzeitmonster durch die Gegend geworfen.«

In meinem Fuß pocht und puckert es vom Speed-Hinken. Mein Schmerz trifft auf den Weltschmerz meines Sohnes. Was für ein deprimierendes Date!

Kai zuppelt ein altes Tempo aus seiner Hosentasche und betupft damit seine Schläfe. »Du hast den Jungen mit deinem Gerede ganz durcheinandergebracht.«

Ich schüttele fassungslos den Kopf, hebe die Augen zur Decke und stoße ein unfrohes Lachen aus.

»Erspare dir deine melodramatischen Gesten!«, sagt Kai. »Ich entgehe mit knapper Not einem Anschlag, und du hast nichts anderes zu tun, als die Schuldfrage zu klären.«

»Nicht streiten!«, weint Jonas. Ich sehe, wie seine Unterlippe zittert. Er deutet auf Kai. »Muss Papa genäht werden?«

»Es ist nur ein Kratzer«, sage ich.

»Dann glaub das mal!«, sagt Kai. »Wir sprechen uns wieder, wenn ich eine Sepsis habe.«

Ich werfe warnende Blicke Richtung Jonas. »Wir sind nicht allein«, mahne ich Kai.

»Fällt dir aber früh ein.«

Jonas hat sich bäuchlings aufs Bett geworfen und den Kopf in seiner Armbeuge vergraben. Ich lege die Krücken weg, setze mich zu ihm und kraule seinen Nacken. Vor lauter Aufregung sind seine Haare dort ganz feucht und beginnen sich zu kringeln. Das rührt mich so, dass es mir einen Moment lang den Atem raubt. Ich fühle mich miserabel. Am liebsten würde ich auch heulen.

»Was ist eine Sepsis?«, wimmert Jonas in seine Armbeuge.

»Nichts Schlimmes! Männer übertreiben, Schätzchen«, versuche ich, meinen Sohn zu trösten, während meine Blicke Giftpfeile sind, die ins Schwarze treffen wollen: in Kais Pupillen. »Immer.« Dann zische ich Kai zu: »Warum machst du deinem Sohn solche Angst? Wir sollten uns mal draußen unterhalten.«

Ich nehme die Krücken und trete hinaus auf den Flur. »Ich bin gleich zurück«, sage ich zu Jonas.

Kai schließt nachdrücklich die Tür zum Kinderzimmer (wobei »nachdrücklich« ein Euphemismus ist für den lästigen Sachverhalt des Türenknallens) und folgt mir.

Ich stoppe abrupt, so dass Kai nur mit Mühe ausweichen kann. »Sepsis! Du machst aus einer Mücke einen Elefanten.«

»Ich glaube, das ist eher deine Spezialität«, sagt Kai.

»Ich finde deine Panikmache unmöglich«, sage ich.

»Ich finde deine Hysterie unerträglich«, sagt Kai.

»Ich finde deine Schuldzuweisungen dreist«, sage ich.

»Ich finde dein kindisches Gehabe lächerlich«, sagt Kai.

»Ich finde dich einfach …« Ich zögere einen Augenblick, dann stoße ich hervor: »… doof!«

Jetzt sind wir auf Kindergartenniveau, denke ich, und wenn das alles nicht so traurig wäre, würde ich lachen. Sind Ehekräche etwas anderes als Kindergartentheater? Geht es nicht immer um die gleichen Dinge?

- Finger weg von der blonden Barbie!
- Du kriegst mein Auto nicht!
- Hilf mir gefälligst dabei, die Bauklötzchen aufzuräumen!
- Musst du alles weitertratschen, alte Petze?!
- Deine Mutter ist blöd!
- Deine auch!

»Kannst du dir nicht mal gute Laune verschreiben lassen?«, dringt Kais zornige Stimme in meine Gedanken. »Du bist doch ständig bei Ärzten.«

»Eine gute Ehefrau weiß, was sie zu tun hat. Das ist es doch, was du sagen willst, oder? Du willst kein Zuhause, in dem jeder seine Pflichten hat, sondern eine Insel der Erholung mit aufmunternden Worten meinerseits, täglich einer warmen Mahlzeit, kalten Drinks, einem gemütlichen Sessel, einem Kaminfeuer und einem leisen Kind.«

»Hör auf!«

»Ich werde dir jetzt nach getaner Arbeit immer beim Ausziehen deiner Schuhe behilflich sein, damit ich deine Füße massieren kann, während du deinen Gin Tonic trinkst und Salzmandeln knabberst«, sage ich mit flauschiger Stimme.

»Hör auf mit diesem Quatsch!«

»Gehört das nicht zu einer gutgelaunten Ehefrau?«

»Ich bin kein Spießer.«

»Nein, das bist du nicht«, sage ich, langsam zur Vernunft kommend.

Was veranstalten wir hier eigentlich? Was ist mit mir los? Am liebsten würde ich diesen ganzen dummen Streit auf der Stelle vergessen und zur Tagesordnung übergehen. Wie es meine Art ist. Ich bin nie lange sauer. Ich bin nicht nachtragend. Ich halte nachtragend sein für reine Zeitverschwendung. Das ist eine meiner guten Eigenschaften. Ich nehme Kai zum Beispiel nicht übel, was er über das Seniorenheim gesagt hat (jedenfalls nicht gleich; vielleicht in einem Jahr).

Kai wiederum kann schwer verzeihen. Auf der pH-Wert-Skala liegt mein Mann nach einem Streit bei null (stark sauer), und es dauert lange, bis er sich in Richtung des basischen Bereichs bewegt und wieder anfängt, mit mir zu reden.

Da wäre ich, wenn es nach mir ginge, schon längst beim nächsten Krach – und Kai kaut immer noch am letzten. Das ist nicht effizient. Finde ich! Wie soll man da alles aufarbeiten, was in einem langen Eheleben an Themen anfällt (hartgekochte Frühstückseier zum Beispiel), wenn tagelanges Schweigen herrscht? Obwohl auch dieses Schweigen eine Art von Krach ist. Eine ganz spezielle Waffe der Männer. Verletzend. Treffsicher. Man kann Männern eine ganze Menge nachsehen. Schlipse mit Simpsons-Motiv zum Beispiel. Das Lieblings-T-Shirt, auf das ein blöder Spruch gedruckt ist (»Lieber absahnen als zubuttern«). Ihr Faible für wasserstoffblonde Vampire und den berühmten Bildschirm-Triathlon aus Sportschau, Kartoffelchips und Bier. Ihre Angst vor Gefühlen. *(Manche Frauen glauben, das komme daher, weil Männer kein Herz haben, aber das ist Unsinn. Männer fürchten lediglich, weinen zu müssen, sobald es um Gefühle geht, und Tränen, die in Feierabendbartstoppeln versickern, sind in den Augen mancher Kerle der erste Schritt auf einer langen Leiter des Leidens, an deren Ende eine Geschlechtsumwandlung steht.)*

Mich befällt eine Mischung aus Herzklopfen und Schüttelfrost, als mein Mann mir direkt in die Augen schaut und sagt: »Ich weiß nicht, ob wir immer unterschiedlicher Meinung sind, weil wir wirklich unterschiedliche Meinungen haben, oder ob wir uns einfach ständig beweisen wollen, dass wir unterschiedlicher Meinung sind. Ich weiß nur, dass wir ein echtes Problem haben.«

»Wie kommst du denn darauf?«, frage ich fassungslos.

»Dein ständiges Genörgel und deine Geringschätzung meiner Person machen alles kaputt«, sagt Kai. »Wenn man sich um so etwas Bekloptes wie Putzen streitet, dann stimmt etwas ganz anderes nicht.«

»Eigentlich klappt es doch ganz gut mit uns.«

»Netter Rettungsversuch, den du da wagst!«, sagt mein Mann. »Aber leider erfolglos. Ich bin nicht so naiv zu glauben, dass das Herz nach so langer Zeit noch stillsteht, wenn man den anderen ansieht, man hat zu viel miteinander erlebt, aber ab und zu ein kleiner Aussetzer, das wäre nicht schlecht.« Kai sieht mich traurig an, während er immer noch das Tempo an die Schläfe presst. »Früher lagen wir in der Sonne und haben es genossen. Heute würden wir nur noch jammern, dass wir die Sonnenmilch vergessen haben. Es ist alles so vernünftig geworden. Unsere Ehe ist wie ein Kompaktwagen. Voll gepflegter Langeweile und mit ein paar komfortablen Extras. Ohne Luxus, ohne Leidenschaft, und Revolutionen überlässt man anderen.«

»Kompaktklasse ist solide«, sage ich.

»Wie soll man sich als toller Typ fühlen, wenn die eigene Frau einen ständig zum Deppen abstempelt? Ich bin der einzige Mann auf dieser Welt, der treu ist und sich zum Dank auch noch ständig beschimpfen lässt. Ich bin so was von dämlich!«

Mein Magen schmerzt. Ich bin ausgelaugt von unserem Streit. Leer wie eine Parkuhr, deren Zeit abgelaufen ist. Die Kälte von draußen strahlt auf mich ab, und ich will auf der Stelle einen Käsekuchen mit Rosinen, damit mir warm wird ums Herz.

»Stempel mich nicht zu einem Kleingeist ab, der für sein Leben gern die Teppichfransen kämmt. Ich mache die Dinge, weil sie getan werden müssen und es niemand außer mir tut, verflucht noch mal!«, sage ich müde.

Eine Strähne löst sich aus meinen Haaren und klebt an meinen Lippen. Ich schiebe sie mit einer fahrigen Bewegung beiseite. »Und manchmal«, sage ich, während ein Kloß in meinem Hals steckt, trocken wie ein Knödel aus der Plastikfolie, »manchmal räume ich auf, weil ich das Gefühl habe, mit dem Küchenschrank auch meine Gedanken in Ordnung zu bringen.«

»Das ist *deine* Methode«, sagt Kai. »Ich habe *meine*. Ich muss auch den Kopf freikriegen. Du hast nicht alle Probleme für dich gepachtet. Ich ziehe für ein paar Tage zu Theo.«

Das glaube ich nicht!

Ich glaube es einfach nicht!

Das meint er nicht im Ernst!

»Der Zeitpunkt ist gut«, fährt Kai fort. »Ich brauche eine Weile Ruhe für meinen Roman.«

»Ein paar Tage?«, kreische ich. »Von mir aus die nächsten drei Jahre.«

In meinem Kopf laufen die Gedanken ineinander wie die Farben eines Aquarells.

Wir haben alles zusammen durchgestanden. Seite an Seite. Laute Zeiten. Laue Zeiten. Sind durch alles gemeinsam gegangen. Durch Sand am Strand. Durch Moos im Wald, durch Matsch und Pfützen, Eis und Gras, Schnee und Schulden. Mal hat es Mist geregnet, mal Sterntaler. Wir kennen die Geräusche, die der andere im Bad und im Bett macht, die Gerüche. Die schönen. Und die schlechten. Wir wissen beide, dass die Wärme seiner Füße reicht, um meine kalten unter der Decke aufzutauen, dass ich bei langen Autofahrten kotzen muss, dass es mich in den Wahnsinn treibt, wenn er den ganzen Abend die Fernbedienung umklammert hält und danach schnarcht wie der Motor eines alten VW-Busses, der es in den späten sechziger Jahren auf dem Hippie Trail bis nach Kathmandu geschafft hat. Und manchmal kann ich auch heute noch meine Geheimnisse vor Kai besser verbergen als er seine Geheimratsecken vor mir.

Ich bin wütend auf ihn. Aber noch viel wütender bin ich auf mich. Da habe ich wie eine Verrückte all die Jahre geputzt – und hab's verpatzt.

Ich warte auf ein Zeichen von Kai. Auf ein nervöses Zucken der Augen. Ein leichtes Beben seiner Lippen. Eine Unsicherheit. Eine versöhnliche Geste. Eine einzige nur. Es kommt nichts.

Ich greife nach seiner Hand. Sage ihm, dass ich nicht möchte, dass er geht. »Wir haben nur ein paar Unstimmigkeiten. Peanuts! Wir kriegen das in den Griff.«

Kai sieht mich gedankenverloren an. »Wir haben mehr als nur ein paar Unstimmigkeiten. Uns beiden ist die Hoffnung abhandengekommen, dass das Leben noch ein paar Überraschungen für uns bereithält.« Er zerknüllt das Tempo und schiebt den kleinen Papierball in seine Jeanstasche. »Ich packe jetzt ein paar Sachen.«

»Du kneifst. Typisch!«

»Und du keifst.«

»Dann geh doch! Hau ab! Lieber jetzt als später. Ich will dich nicht mehr sehen! Nie mehr!« Ich gebe einen erstickten Laut von mir, halb Seufzen, halb Schluchzen. »Jetzt tut's noch weh, aber das geht vorbei. Und es wird richtig toll, wenn der Schmerz nachlässt. Darin habe ich Erfahrung.«

Ich sehe, wie Kai wahllos ein paar Sachen aus dem

Schrank nimmt und in seine Reisetasche stopft, bevor er sich seine alte Lederjacke überzieht.

Dann humpele ich in unser Schlafzimmer, werfe die Tür hinter mir zu und lasse mich bäuchlings aufs Bett fallen. So ist das also, wenn man verlassen wird! Geschasst, abserviert, im Regen stehengelassen.

Irgendwann höre ich, wie die Tür zu unserem Schlafzimmer aufgeht. Ich drehe den Kopf. Es ist Jonas. Er zieht die Nase hoch, seine Haare sind strubbelig, seine Wangen blass.

»Ich möchte mit Papa gehen!«, sagt Jonas.

Ich fühle mich, als hätte ich einen Schlag in die Magengrube bekommen. So ungefähr muss es sein, wenn ein Boxer den Arm um neunzig Grad anwinkelt und seinem Gegner einen Haken in den Oberbauch verpasst.

Ich richte mich auf. »Wir beide können es uns doch gemütlich machen.«

»Gemütlich ist uncool. Papa hat gesagt, du brauchst mal deine Ruhe. Und dass wir Theo helfen müssen, den Garten vom Efeu frei zu machen. Und dass wir drei Männer zum Eishockey gehen und von Papptellern essen, die wir in Frisbeescheiben stellen, wie wir es in dieser amerikanischen Comedy-Serie gesehen haben.«

»Klingt toll!«, sage ich matt. »Und was esst ihr?«

»Papa hat gemeint«, grinst Jonas, »alles, was heiß, scharf, süß und knusprig ist.«

»Bist du dir sicher, dass er vom Essen gesprochen hat?«, murmele ich.

»Und fett, hat er gesagt.«

»Okay, er *hat* vom Essen gesprochen.«

»Und wenn nichts mehr geht«, sagt mein Sohn, »haben wir immer noch *Yum Yum*.« Er kramt eine dieser thailändischen Instant-Nudelsuppen aus seiner Jeanstasche, orangefarbene Plastikfolie, Geschmacksrichtung Ente, schwenkt den Beutel vor meiner Nase und steckt ihn wieder weg.

Ich ziehe ihn zu mir aufs Bett, lege ihm den Arm um die Schulter und schmeichle: »Es wäre toll, dich mal ganz für mich allein zu haben!«

Jonas zuckt mit den Achseln und zieht ein langes Gesicht. »Und was sollen wir die ganze Zeit machen?«

»Wir könnten uns Pizza bestellen, essen die direkt von der Pappe und gucken lustige Filme auf DVD. Wie wäre das?«

»Eishockey ist besser. Und Theo hat so ein gruseliges Haus. Es liegt immer im Nebel.«

»Der Nebel kommt von den vierzig filterlosen Zigaretten, die der Freund deines Vaters pro Tag raucht, mein Schatz, und die ganz gewiss nicht gut für dich sind.«

»Bitte, Mama!«, sagt Jonas und löst sich aus meinen Armen. »Verdirb mir nicht den Spaß! Ich bin doch morgen Abend wieder da. Und es war schon so spaßfrei die letzten Tage mit dir.«

Was soll ich machen?

Möchte ich wirklich, dass mein Mann und mein Sohn eines nicht mehr sehr fernen Tages in einer der Kapellen auf dem Ohlsdorfer Friedhof vor meinem Sarg sitzen, und während der Pfarrer von der »treusorgenden Ehefrau und Mutter« spricht, läuft in ihren Köpfen ein ganz anderer Film ab? Ein Film mit einer ständig meckernden Frau in der Hauptrolle, die sich links auf eine Krücke und rechts auf den Wischmob stützt, während der Hexenbesen an der Wand lehnt? Möchte ich, dass in Jonas' Kopf später einmal das Wort »Spaßbremse« aufblinkt, eine immer wiederkehrende

Kakophonie wie das Pling, Pling, Pling eines Einarmigen Banditen? *Spaßbremse. Spaßbremse. Spaßbremse.*

Nein, will ich nicht!

Also gebe ich nach.

»Von mir aus. Macht in Herrgottsnamen euer Männerwochenende! Und ich ruhe mich mal richtig aus.«

»Danke, Mami!«, sagt Jonas. »Ich packe meinen Schlafanzug ein …«

»… und deine Zahnbürste …«, sage ich.

»Geht klar!«

»… eine Boxershorts …«

»Okidoki!«

»… frische Socken …«

»Kein Thema!«

»… ein Sweatshirt zum Wechseln …«

»Ja, ja!«

»… eine Ersatz-Jeans für alle Fälle …«

»Wenn du meinst!«

»… und ein Nagelbrett.«

»Jep«, sagt Jonas. Es vergeht eine ganze Weile, bis er mich verdutzt anschaut. »Ein was?«

Ich lache leise, um die Tränen zu unterdrücken. Meine Stimme hört sich kratzig an. »Du würdest zu allem ja und amen sagen, nur um nicht bei mir bleiben zu müssen, stimmt's?«

Jonas sieht mich mit seinen großen Augen an. »Glaube nicht, Mami, dass ich dich nicht genauso liebhabe wie Papa. Nur anders eben.«

Ich streiche über seinen Kopf. »Ich weiß, Liebling. Nur eben anders.«

Er nickt. Und strahlt. Strahlt heller als die Lichter einer Landebahn mit Nachtflugerlaubnis. Ich sollte dringend mein Verhalten überdenken, wenn die Aussicht, seine Mutter zwei Tage lang nicht zu sehen, meinen Sohn derart glücklich macht.

Ziemlich dringend sogar.

Ich umarme Jonas und gebe ihm einen Kuss.

Der Abschied zwischen Kai und mir fällt kühl aus. Immerhin fragt er, ob er mir aus dem Coffeeshop von unten noch ein paar Sandwiches besorgen soll.

Ich schüttele den Kopf. »Es schadet mir nichts, mal nichts zu essen.«

Ich sehe den beiden nach, wie sie den Flur runtergehen zur Wohnungstür. Vater und Sohn. Energisch fahre ich mir mit dem Handrücken über das Gesicht. Ich will das nicht. Ich will jetzt nicht sentimental werden.

Das hebe ich mir für später auf. Wenn ich Witwe bin. Da ist das angemessen.

Jetzt nicht.

Jetzt nehmen wir lediglich eine kleine Auszeit. Das ist alles. Keine große Sache, versuche ich mir einzureden. Ich werde mich ausruhen, wieder zu mir selbst kommen, und wenn die beiden morgen Abend zurück sind, strahle ich mehr Seelenruhe aus als jedes japanische Meditationsräucherstäbchen.

Kai sieht gut aus, stelle ich fest, als ich sein Profil sehe, während er mir noch mal zunickt. Er riecht gut. Der Duft von Sandelholz, Patschuli und Zitrus hängt in der Luft. Seine schwarze Lederjacke ist alt und an manchen Stellen abgeschabt. Die olivgrüne Cordhose flattert um seine Beine. In dem Moment wird mir bewusst, dass Kai unauslöschlich zu meinem Leben gehört. Egal, was auch passieren mag, egal, wie oft ich mich über ihn ärgere, über sein Phlegma und das thailändische Trockenfutter aus der Tüte, man kann all die Jahre nicht ausradieren wie eine Zeichnung.

Dann bin ich allein.

Ich denke an Kais Grübchen am Kinn und werde sentimental. Ich vermisse etwas, was ich jahrelang hatte und was mir noch nicht mal mehr aufgefallen war. Ich hasse mich. Ich bin eine kleine undankbare Heulsuse. Ich kann kaum laufen, schaffe es aber im Augenblick prima, mir selbst im Weg zu stehen. Vermutlich hat Kai recht. Unsere Ehe ist wie ein kariöser Zahn. Und die ganze Putzerei, um die wir permanent streiten, ist nichts anderes als ein armseliger Bleaching-Versuch meinerseits, der nichts am zerfressenen Innenleben ändert.

Ich lege mich wieder aufs Bett und lasse mich zurückfallen.

Es ist kalt da draußen. Und ich habe Angst. Was soll jetzt werden? Aus mir werden? Mitte vierzig ist kein Alter, in dem es für das Leben noch eine Korrekturtaste gibt.

Irgendwie ist mir der Glaube an das große Hollywood-Happy End abhandengekommen. Wahrscheinlich muss man dazu zwanzig Jahre jünger sein und fest davon überzeugt, dass das Schicksal noch jede Menge Schokokirschen in der Schachtel bereithält.

10.

Marzipanorgasmen

Ein Wochenende ohne Familie! Wenn ich früher nur an die Möglichkeit gedacht habe, was man damit alles tun könnte, fühlte ich mich wie ein aufgedrehtes Kind, das nicht mehr zu bremsen war. Man könnte Türen aufstoßen, die fest verschlossen sind, dachte ich. In welche Richtung auch immer. Türen nach außen. Zu anderen Menschen. Türen nach innen. Zu einem selbst. Ist das hier also nicht das, was ich immer wollte?

Allein sein?

Ganz entspannt mit mir allein meine Zeit verbringen?

Kaum denke ich an Kai und Jonas, fällt mir »Kramer gegen Kramer« ein. Die Szene, in der Meryl Streep Dustin Hoffman unter Tränen eröffnet, dass trotz ihres gewonnenen Sorgerechtsprozesses ihr gemeinsamer Sohn Billy bei ihm am besten aufgehoben ist. Und schon gibt's eine butterweiche Überblendung, und vor meinem geistigen Auge erscheint Kai, wie er beim Fußball voller Rührung seinen Sohn beobachtet. Wie er Jonas durch die Wohnung getragen hat, wenn der krank war. Ein kleiner Junge in starken Armen.

Ich schüttele die Bilder ab.

Tränendrüsen-Quatsch!

Ich stehe auf und humpele mit meinen Krücken durch die Wohnung. Eigentlich sollte ich liegen. Aber ich will nicht. Kann nicht. Ich bin unruhig. Als es zu dämmern beginnt, knipse ich das Licht im Flur an. Es ist so still, dass ich das Trillern des Wellensittichs in der Wohnung meiner Nachbarin höre, der alten Frau Beutel von nebenan, die kaum noch das Haus verlässt. Die Zahnarztpraxis unter uns hat längst geschlossen. Wochenende. Meine Schritte hallen in der leeren Wohnung wie in einer Höhle. Mir ist kalt. Ich nehme Kais anthrazitfarbenen Fleecepullover, der über einem Sessel im Wohnzimmer liegt, und streife ihn über. Er trägt ihn oft zum Sport.

Er riecht nach Kai.

Nach seinem Aftershave und Schweiß.

Nur ein wenig.

Nicht schlimm.

Angenehm sogar.

Ich spiele am Reißverschluss. Ich könnte so viele Dinge regeln, denke ich, zu denen ich sonst nie komme. Freunde anrufen, Briefe schreiben. Die Portoquittungen für meinen Steuerberater raussuchen. Aber ich kriege nichts *geregelt*. Ich schalte den Fernseher im Wohnzimmer ein, um nicht in Lautlosigkeit zu ertrinken. Durch die geöffnete Tür fällt mein Blick in unser Arbeitszimmer auf Kais Schreibtisch. Er sieht aus, als wäre er in Panik evakuiert worden. Wassergläser und Kaffeebecher wurden abgestellt und vergessen. Auf dem hellen Holz sind jede Menge Abdrücke von Tassen, die an die Jahresringe eines alten Baumes erinnern. Papierstapel liegen herum. Bücher. Fotos. Kleingeldhaufen. Mittendrin steht eine Dose mit dänischen Butterkeksen. Ich schiebe die Blumentöpfe auf der Fensterbank im Wohnzimmer beiseite und hangele mich hinauf auf das Brett, winkle mein rechtes Bein an und stelle den operierten Fuß auf einen Stuhl. So sitze ich. Und schaue in den Abendhimmel. Ich weiß nicht, wie lange.

Die Fenster in unserem Altbau haben eines mit mir gemeinsam. Sie sind nicht ganz dicht. Ich spüre die Kälte, die durch die Ritzen dringt, und starre auf den Kronleuchter in der Wohnung gegenüber.

Tolles Wochenende, denke ich.

Wenn eine Familie ein Tisch ist und jedes Familienmitglied ist ein Bein, wie soll das Ganze dann im Gleichgewicht bleiben, da im Augenblick zwei Beine fehlen?

Mein erster Single-Abend seit langem ist ein Schwarzweißfilm. Mein Leben kommt mir klein vor in unserer großen Wohnung, nachdem mein Mann seine Liebe wie einen kleinen Hund an die Leine genommen und rausgeführt hat aus Fünf-Zimmer-Küche-Bad.

Am frühen Abend bestelle ich Pizza, wie ich es Jonas vorgeschlagen hatte. Die Pappe räume ich nicht in den Müll. Als die Seite mit den Tomaten und dem Käse auf dem Fußboden landet und ein roter Fettfleck auf dem Holz zurückbleibt, ist es mir egal. Ich höre alte Songs von Bob Dylan, und da kein Wein mehr da ist, trinke ich Weihnachtsmarktglühwein der letzten Saison aus dem Tetra Pak. Kalt. An meiner Zunge klebt der Geschmack, den man hat, kurz bevor man kotzen muss. Mein Leben und meine Leber ähneln beide einer Müllkippe, und mein Herz hat schlimmere Blessuren als mein Fuß.

Ich öffne das Fenster einen Spalt, um einen klaren Kopf zu kriegen, esse die letzten Marzipanbrote von Weihnachten auf und rupfe ein paar gelbe Blätter von den trockenen Pflanzen. Ich zerbrösele sie zwischen meinen Fingern und lasse die Schnipsel auf die Erde regnen.

Das Telefon klingelt.

Ich nehme ab und hoffe, es sind Kai und Jonas, die mir sagen, dass sie es vor Sehnsucht nicht mehr aushalten und zurückkommen. Jetzt. Sofort. Auf der Stelle. Aber es ist meine Freundin Margaux, die mit dem Besitzer einer Klinik für Zahnästhetik verheiratet ist und am Bodensee lebt.

»Wie geht's dir, Chérie? Ich wollte die ganze Zeit schon anrufen, aber ich fühlte mich nicht gut.«

Meine Freundin Margaux lebt gesund – und ist oft krank. Liest sie in der Zeitung von einer Schnupfenepidemie in Hinterindien, kauft sie auf Vorrat achtundvierzig Päckchen Papiertaschentücher mit Kamille für empfindliche Nasen. Und als sie an einer Gürtelrose litt, wusste das beinahe jeder der fast 22 000 Einwohner in ihrem Heimatstädtchen Überlingen. Dass es am Ende doch keine Gürtelrose war, sondern Abdrücke von einer zu engen Jeans, spielte in Margaux' Augen keine Rolle. Margaux ist eine Diva, die den Namen eines samtigen Weines trägt und die mit ihrer sahneblassen Haut genau wie der nach Ruhe, Dunkelheit und Kühle verlangt. Margaux gehört nicht zu den Frauen, die durch ihr Leben wieseln wie Geckos über die Zimmerdecken einer mallorquinischen Finca. Sie macht aus jeder roten Fußmatte einen roten Teppich, sie trägt Einkaräter statt 5,4-Kilogramm-Waschpulverpakete, sie hat keine Kinder und eine Küche, die sie nur in Notfällen betritt (wobei ein leeres Chablis-Glas für sie durchaus in diese Kategorie fällt). Die Liebe zum Wein (sie findet, das ist sie ihrem Namen schuldig) ist neben der Sympathie für belgische Schokolade Margaux' einzige Sünde. Nie käme sie auf die Idee, im Vorbeihasten eine Currywurst mit Pommes hinunterzuschlingen, heißhungrig über den letzten Salamizipfel im Kühlschrank herzufallen oder etwas zu essen, was auf den Namen »Armer Ritter«, »Kalter Hund« oder »Strammer Max« hört.

»Wie's mir geht?« Ich zögere und merke, wie sich automatisch ein Lächeln auf mein Gesicht pflanzt. Ich beginne zu kichern. Der Glühwein hat mein Hirn in Watte gepackt.

»Was ist mit dir?«, fragt Margaux. »Dir geht's doch gut, oder?«

»Klar«, lalle ich, »mir geht's gut.«

Unsere Mitmenschen wollen hören, dass es uns gutgeht. Nicht weil sie wirklich wollen, dass es uns *gut*geht, zumindest nicht alle, sondern weil sie nicht wissen, wie sie reagieren sollen, wenn sie hören, dass es uns *nicht gut*geht. Sie wollen nicht am Montagmorgen im Fahrstuhl auf dem Weg ins Großraumbüro jemandem begegnen, der sagt: »Wie's mir geht? Wie viel Zeit haben Sie? Keine? Okay! Hier kommt der Schnelldurchlauf! Meine Großmutter ist gerade gestorben, unser Pudel hat Herzasthma, meine Tochter ist mit einem Breakdancer von der Kirmes durchgebrannt, ich habe ganz unten im Schrank mehr ungeöffnete Rechnungen versteckt als Zellstoffblättchen auf einer Klopapierrolle sind, und ich überlege allen Ernstes, wem ich heute als Erstes zu Leibe rücke, um sie für immer auszuradieren: der Geliebten meines Mannes oder meiner Beckenbodenschwäche, die vielleicht dazu geführt haben könnte, dass mein Mann eine Geliebte hat.«

Nein, das will niemand wissen! Und so ploppt aus allen Mündern auf die immer gleiche Frage nach dem Befinden ein fröhliches »Gut«. Und die vielen fröhlichen »Gut« schweben im Raum wie kugelrunde Luftballons, die bei der ersten unsanften Berührung zerplatzen.

»Gut«, sage ich noch einmal zu Margaux.

»Das ist *gut*«, sagt sie.

»Nichts ist gut«, jaule ich auf und heule los. »Ich sehe aus wie der Trampel aus dem Bauernschwank, ich bin dünnhäutig wie Papier, und ich habe heute Mittag meinen Mann und meinen Sohn aus dem Haus getrieben. Ich bin ein Scheusal. Ein Jammerlappen. Ein herzloses Monster. Der Inbegriff von the German Gründlichkeit und Spießertum!«

»Und meine beste Freundin«, sagt Margaux mit fast zärtlichem Zungenschlag. »Ich komme nach Hamburg.«

»Bitte, Margaux! Nein!«

»Lass das meine Sorge sein! Ich möchte dir helfen. Ich kann zum Beispiel dafür sorgen, dass Jonas morgens hübsch angezogen und mit einem guten Frühstück im Magen zur Schule geht.«

»Zwölfjährige Jungs ziehen sich nicht hübsch an«, will ich sagen. »Hübsch angezogene Zwölfjährige sind so uncool wie eine Mutter, die im Schulbus mitfährt. Außerdem bist du mir keine Hilfe!«, möchte ich rufen.

Keine Frau ist mir eine Hilfe, die für ihren Mann eine Königin ist. In Margaux' Diensten stehen Putzfrau und Fensterputzer, abends entzündet ihr Mann im Kamin ein Feuer für sie, schenkt ihr funkelnden Barolo ein und massiert ihren Fußballen (weshalb ihr Sexualleben vermutlich genauso intakt ist wie ihr Großzehengrundgelenk). Er bereitet für sie wahlweise Seezungenfilets, Fasanenbrüstchen oder Wachtelkeulchen, er hält Estragon nicht für Unkraut, und er käme nie auf die Idee, seiner Frau Astern zu schenken. Margaux ist keine Frau für Astern. Margaux ist eine Frau für Austern. Kein Haushalt dieser Welt, in dem gerade der Notstand ausgerufen worden ist, benötigt eine Frau wie Margaux. Niemand käme auf die Idee, ihr einen Müllsack in die Hand zu drücken.

Kann sich jemand Nicole Kidman beim Säubern des Katzenklos vorstellen?

Eben!

Im Moment kann ich alles gebrauchen, nur keine Freundin, die einen weißen Turban auf dem Kopf trägt und ihre Fingernägel lackiert, während in der Küche die Milch überkocht.

»Du brauchst nicht zu kommen, Margaux!«, flehe ich sie an. »Glaube mir! Das war eben nur ein kleiner Ausbruch. Jetzt ist alles wieder gut.«

Ich habe es schon eine ganze Weile geschafft, meine Freundin von uns fernzuhalten. Das hat zwei gute Gründe. Als seine Patentante hat sie jahrelang den Geigenunterricht für Jonas bezahlt, und da wir als Familie genug gelitten haben, jeder auf seine Art – ein Pinguin spielt besser Violine als unser Sohn –, hat Jonas vor einem Jahr aufgehört, Geige zu spielen. Das weiß Margaux nicht. Netterweise zahlt sie immer noch für den Unterricht. Nur dass Jonas jetzt E-Gitarre lernt. Doch da ihr Vater Dirigent ist, würde sie davon gewiss nichts hören wollen.

Das ist das eine Problem.

Das zweite ist: Auch unser Hochzeitssilber im Mahagonikasten (69-teilig; um 1800) existiert nicht mehr. Wir haben es von Margaux geschenkt bekommen und erst kürzlich über eBay verscherbelt. Dafür gab es einen erholsamen Kurzurlaub für uns drei auf Teneriffa. Ich mag kein Silber. Ich mag nichts, was man nicht in die Spül- oder Waschmaschine stecken kann. Meine Möbel, mein Sohn und mein Mann sind die einzigen Ausnahmen.

Ich rede noch eine Weile auf sie ein, bis ich mir sicher bin, ihr diese dumme Idee ausgetrieben zu haben, dann legen wir auf.

11.

Das Brusthaar von Adam Cartwright

Der Kronleuchter in der Wohnung gegenüber ist längst gelöscht, als ich ins Bett gehe. Es kommt mir nackt vor ohne Kais Wärme. Er soll zurückkommen.

Jetzt.

Im Moment fühlt sich alles falsch an. Nein, denke ich, so will ich nicht alt werden. Allein in einem großen Bett. Während diese Samstagnacht auf den Morgen zukriecht und sich die Einsamkeit zu mir legt, schlafe ich bei Licht und laufendem Fernseher ein.

Der nächste Tag beginnt, wie der vergangene geendet hat. Kein Sonnenstrahl schafft es an den Wolken vorbei. Ich trage immer noch Kais Pulli, der jetzt ein wenig mehr nach Schweiß riecht, ich hocke wieder auf der Fensterbank im Wohnzimmer und starre trübselig in den grauen Himmel. Auf die graue Straße. Als ich später zurück ins Schlafzimmer gehe und im Flur in den Spiegel gucke, sehe ich eine graue Frau. Ich beschließe, gar nicht mehr hineinzuschauen.

Vieles geht mir an diesem Wochenende durch den Kopf. Ich denke daran, wie alles anfing. Vor zwanzig Jahren. Es war Sommer. Der Asphalt flirrte in der Hitze. Die Wiese im kleinen Park bei mir um die Ecke färbte sich braun, und auf den Feldern vor der Stadt riss die Erde auf. Am Tage schwitzten die Menschen und waren matt, abends aber lebten sie auf, grillten, bis die ganze Stadt nach Würstchen und

Steaks roch, und tranken eiskaltes Bier unter freiem Himmel. Die Mädchen trugen Tops und Kleider, leicht wie eine zweite Haut, und die Männer guckten einen frecher an und flirteten heißer, gleich in den ersten Sekunden.

An einem dieser Tage lernte ich Kai kennen. Es war später Nachmittag, und ich warf einen Stapel Zeitungen in den Container bei mir um die Ecke. Es hatte sich einiges an Altpapier angesammelt von mir und meiner Mitbewohnerin und besten Freundin Margaux, die damals als Stewardess von Hamburg aus zu ihren Einsätzen flog und mit der ich mir eine Zweizimmerwohnung unterm Dach teilte. Nebenan wohnte ein mit uns befreundetes Pärchen, das bei der Tageszeitung arbeitete, bei der auch ich mal war. Sie hieß Billi Zindler und war Layouterin bei uns; er war Kulturredakteur und hörte damals auf den Namen Manfred Maschke. Anlässlich einer Recherche in einem Ashram im indischen Puducherry verpasste man Manfred Maschke den spirituellen Namen »Hanuman«, er verließ Billi, und als er nach Jahren zurückkam, kehrte er der Redaktion endgültig den Rücken und wurde Yogalehrer im »Goldenen Tempel«.

Ich hatte ein Volontariat im Lokalteil der Zeitung hinter mir und war bei einem Magazin für die junge, an Laufsteg und Lippenstift interessierte Leserin gelandet, da ich es aufregender fand, über Tuniken für den Tunesien-Urlaub und die Freuden eines silberfarbenen Gürtels zu schreiben als über Kompetenzüberprüfungen von Messstellen im Abwasserbereich in Hamburg-Mitte.

An meinem rechten Daumen klemmte der Ring vom Schlüsselbund, und mir klebten die Haare im Gesicht, als ich die Zeitungen durch den Schlitz des halbvollen Containers schob. Bei jeder Bewegung klimperte der Schlüssel. Ich ließ mir Zeit beim Wegwerfen. Blätterte noch ein wenig.

Überflog hier eine Schlagzeile. Dort eine Bildunterschrift. Blieb hängen bei einem Artikel über einen Nachbarschaftsstreit wegen Röstgeruch aus einer Hähnchenbraterei. Ich las und pustete mit vorgeschobener Unterlippe meinen Pony aus der Stirn.

»Dauert das noch lange?«, fragte hinter mir eine Stimme.

Abrupt drehte ich mich um. Und blickte direkt in Kais Augen.

»Hast du es eilig?«, blaffte ich ihn an.

»Nicht direkt. Ich habe Philosophie studiert, und im Augenblick fahre ich nachts Taxi. Hältst du mich also für einen von den Typen, die von ihrem Terminkalender gehetzt werden?«

»Warum hetzt du *mich* dann?«

»Weil ich lieber da vorne bei McDonald's eine Cola trinken möchte, als in dieser Gluthitze hinter dir zu stehen und dir bei deiner Lektüre zuzuschauen. Ist außerdem ein scheißkonservatives Blatt.«

»Bei dem scheißkonservativen Blatt habe ich mein Volontariat gemacht.«

»Du bist Journalistin?«

»Wahnsinn!«, höhnte ich. »Wie kommst du nur darauf?« Ich stopfte die letzte Zeitung durch den Schlitz.

Betont langsam drehte ich mich zu ihm um und musterte ihn. Nein, er war keiner dieser Anzugträger, bei denen der Schlips in jungen Jahren gerade herunterhängt und sich mit zunehmendem Alter vorwölbt. Er war durchtrainiert, trug eine ausgeblichene Jeans und ein weißes kurzärmeliges T-Shirt, auf dessen Brust ein brauner Fleck prangte, vielleicht Kakao oder Schokoladeneis. Es war zerknittert. Unter seinem rechten Arm klemmte ein Stapel alter »Spiegel«-Ausgaben.

»Entweder kannst du dich nicht von deinen eigenen Artikeln trennen«, sagte er. »Oder deine Wohnung ist hässlich. Oder dein Freund. Oder beides. Aus welchen Gründen solltest du sonst deine Zeitungslektüre bei dieser Hitze nach draußen verlegen?«

Ich sah in seine Augen. Sie waren schön. Sein Mund war schön. Die Oberlippe geschwungen wie ein Herrenhut aus weichem Filz. Er fuhr sich durchs Haar, kratzte sich am Kinn, in das ein Grübchen gestanzt war, lächelte mich an, und ich fand ihn unerträglich arrogant.

»Ich lese nicht meine eigenen Artikel«, sagte ich. »Diese Art von Selbstverliebtheit ist im Gegensatz zu anderen Leuten nicht mein Ding.«

»Womit hast du angefangen?«, fragte er und grinste mit seinem tanzenden Grübchen. »Mit der Jahreshauptversammlung des Kaninchenzüchtervereins?«

»Idiotisches Klischee!«, sagte ich. »Und damit du's weißt: Ich habe keine hässliche Wohnung …«

»… aber einen hässlichen Freund.«

»Weißt du was?! Du kannst mich mal!«

Ich wandte mich um und ging davon. Mein Kleid war nass geschwitzt. Der dünne Stoff klebte an meinen Beinen. Ein Schweißfaden rann zwischen meinen Brüsten hinab. Ich sehnte mich nach einer Dusche. Ich hatte das Gefühl, in der Hitze zu ersticken, und war erleichtert, als ich in der Ferne ein erstes Donnern heranrollen hörte.

»Warte!«, vernahm ich seine Stimme hinter mir.

Den Gefallen tat ich ihm nicht.

»Verflixt noch mal, bleib stehen!«

»Vergiss es!«, murmelte ich. »Kaninchenzüchterverein! Arschgeige!«

»Du hast was verloren!«

Ich versuchte, ihn zu ignorieren.

»Und damit meine ich nicht dein Herz«, rief er mir nach. »Das vielleicht auch, aber …«

»Wichser!«, sagte ich leise, während ich schneller ging.

Kurz darauf hörte ich hinter mir seine Schritte. Hörte ihn laufen. Schnaufen.

»Verdammt! Was ist eigentlich mit dir los?«

Abrupt drehte ich mich zu ihm um. »Lass mich in Ruhe!«

»Dein Schlüssel!«, sagte er.

Ich erschrak. Und sah auf meine rechte Hand. Der silberne Ring des Schlüsselbundes steckte nicht mehr an meinem Daumen.

»Er ist in den Container gefallen«, sagte der Typ mit dem Fleck auf dem T-Shirt. »Ich habe ihn da liegen sehen, als ich gerade meine Zeitschriften reinwerfen wollte.«

»Warum hast du ihn nicht rausgeholt?«

»Auch noch Ansprüche stellen! Ich werde es dir sagen: Weil ich kein Menschenaffe mit überlangen Armen bin.«

»Scheiße! Scheiße! Scheiße!«, fluchte ich. »Was soll ich denn jetzt machen?«

»Komm mit zu McDonald's!«

»Entschuldige bitte, aber mir ist jetzt ganz bestimmt nicht danach, mit dir einen Softdrink zu nehmen.«

»Komm mit!«, sagte er ungehalten. »Und hör auf zu meckern! Bist du immer so strapaziös?«

»Man tut, was man kann«, sagte ich spitz.

Er lief voran. Ich strengte mich an, mit ihm Schritt zu halten. Bei McDonald's durchquerte er ohne zu zögern den Raum und trat an den Tresen. Er kam gar nicht auf die Idee, auf mich zu warten.

Ich blieb in einiger Entfernung stehen und beobachtete ihn, wie er mit einem jungen Verkäufer sprach. Nach ein paar Minuten kam er mit einer langen Drahtzange wieder (die mich übrigens auffallend an meine neue Lurch Cuisipro All-in-one erinnert. Vielleicht hat dieses kleine Intermezzo damals den Nährboden geschaffen für eine lebenslange Affinität zu hummerzangenartigen Greifinstrumenten).

»Was ist das?«, fragte ich ihn.

»Damit hebt der Putzmann Abfälle vom Boden auf«, antwortete er.

Das erste Mal, seitdem wir uns begegnet waren, lächelte ich ihn an.

»Darauf muss man erst mal kommen«, sagte ich.

»Du hast doch bestimmt deinen Ausweis dabei?!«, sagte er.

»Wofür?«

»Als Pfand. Die wollen eine Sicherheit haben, dass wir die Zange zurückbringen.«

»Warum sollte ich meinen Ausweis dabeihaben?«

»Du bist der Typ Frau, der nie ohne Papiere aus dem Haus geht, weil man ja nie weiß, wo man landet. Genauso wenig, wie du jemals schwarzfahren würdest.«

»Du kommst dir wohl sehr schlau vor, wie?«, bellte ich ihn an.

»Nun rück das Ding schon raus!«, drängte er.

Ich stieß einen tiefen Seufzer aus, kramte mein Portemonnaie aus der Seitentasche meines Kleides, klappte es auf und zog meinen Ausweis heraus.

»Wusste ich's doch!«, triumphierte er.

»Ich habe mein Portemonnaie nur dabei, weil ich ein Eis essen wollte.«

Er schlug den Ausweis auf und betrachtete mein Foto, auf dem meine dunklen Haare sehr lang und mein T-Shirt sehr lila und sehr eng war. Eine silberne Kette war mehrmals um meinen Hals geschlungen. »Heute siehst du besser aus«, stellte er fest.

Ich sagte nichts, merkte aber, wie leichte Röte mein Gesicht überzog. Es schien ihm zu gefallen, mich in Verlegenheit zu bringen. Wir fischten meinen Schlüssel aus dem Container, brachten die Zange zurück, das Gewitter kam näher, über uns bauschten sich die Wolken wie fetter Blumenkohl, und der Mann mit dem Grübchen, der meinen Schlüssel gefunden hatte, lud mich zum Eis ein.

»Träumst du von Paris?«, fragte er auf dem Weg zur Eisdiele.

»Wie kommst du darauf?«

»Warum sonst solltest du einen Anhänger mit dem Eiffelturm an deinem Schlüsselbund haben?«

»Ich träume von Venedig«, sagte ich.

Vom Unwetter hineingeweht, landeten wir in einem italienischen Café, das tatsächlich den Namen »Venezia« trug.

Ich erfuhr, dass er Kai heißt und am 1. Mai Geburtstag hat.

Auf dem Tisch stand eine Vase mit Plastikrosen, ich bestellte Pistazie und fühlte auf meinem Hinterkopf die Blicke eines Gondoliere, aufgenommen vor der Rialtobrücke.

Ich lud Kai für den nächsten Abend zu mir nach Hause ein, um mich für das Eis zu revanchieren.

Mehr würde nicht sein, redete ich mir ein. Mein Leben war unfertig. Unaufgeräumt. Eine neue Liebe unpassend.

Ich hatte mich erst vor kurzem von meinem Freund getrennt. Oder um der Wahrheit die Ehre zu geben: er sich von mir. Er hatte eine andere kennengelernt und es mir beim Wochenendeinkauf an der Wursttheke unseres Supermarktes gebeichtet. »Übrigens, es gibt da eine andere … Bitte, noch hundert Gramm von der Cervelatwurst … Noch ein

Stückchen von der Hausmacherleberwurst, vielen Dank! Wenn du willst, können wir Freunde bleiben!«

Ich war tief getroffen, verfluchte die Männer, baute einen Panzer um mein Herz und zog noch eine Lage Stacheldraht drum herum. Kai war schon seit ein paar Jahren wieder solo, hatte hin und wieder eine Affäre, war aber an einer neuen Liebe nicht sonderlich interessiert.

Wir beide waren an dem Abend allein in meiner Wohnung. Margaux kam erst spät aus London zurück. Ich hatte gekocht. Hähnchen in Riesling. Kartoffelgratin. Mousse au Chocolat. Kai gestand mir zwei Currywürste in der Imbissbude auf dem Weg von seiner Wohnung zu mir, da er der Bewohnerin einer »Weiber-WG« nur Hirsesalat und frischen Möhrensaft zugetraut hatte. Ich aß kaum etwas. Ich wusste zwar, wenn man verliebt ist, wird Essen zur Nebensache. Doch für meine Appetitlosigkeit machte ich nicht meine Gefühle, sondern die Schwüle verantwortlich, die immer noch in den Räumen hing. Vor dem Küchenfenster säuselte leise der Regen, der seit dem Abend vorher nicht mehr aufgehört hatte, Kerzen brannten, und in den Gläsern funkelte roséfarben der Wein. Wir hörten Marius Müller-Westernhagen. Mit Pfefferminz bin ich dein Prinz. Ich beobachtete meinen Gast, geschützt durch die Fransen meines langen Ponys, den ich damals trug. Durch ihn fühlte ich mich sicher.

Ich schaute mir an, wie Kai sich zurücklehnte auf dem harten Holzstuhl, nach hinten kippelte und sich die Haare aus der Stirn strich. Wie er erst seine Hände unter den Achseln vergrub, um sich dann durch das dunkle Brusthaar zu fahren, das aus dem V-Ausschnitt seines kurzärmeligen weißen T-Shirts quoll. Ich begann, ihn sexy zu finden.

Ich hatte genug getrunken, um mit Blick auf seine kraulende Hand zu sagen: »Der erste Mann, bei dem mir Haare auf der Brust aufgefallen sind, war Adam Cartwright. Da war ich neun oder zehn und durfte manchmal ›Bonanza‹ gucken. Ich erinnere mich an eine Szene, in der sich Adam in den Bergen mit einer ominösen Frau einlässt.«

»Und da hat dich sein nackter Oberkörper schockiert?«, grinste Kai.

»Was denn wohl sonst? In dem Alter! Ich mochte Little Joe lieber. Adam machte immer einen überheblichen Eindruck.« Ich blies mir den Pony aus der Stirn und sah Kai provozierend an. »So wie du.«

Kai lachte selbstbewusst. »Immerhin hatte er Erfolg bei den Frauen. War da unter anderem nicht mal eine Liebelei mit einer Lehrerin in Virginia City?«

Ich nickte traurig. »Ja, aber sie endete tragisch. Wie alle Beziehungen der Cartwright-Männer. Du warst also auch Fan?«

Kai nickte. »Vor allem von Hop Sing, dem chinesischen Koch.«

Jetzt lachten wir beide. »Und vom dicken Hoss«, fuhr Kai fort und kippelte, und ich fügte kichernd hinzu: »Kennst du die Folge, in der er den Osterhasen spielt?«

»Ein Osterhase im Wilden Westen«, sagte Kai. Er stellte den Stuhl wieder gerade hin, erhob sich, kam auf mich zu und beugte sich zu mir hinunter. »Wenn das kein gutes Zeichen ist, dass wir beide ›Bonanza‹ mochten.«

»Ich kenne niemanden, der ›Bonanza‹ *nicht* mochte«, sagte ich.

»Bist du immer so realistisch?«, fragte er.

»Immer.«

»Hebst du nie ab?«

»Nie.«

»Wirst du niemals unvernünftig?«

Sein Mund näherte sich meinem. »Ich bin Löwe, und du bist Stier. Wenn das nicht unvernünftig ist!«, wisperte ich.

Kai legte mir seinen Finger auf die Unterlippe und begann, mich zu küssen. Unsere Küsse schmeckten nach Wein. Und nach bittersüßer Schokolade.

An dem Abend ging ich mit zu ihm. Ich wollte nicht, dass Margaux uns sieht. Und ich wollte nicht, dass Kai Margaux sieht. Eine Freundin mit ihrem Aussehen, dem Körper einer Balletttänzerin mit Brüsten und einer Mähne, glühend wie Rot-Ahorn, hat beim ersten Date nichts zu suchen. Der eigene Glanz, so befürchtete ich, könnte in ihrer Gegenwart dunkel anlaufen wie Messing.

Auf dem Weg zu ihm nach Hause goss es immer noch. Kai zog seine Jeansjacke aus, stellte das rechte Bein vor das linke, machte eine Verbeugung und legte seine Jacke über eine Regenpfütze. »Ich lege dir meine Jacke und die Welt zu Füßen!«, rief er, dann wirbelte er das nasse Ding durch die Luft, presste mich Sekunden später gegen eine Hauswand, wir winselten und wimmerten vor Lust, und ich merkte, es stimmte nicht, was er mir über seine Arme erzählt hatte. Sie waren sehr lang, denn seine Hände waren überall, und seine Liebkosungen waren die Stahlschere für den Stacheldraht und den Panzer, mit denen ich mein Herz geschützt hatte.

Kurz darauf zogen wir zusammen in eine kleine Wohnung und packten unsere Liebe in die Vorratskammer, um davon zu zehren, wann immer uns danach war. Wir heirateten in Venedig und ließen unsere Familien zu Hause. Unsere beiden Mütter sind noch heute der Meinung, dass ihr geliebtes Kind Pech mit dem Partner hatte *(genauso wie der lie-*

bende Blick meiner Mutter das, was unter dem Pullover ihrer auf die fünfzig zugehenden Tochter schwabbelt, immer noch als eine besonders reizende Form von Babyspeck ansieht).

Meine Mutter hätte sich für ihre Tochter einen Mann gewünscht mit dem Aussehen eines Hollywoodhelden, der Güte eines tibetischen Mönchs, mit solide erarbeitetem Weltruhm und den Sparschätzchen eines deutschen Beamten. Und da sie einem guten Tropfen nie abgeneigt ist, wäre ein eigenes Weingut von Schwiegersohnseite (sowie ein Händchen für Küchenwunder) ebenfalls willkommen gewesen. Diese eierlegende Wollmilchsau muss man sich als ein Konglomerat aus Richard Gere (Glanz und meditative Güte), Francis Ford Coppola (Oscar; Weingut), Herrn Lafer und Herrn Kaiser von der Hamburg-Mannheimer vorstellen, das Ganze verpackt in einen weißen Kittel. Meine Mutter schnieft, wenn sie von ihrem Orthopäden erzählt, und das liegt sicher nicht nur an den Schmerzen in *ihrem* Sprunggelenk, sondern auch an *seinen* sechs Eigentumswohnungen in ihrer Nachbarschaft in Berlin-Mitte.

Auch Kais Mutter hatte ganz konkrete Vorstellungen von der idealen Schwiegertochter: eine Frau von maximaler Flexibilität, hoher Funktionalität, großer Schönheit, Klasse und Eleganz. Ein perfekt blondiertes Softwarepaket mit zwei X-Chromosomen. Was hat sie gekriegt? Eine Schwiegertochter, die von allem zu viel hat. Zu viel Hintern, zu viel Nase, zu viel Lippen. Zu viel schlechten Geschmack und zu viel gesunden Appetit. Eine Allzweck-Küchenmaschine, die nie Karriere machen wird, die es noch nicht mal in den Elternbeirat der Schule schafft und die sich weitaus mehr für Konfitüre als für Maniküre interessiert *(während ihr Sohn in ihren Augen ein begnadeter Künstler ist, dessen schriftstellerische Ergüsse sie selbst dann mit atemloser Spannung lesen würde, wenn sie im Beipackzettel eines Medikamentes gegen Genitalwarzen stehen würden).*

Arme Mütter!

Sie haben unserer Liebe keine Chance gegeben, hielten den anderen höchstens für einen Irrtum der Natur, der ihrem geliebten Kind zum denkbar ungünstigsten Zeitpunkt über den Weg gelaufen ist. Deshalb feiern wir Weihnachten gerne nur zu dritt: in der weiten Einsamkeit Nordschwedens oder in fröhlicher Gesellschaft des Noro-Virus, das uns häufig ausgerechnet vor den Feiertagen heimsucht.

Ich war glücklich mit Kai in all den Jahren, auch wenn wir in Sachen Hausarbeit ungefähr so weit auseinanderliegen wie Erde und Schwarzes Loch im Zentrum der Milchstraße *(wobei Schwarzes Loch übrigens eine ziemlich gute Metapher für den Zustand einer Wohnung bei krankheitsbedingtem Ausfall des einzigen weiblichen Mitbewohners ist).*

Nur manchmal wünsche ich mir, wir hätten uns mehr Zeit gelassen und die Sehnsucht erfahren, die man hat, wenn der andere einen nicht so gut kennt, dass er die Pointen bei unserer eigenen Geschichten setzen kann.

Jetzt aber verspüre ich das dringende Bedürfnis, die Löffel in meiner Besteckschublade ineinanderzuschieben, damit sie sich nicht alleine fühlen. Und unsere Zahnbürsten im Becher so zu drehen, dass sie sich ansehen und nicht wie Feinde Rücken an Rücken stehen (wobei meine Bürste die von Kai mit den Zahnpastaschlieren zwischen den Borsten normalerweise aus gutem Grund ignorieren würde). Ein paar Jahre noch, bis Jonas aus dem Haus ist, denke ich, und dann wird mein Leben aus Single-Essen und Selbstgesprächen bestehen, ich werde endgültig vergessen, was Sehnsucht ist, und mich darüber freuen, dass meine Wohnung groß genug für eine Alten-WG und der Weg in die Innenstadt für einen Rollator nicht zu weit ist.

Was für Aussichten!

Warum ist kein Marzipan mehr da, verdammt?

Ich beschließe, meinen Mann zurückzuerobern. Ich will an unsere Ehe glauben, an die Seelenverwandtschaft, an Liebe, die mit zunehmendem Alter zwar ausdünnt wie Männerhaar, aber bei richtiger Pflege wieder an Volumen zulegt. Ja, das ist es! Das perfekte Paar gibt es sowieso nicht. Das perfekte Paar ist Juwelierkitsch, der dabei helfen soll, Ringe zu verkaufen. Das perfekte Paar ist nur das auf der Hochzeitstorte, Braut und Bräutigam auf Buttercreme, zuckersüß. Ich erinnere mich an das Pärchen auf Margaux' Torte, Mokka mit Amaretto. Der Bräutigam hält sich die Ohren zu, während die Braut auf ihn einredet. Vielleicht ist das schon das ganze Geheimnis einer guten Ehe? Ohren zu – und durch?

Und so geht auch dieser Sonntagmorgen Anfang Februar vorbei, an dem es die ganze Zeit über nicht richtig hell werden will und an dem ich keinen dringenderen Wunsch habe, als mir die Decke über den Kopf zu ziehen.

Sonntagmittag um zwei klingelt das Telefon.

Am Apparat ist Kai.

»Gegen vier bringe ich Jonas«, sagt er. »Wir kommen nach Hause.«

Nach Hause, hat er gesagt. Wie schön!

Ich habe plötzlich wieder Sehnsucht. Sehnsucht nach meinem Mann. Sehnsucht ist klasse, denn Sehnsucht vertreibt den Hunger. Ich will nur noch Sehnsucht haben.

Ich hetze meinen lahmen Fuß durch die Wohnung. Muss ja! Er schwillt an, und ich habe Schmerzen. Egal! Geht nicht anders! Ich werfe die Pizzapappe weg und den anderen Müll. Ich humpele mit dem Staubsauger herum, wobei mir das Rohr als zweite Krücke dient, was ziemlich dämlich aussehen muss, mache das Bett, kippe den Rest Glühwein in den Ausguss, lasse mir ein Bad ein. Heute werde ich keine Katzenwäsche am Waschbecken machen. Heute nicht! Ich wickle eine Aldi-Tüte um meinen bandagierten Fuß und verklebe sie mit Paketband. So steige ich in die Wanne. Liege entspannt im heißen Wasser und habe das Radio laufen, während mein linker Fuß mit der Aldi-Tüte über den Wannenrand baumelt. Meine Lider werden schwer, meine Gedanken wabern träge durch den Dampf. War Kais kleine Auszeit nichts anderes als ein reinigendes Gewitter, elektrische Entladung, Donnerhall, rasante Abkühlung, Niederschlag? Um von meiner *Niedergeschlagenheit* zu profitieren? Um mir zu beweisen, dass doch noch eine große Portion Liebe in der Vorratskammer ist? Ich weiß zwar nicht, was das soll, aber ich bin bereit, ihm zu verzeihen. Wenn man so lange verheiratet ist wie wir, dann ist das wohl so. Man wird milde wie die Luft an einem Maiabend.

Die Ansprüche werden weniger. Man freut sich über die kleinen Dinge. Wenn man hin und wieder mit der Zunge die Zunge des Partners anschubsen kann. Wenn man dessen Haut nach dem Baden berührt, glitzernd, feuchtwarm. Wenn man sich eine Tüte Studentenfutter teilt. Wenn es die ganz alltäglichen Höhepunkte sind, die man vermisst, die gemeinsamen Besuche im Baumarkt zum Beispiel. Und wenn man sich zusammen in Sicherheit wiegt, weil das nächste Krankenhaus mit der Notaufnahme gleich um die Ecke ist.

Ich muss eingeschlafen sein. Schaumgedämpft. Denn als ich wieder aufwache, haben sich einige Dinge grundsätzlich geändert. Mein Schaumgebilde ist in sich zusammengefallen. Mein Wasser ist kalt. Und die Tür zum Badezimmer steht offen. Zwei Augenpaare mustern mich. Das von Jonas. Und Kai. Es gibt gewiss ein paar Dinge, die dazu angetan sind, eine Versöhnung mit dem Ehemann herbeizuführen. In diesem Szenario könnte ein Vier-Gänge-Menü vorkommen, vielleicht mit einem zarten Rehrücken in der Hauptrolle, begleitet von Champagner und Wein, und Spitzen-Dessous von »La Perla« in einem Nebenpart. Der Anblick einer Ehefrau, die nach einem einsamen Wochenende, versüßt durch diverse Marzipan-Orgasmen, nackt mit Plastiktüte um den Fuß und Brustwarzen, klein, braun und schrumpelig wie Rosinen, im kalten Badewasser liegt, fällt definitiv nicht in diese Kategorie. Ich fühle mich wie ein Spanferkel auf einem silbernen Tablett, bei dem man vergessen hat, ihm die Petersilie ins Maul zu schieben.

»Hallo!«, sagt Kai.

»Mama!«, stammelt Jonas.

»Hey!«, stottere ich.

Kai betrachtet mich mit dem gleichen Ausdruck, den ich mir für den Anblick von Sülze reserviert habe.

Dann schließt er rasch die Tür. Ich friere und beginne zu zittern.

Kurz darauf begegnen wir uns in der Küche. Ich habe einen heißen Becher in der Hand, führe ihn zum Mund und nippe daran.

»Was machst du?«, fragt Kai.

»Ich trinke Tee.«

Erst jetzt fällt mir auf, dass er diesmal seine große Reisetasche gepackt hat.

»Was hast du vor?«, will ich wissen.

»Ich brauche frische Sachen. Die dreckigen habe ich vor die Maschine geworfen.«

»Du gehst wieder?«

»Es ist besser so. Wir sollten beide nachdenken. Über uns. Wenn du willst, bleibe ich noch zum Essen. Was gibt's?«

»Tee.«

»Ich glaube, ich gehe dann!«

Er will mir einen freundschaftlichen Kuss auf die Wange geben, doch ich wende mein Gesicht ab.

Lodernde Wut erfasst mich. »Meinst du, ich habe in diesen paar Stunden einen Crashkurs in Rekonvaleszenz absolviert? Nein, ich bin noch nicht in der Lage, ein Kalbsfilet mit Morchelrahmsauce zu braten und gleichzeitig große Wäsche zu machen.«

»Siehst du!«, sagt Kai. »Es geht wieder von vorne los. Und ich war nicht in der Lage, von heute auf morgen einen Crashkurs in Sachen ›Wie werde ich ein besserer Ehemann?‹ zu machen. Denn der, mit dem du lebst, scheint dir ja nicht mehr zu genügen. Arrivederci!« Wütend stapft Kai davon, nachdem er sich von Jonas verabschiedet hat.

Ich gehe ins Bad, stopfe mir seine Schmutzwäsche unter den Arm, humple an einer Krücke den Flur hinunter bis ins Wohnzimmer, lehne sie gegen die Wand, öffne das Fenster und werfe Kais Klamotten in dem Moment in hohem Bogen hinaus, als Kai gerade auf sein Auto zugeht.

»Es gibt nichts Jämmerlicheres als einen Mann«, schreie ich in die Dämmerung hinaus, »für den das ganze Leben ein Selbstbedienungsladen ist und der immer nur nimmt, was er kriegen kann. Von jedem das Beste! Und möglichst im Sonderangebot. Wieso glaubst du, dass ich deine Scheißwäsche wasche?! Was ist eigentlich schiefgelaufen bei dir?«

»Ich liebe dich auch!«, ruft Kai zu mir hoch.

Ich traue meinen Augen nicht, als er über seine Klamotten steigt, die Wagentür aufschließt, sich ins Auto setzt, den Motor anlässt und davonfährt.

Ich presse meine Lippen zusammen. Meine Augen brennen. Ich bleibe noch einen Moment am Fenster stehen und blicke auf die Straße. Kais Auto ist längst im Verkehr verschwunden. Ein eiskalter Wind bläst mir ins Gesicht. Es beginnt zu schneien.

Eine Schneeflocke trifft meine Wange und schmilzt.

Noch eine. Und noch eine.

Eine Träne rollt aus meinem Auge.

Noch eine. Und noch eine.

Mit dem Unterarm wische ich sie weg. Ich will gerade das Fenster schließen, will den Wind aussperren, da sehe ich eine Gestalt vor Kais Unterhosen haltmachen.

»Ist euer Sack von der Altkleidersammlung gerissen?«, ruft eine Rothaarige vom Bürgersteig zu mir hoch, deren Schönheit selbst in der Dunkelheit leuchtet wie ein Kirchenfenster.

12.

Bloody-Mary-Suppe

Meine Freundin Margaux kommt nicht einfach herein. Nein. Sie rauscht heran wie eine Pazifikwelle. Es ist kurz nach 17 Uhr. Es ist finster vor den Fenstern, und es schneit immer noch. Der Blumenstrauß, den mir Margaux vor die Brust drückt, ist groß genug, um die Lobby eines Luxushotels zu schmücken. Er ist wunderschön. Wie sie. Blüten in Violett, Dottergelb und Pink, Gräser und Blätter in leuchtendem Grün, dazwischen duftende Zweige von Rosmarin und Minze.

»Ein Gedicht!«, sage ich. »Danke.«

»Mein armes Herz!«, sagt Margaux.

»So schlimm ist es nun auch wieder nicht«, beruhige ich sie. »Ich werde nicht künstlich beatmet.«

Sie legt die Hand auf ihre linke Brust. »Ich meinte nicht dich. *Ich* habe mich so aufgeregt. Musste das sein?«

Ich stoße ein bitteres Lachen aus. »Glaubst du, ich lege mich unters Messer, weil ich zwischen meinen üblichen Freizeitvergnügungen wie Fußreflexzonenmassage, Ziegenjoghurtgesichtsbehandlung und Mondtherapie Langeweile hatte?«

»Es ist nicht schön, seine beste Freundin leiden zu sehen.«

»Mach bitte nicht so ein Theater!«

»Jede Frau liebt Theater«, sagt Margaux. »Jede Frau ist

eine geborene Tragödin, die die Bühne braucht, den Applaus, jede Menge Vorhänge, eine Top-Maske, eine talentierte Kostümbildnerin, eine gute Freundin, die in schwierigen Lebenslagen souffliert, in deinem Fall bin ich das, und falls ihre Ehe ein bürgerliches Trauerspiel ist, sollte sie auch noch einen jugendlichen Liebhaber im Backstage-Bereich haben.«

Sie haucht jeweils zwei Küsse an meinen Wangen vorbei. »Hallo, Chérie!« Ihr Parfüm duftet nach Gardenien. Süß. Und sinnlich. Ihre Haare speien Feuer und kitzeln meine Nase. Ihre Lippen sind voll und weich und haben die Farbe von altem Portwein; ihre Nägel sind lang und rot wie blutige Krallen. Ein Hauch von weißer Bluse steckt im Bund einer engen schwarzen Hose, schwarze Stiefel im Reiterlook schmiegen sich an ihre Waden.

Wäre sie ein Stoff, wäre sie Chiffon.

Wäre sie eine Farbe, dann Flieder.

»Schön!«, sage ich mit Blick auf ihre Stiefel.

»Kalbsleder«, sagt sie und wirft ihre Haare zurück. »Ich musste kommen! Ich hatte keine Ruhe! Obwohl ich es eigentlich nicht gedurft hätte.«

»Wollte Egbert das nicht?«

»Du weißt doch, mein Mann will nur, dass ich glücklich bin.«

»Ja, das weiß ich«, sage ich, und wäre Kai jetzt hier, würde ich ihm einen intensiven Blick aus schmalen Augen schenken, die ich bei Bedarf auf das Format eines Münzeinwurfs zusammenpressen kann. Margaux und ihr Mann sind bekannt für ihre glückliche Ehe, seitdem sie auf hohen Hacken in sein Leben trat und ihn verzaubert hat.

»Egbert wollte nicht, dass ich fliege, weil Epstein-Barr zurück ist«, sagt Margaux zu mir.

»Wer ist das? Dein Nachbar?«

»Mein Virus«, sagt sie vorwurfsvoll. »Wo ist mein Patensohn?«

Sie begrüßt Jonas, der ihre speziell für Kinder reservierten knallenden Küsse nicht schätzt und auch nicht ihre Fragen nach den Fortschritten seines Geigenunterrichts. Ehe er antworten kann, lenke ich sie ab mit der Bitte, den Strauß ins Wasser zu stellen, und führe ein kurzes Gespräch mit meinem Sohn. »Margaux weiß nicht, dass du aufgehört hast. Und sie würde es ganz bestimmt nicht gut finden. Deshalb werde ich ihr erzählen, dass du eine schlimme Schulter vom Geigespielen hast. Du musst sie nur ein wenig hochziehen. Erinnerst du dich an den Film ›Der Glöckner von Notre-Dame‹?«

Ein Grinsen zieht über Jonas' Gesicht. »Was für eine fette Lüge!«

»Nur eine kleine Flunkerei.«

»Cool«, sagt Jonas. »Jetzt habe ich dich in der Hand.«

»Bitte, wie du willst! Du kannst gerne wieder Mozart üben. Dann ist es vorbei mit AC/DC. Und wir teilen bald alle das gleiche Schicksal wie Quasimodo.«

»Was für eins?«

»Wir sind taub. Und jetzt bring schnell die E-Gitarre und den Verstärker in die Vorratskammer.«

Margaux kommt mit der Vase in den Händen zurück.

»Was gibt's Neues in der Schule?«, will sie von Jonas wissen.

»Unser Mathelehrer will, dass wir aufstehen, wenn er mit uns redet.«

»Ist er der Dalai Lama?«, sage ich erbost.

»Ich denke nicht«, ereifert sich Margaux, »dass es pubertierenden Kindern schadet, wenn sie sich erheben, sobald ein Erwachsener mit ihnen spricht.« Sie blickt Jonas nach, der mit mürrischer Miene davongeht. »Was ist mit seiner Schulter?«

»Zu viel Geige geübt. Er muss eine Weile pausieren.«

»Wie ärgerlich! Ich hatte mich auf ein kleines Konzert gefreut. Und wie geht's dir?«

»Mein Fuß gehört jetzt in die Kategorie alltagstauglicher Top-Trümmerhaufen mit Innenleben aus Titan.«

»Bitte keine Einzelheiten, ma chère!« Margaux schüttelt sich, zieht eine ihrer rasierten Brauen hoch, stellt die Vase auf der Konsole im Flur ab, hakt sich bei mir ein, sie links, rechts die Krücke, wir gehen langsam zum Sofa, nehmen Platz, Margaux räkelt sich wie eine Katze und schlägt ihre Beine auf diese lässige Art übereinander, wie das nur Frauen mit langen Beinen können. »Ich habe es Egbert noch gar nicht erzählt, aber ich glaube, ich leide unter Weichteilrheuma.« Sie massiert mit Leidensmiene ihre Oberschenkel.

»Das kann ich mir nicht vorstellen.«

»Alle Welt ist krank. Nur ich darf es nie sein. Warum eigentlich nicht? Ich möchte auch mal bedauert werden. Bedauert zu werden ist ein schönes Gefühl. Darin kann man schwelgen. Apropos: Wie wäre es mit einem Gläschen Champagner? Ich habe welchen vom Flughafen mitgebracht. Eisgekühlt.« Sie erhebt sich. »Ich hole ihn.« Sie mustert mich aus ihren graugrünen Augen. »Was ist eigentlich mit deinen Haaren los? Du hast keinen Schnitt mehr, dein Hinterkopf ist völlig platt, deine Strähnen sind rausgewachsen, und die Ansätze sind grau. Und so was will Beauty-Redakteurin sein!« Schuldbewusst blicke ich an mir herunter. Blicke auf Baumwolle mit Gummizug, dunkelblau ab der Körpermitte (untere Hälfte) – und auf Baumwolle in Creme mit Rollkragen (obere Hälfte). Auf dicke Socken in Grabsteingrau und meinen schwarzen Vorderfußentlastungsschuh.

»Warum trägst du eine Jogginghose, in deren ausgeleiertem Hintern das Prachtexemplar der norddeutschen Riesenkürbiszüchterinnung Platz hätte? Seit wann bist du so uneitel, Chérie? Ein wenig Lippenstift würde dir nicht schaden, und warum verzichtest du auf einen BH?« Sie deutet auf meinen Rolli.

»Weil ich viel liegen muss.«

»Deshalb hüpfen deine Brüste noch lange nicht vor Freude. Wir Frauen haben Schönheit, Charme und Intelligenz vom lieben Gott bekommen. Du solltest auf dein Aussehen achten. Mit den beiden anderen Vorzügen kommst du nicht weit.«

»Danke für das Kompliment«, sage ich spitz.

Sie lächelt mit ihren perfekten Zähnen, weiß und hart wie Pfefferminzdragees. »Ich will dich nur aufbauen.«

»Indem du mich niedermachst?«

»Das stachelt deinen Ehrgeiz an. Du brauchst das. Ich kenne dich. Seit neununddreißig Jahren. Seitdem wir zusammen eingeschult worden sind. Was soll ich denn sonst sagen? Dass du im Augenblick Catherine Zeta-Jones Konkurrenz machst?«

Ich betrachte sie mit forschendem Blick. Ihr Teint ist glatt wie die Keramikschüssel unseres Waschbeckens. »Lässt du dir Botox spritzen, Margaux? So faltenfrei ist kein Mensch mit fünfundvierzig.«

»Ich ignoriere einfach meinen Geburtstag, was meinem Teint sehr gut bekommt. Und jetzt gehst du ins Bad und machst dich hübsch.«

Margaux hat recht. Bisher habe ich meinen Verfall nicht gerade mit Hurrarufen zur Kenntnis genommen, aber ich habe ihm immer wieder kleine Momente des Trotzes entgegengesetzt. Jetzt aber lasse ich mich gehen.

Sie eilt mir voran, holt Kamm und Lippenstift und einen weißen Spitzenbüstenhalter, den sie vom Haken der Badezimmertür nimmt, und drückt mir alles in die Hand.

»Und ich mache mich jetzt in der Küche nützlich.«

»Was willst *du* denn in der Küche?«

»Die Champagnergläser holen. Wieso? Willst du damit zum Ausdruck bringen, dass ich eine schlechte Hausfrau bin?« Sie wirft einen Blick auf den Plastikkorb mit Wäsche unterm Schlafzimmerfenster. »Bin ich nicht. Pas du tout! Und morgen wird gebügelt!«

»Du bügelst? Ich bin baff!«

»Ich werde sogar kochen.«

»Seit wann kochst du?«

»Schließlich war ich mal Stewardess.«

»Kochen die an Bord?«

»Die mixen Bloody Mary«, sagt Margaux. »Das ist wie Tomatensuppe kochen. Wärme Bloody Mary auf, und du hast eine köstliche Tomatensuppe. Ich habe alles dabei. Tomatensaft. Tabasco. Wodka. Limetten. Warte es nur ab!«

Margaux ist die beste Köchin der Welt. Ich verstehe nicht, wie ich jemals an ihren Kochkünsten zweifeln konnte. Ihre Bloody-Mary-Suppe … Chapeau! À la bonne heure! Jonas wiederum ist sehr zufrieden mit ihrer Menü-Auswahl an Haribo-Tüten, die sie vom Flughafen mitgebracht hat. Ich kann gar nicht genug kriegen von ihrer Suppe. Sie ist die perfekte Sättigungsbeilage zum Champagner. Und schmeckt ganz vorzüglich, auch ohne Tomatensaft, Limetten und Tabasco. Als sie nach dem Silberbesteck fragt, komme ich einen Moment lang in die Bredouille, sage dann aber, dass es frisch geputzt ist *(zwar nicht von mir, sollte ich ehrlicherweise hinzufügen, sondern von der Frau aus Zeulenroda-Triebes, an die ich es verkauft habe)* und im Safe bei der Bank liegt, aus Sicherheitsgründen.

Irgendwann im Laufe dieses verschneiten Abends, der übergeht in eine feuchtfröhliche Nacht, beginnt Margaux meinen Koffer auszupacken. Als sie eine Schachtel auf den Nachttisch legt, direkt neben meinen kleinen Buddha aus jadegrünem Speckstein, erstarre ich. Die Spritzen gegen Thrombose. Ich habe sie völlig vergessen. Ich muss retten, was zu retten ist. Doch ich bringe es nicht übers Herz, mir eine Spritze zu setzen. Ich kann das nicht. Nie im Leben!

Mir bleibt nichts anderes übrig, als Margaux um Hilfe zu bitten.

»Bist du wahnsinnig?! Lieber sterbe ich.«

»Du *musst*! Sonst sterbe *ich*. Mein Blut stellt bereits ernsthafte Überlegungen an, in welchem Gefäß sich ein Gerinsel am besten machen würde.«

»Du weißt nicht, was du da von mir verlangst!«

»Dein Mann ist Arzt.«

»Zahnarzt.«

»Egal. Arzt ist Arzt. Spritze ist Spritze.«

»Eine Politikergattin hält auch keine Reden im Bundestag.«

»Bitte, Margaux!«

»Ich hasse Spritzen.«

»*Du* kriegst sie doch nicht!«

»Diese Verantwortung!«, sagt Margaux.

»Du operierst mich nicht am offenen Herzen.«

Mit skeptischer Miene lässt sich Margaux neben mir auf

der Bettkante nieder. »Zeig mir erst mal, wie man das macht!«

Ich schiebe den Rolli hoch und die Hose runter und erzähle ihr genau, was Schwester Ulrike gesagt hat.

»Ich weiß nicht, ob das hier unserer Freundschaft so förderlich ist«, seufzt sie. »Das ist das Zweitschlimmste, was du jemals von mir gefordert hast.«

»Was war das Schlimmste?«

»Deine Mutter auf der Couch in meinem Zimmer in der WG, damit du es in deinem mit Kai treiben konntest.«

»Du kannst es doch wenigstens mal probieren! Stell dich nicht so an!«

Margaux stößt einen langen Seufzer aus, bevor sie sagt: »Gut! Ich versuche es. Aber wenn du es nicht überlebst, gib nicht mir die Schuld.«

Vorsichtig packt sie eine der Spritzen aus dem Cellophan, zieht sie auf, wie ich es ihr erklärt habe, und greift sich ein Speckröllchen an meinem Bauch. Ich habe die Augen zusammengekniffen, halte die Luft an und stöhne leise vor mich hin.

»Hör auf zu jammern!«, herrscht mich Margaux an. »Wie soll man da arbeiten?« Sie legt die Spritze zur Seite. »Ich kann das nicht. Tut mir leid!«

»Bin ja schon ruhig«, verspreche ich.

»Ich bin viel zu betrunken«, sagt Margaux. »Wir beide stinken nach Wodka, als hätten wir eine Fahrt in Begleitung russischer Kolchosbauern mit der Transsibirischen Eisenbahn von Moskau nach Wladiwostok hinter uns. Ich sollte erst mal pusten.«

»Du sollst nicht pusten, sondern spritzen!«, bitte ich. »Nun tu es endlich!«

»Dann hör auf mit deinem Gejaule!«

Nach kurzem Zögern greift Margaux erneut zur Spritze,

zwirbelt mein Fleisch zwischen ihren Fingern, setzt die Spitze senkrecht auf die Haut, dreht den Kopf weg, kneift die Augen zusammen und will gerade im Blindflug zustechen, da beginne ich zu kreischen.

»So wird das nichts! Du musst schon hingucken!«

Margaux schrickt zusammen und wirft die Spritze aufs Bett. Sie ist blasser als die Kameliendame, und ich bin in Schweiß gebadet.

»Merde!«, flucht Margaux.

»Ja, das war scheiße!«, gebe ich ihr recht. »Aber gleich geht's besser. Ich nehme mich jetzt zusammen. Wir sollten noch einen Schluck Champagner trinken«, ermuntere ich sie, »und dann machen wir's, ohne nachzudenken. Rein. Raus. Fertig!«

»Läuft das so bei euch?«, sagt Margaux und schürzt die Lippen. »Du Arme!«

»Haha! Sehr komisch.«

Wir stoßen an, Margaux wischt sich energisch mit dem Handrücken eine Strähne aus der Stirn, dann nimmt sie die Spritze, ich drehe meinen Kopf zur Seite, schließe die Augen, und ein paar Sekunden später spüre ich, wie sie sacht die Nadel in meinem Fleisch versenkt.

Nadel in Tomate.

Es tut kaum weh.

»So!«, sagt Margaux. »Das hätten wir.«

»Schon fertig?« Ich öffne meine Augen wieder und strahle sie an. »Wusste ich's doch, dass du das kannst! Du bist ein Schatz!«

Margaux bricht fachmännisch die Nadel von der Spritze ab und erhebt sich von der Bettkante. »Bon! Dann bringe ich sie mal in den Müll.«

Erst jetzt erspähe ich Jonas im Türrahmen, den unser Theater vermutlich geweckt hat. Er sieht verschlafen aus, reibt sich die Augen und rubbelt seine nackten Füße aneinander.

»Bewerft mich mit Butter und nennt mich Toast«, sagt er. »Meine Mutter ist ein Junkie.«

Als ich am nächsten Morgen aufwache, brummt mein Schädel wie ein vorrevolutionärer kubanischer Deckenventilator. Ein leichtes Gefühl von Übelkeit steigt in mir auf, als ich die angetrocknete Pfütze Champagner in dem Glas auf dem Boden sehe, an dem meine Lippenstiftspuren kleben.

Mein Blick fällt auf den Wecker. Er zeigt kurz nach acht. Der Schreck fährt mir in alle Glieder. Es ist Montagmorgen, und Jonas muss zur Schule. Ich drehe meinen Kopf nach links. Wo ist Kai? Erst ganz allmählich fällt mir alles wieder ein. Neben mir im Bett liegt Margaux. Ihre roten Haare sind wie ein Fächer über das Kissen gebreitet. Sie trägt noch ihre Reiterhose und ihre weiße Bluse. Nur die Stiefel hat sie ausgezogen. Auf ihrer Stirn liegt die Tüte mit den Tiefkühlerbsen, die gestern Abend noch auf meinem Fuß lag. Die Erbsen sind aufgetaut. Dem Beutel entströmt ein dumpfer Geruch von Hülsenfrüchten und Plastik.

Margaux stöhnt leise im Schlaf. Ich stöhne laut. Meine Narbe brennt, als hätte ich sie mit Peperoncini-Öl eingerieben. Meine Zähne sind stumpf, und meine Zunge fühlt sich an, als würde auf ihr ein winziges Pelztierchen wohnen. Immer noch trage ich die Riesenkürbiszüchterhose und den cremefarbenen Rolli von gestern. Ich rappele mich hoch. Ich muss Jonas wecken. Ich humpele an meinen Krücken in sein Zimmer. Jonas schläft tief und fest auf seinem dunkelroten Futon.

»Jonas, aufstehen!«, sage ich. Meine Stimme klingt rau. »Süßer, steh auf!«

»Was ist denn los?«, krächzt Jonas.

»Du musst aufstehen!«, sage ich. »Wir haben verschlafen.«

»Wir? Du!«, schreit Jonas, der die Augen aufreißt. »Scheiße! Scheiße! Scheiße! Kalte weiße Pumascheiße! Mit dir hat man nur Probleme! Du bist echt gestört.«

»Wir hatten so einen Spaß!«, sagt Margaux, die hinter meinem Rücken mit schwarzer Sonnenbrille auf der Nase ins Zimmer getreten ist und sich mit beiden Mittelfingern die Schläfen massiert. »Aber mein Iliosakralgelenk hat heute Nacht auf eurer durchgelegenen Matratze gejapst. Egbert muss mir dringend einen Termin beim Orthopäden machen.«

»Wenn du noch einmal tanzt, dann spreche ich nicht mehr mit dir«, sagt Jonas.

»Margaux konnte noch nie tanzen«, gebe ich ihm recht.

»Ich meine dich«, sagt er.

»Ich?« Ich stoße ein heiseres Lachen aus. »Ich soll in meinem Zustand getanzt haben? Du kannst mir ja viel erzählen!«

»Du bist auf deinem gesunden Bein herumgehüpft«, sagt Margaux, »und hast dich auf den Krücken abgestützt. Du hast sozusagen dreibeinig getanzt. Und hast mich laufend geküsst.«

»Ihr habt sie ja nicht mehr alle!« Ich wende mich ab, damit niemand sieht, dass ich rot werde.

»Seid ihr lesbisch, oder was?«, fragt Jonas, während er aus seiner hellblauen Pyjamajacke schlüpft.

»Vorsicht, Freundchen!«, sagt Margaux und streicht mit der Hand über Jonas' Futon. »Was für ein schönes Bordeauxrot!«

»Bitte erwähne nichts, was mit Alkohol zu tun hat«, klage ich.

»Ich brauche jetzt auf der Stelle zwei Alka-Seltzer, einen frisch gepressten Orangensaft, einen grünen Tee und eine neue Leber – und zwar genau in der Reihenfolge!«, stößt sie hervor.

»Und wer soll dir das besorgen? Hier gibt es keinen Egbert, der dir jeden Wunsch von den Augen abliest.« Ich zucke mit den Schultern. »Ich kann nicht.«

»Faule Ausrede!«, knurrt Margaux.

»Los, Schatz, beeil dich!«, sage ich zu Jonas und krame frische Wäsche aus seiner Schublade. »Ich schreibe dir eine Entschuldigung für die erste Stunde.«

Als Jonas weg ist, legt sich Margaux wieder aufs Bett, dreht sich elegant auf die Seite, stützt den Kopf in die rechte Hand und runzelt die Stirn. »Ist eure Ehe wirklich so unglücklich, wie du mir heute Nacht erzählt hast? Oder war das der Alkohol?«

»Ich habe übertrieben«, sage ich mit einer wegwerfenden Handbewegung, mit der ich alles vertreiben könnte: unnötige Bedenken, dicke Brummer, schlechte Luft. »Unsere Ehe hat vielleicht etwas mit unseren Fußleisten gemeinsam«, sage ich und gucke mich im Schlafzimmer um. »Beide hätten mal einen frischen Anstrich nötig. Aber das ist auch schon alles.«

»Wie du, mein Herz«, sagt Margaux. »Du bist kein erbauender Anblick im Moment. Und dein Mann ist kein Neutrum, dem so was egal ist.«

Ich nage an meiner Unterlippe, bevor ich frage: »Warum siehst du in mir immer deine seelisch ausgewuchtete Freundin, die alles verträgt? Wodka? Und die Wahrheit?«

»Wir kriegen dich schon wieder hin«, tröstet mich Margaux. »Und dann müsst ihr eure Probleme in den Griff bekommen. Das Thema ›Putzen‹ ist der Tod jeder Liebe. Die

Achillesferse einer Beziehung. Warum habt ihr keine Putzfrau?«

»Weil wir uns keine leisten können. Solche Realitäten scheinen gar nicht in deinen Luxus-Kokon zu dringen.«

Margaux überhört meine Bemerkung und deutet mit ausgestrecktem Zeigefinger auf meine gelben Post-it-Zettel, die immer noch überall kleben. »Du solltest amouröse Anspielungen daraufschreiben statt deine Mutter-Beimer-Botschaften. Was du hier züchtest, sind kleine Inseln der Entmännlichung. Die Ehe ist mehr als ein nachlässiger Kuss vor dem Einschlafen.«

»Wir fahren beide gerne Ski. Und wir hassen Tofu. Das ist mehr, als die meisten Paare gemeinsam haben.«

»Warum unternehmt ihr nicht mal was Unvernünftiges?« Margaux' Augen leuchten. »Weißt du, was wir machen? Wir heiraten zum zweiten Mal. Wir fliegen im Oktober nach Bora Bora und feiern noch einmal Hochzeit am Strand. Tahitian Esprit d'Amour.«

»Wie albern!«

»Du hast keinen Sinn für Romantik«, schimpft Margaux. »Das muss an eurer Region liegen. Euch im Norden müsste man mal den Eiszapfen aus dem Herzen ziehen. Ich befürchte, zwischen Kai und dir funkt es nur noch, wenn ihr in Polyester-Pullovern über einen synthetischen Teppich lauft.«

Ich lege mein Quäntchen Unglück unter die Lupe. Wenn ich Margaux glauben kann, bin ich selbst schuld an meiner Misere. Ich allein. Mein Unglück ist hausgemacht. Ich sollte mehr auf mein Aussehen achten. Ich sollte aufhören zu nörgeln, zu meckern und zu mäkeln und sollte meinem Mann kleine Liebesbotschaften schreiben (»Küss mich!« statt »Klo putzen!«), damit er mich auf Händen trägt. Das macht durchaus Sinn, wenn man fußkrank ist.

Margaux nimmt den Flakon mit Kais Eau de Toilette von seinem Nachttisch, zieht die goldene Kappe ab, besprüht ihr Handgelenk und schnuppert: »Allein das müsste dich schon verrückt machen! Den Duft hierzuhaben – aber nicht den Mann. Mich würden meine Emotionen förmlich wegschwemmen, wenn mir das passieren würde. Ihr solltet verreisen. Allein. Nur ihr zwei. Macht euch auf zu ungewöhnlichen Orten und lebt dort eure Liebe! Wäre Kais fünfzigster Geburtstag am 1. Mai nicht der ideale Anlass?«

»Und wer nimmt Jonas?«

»Wozu gibt's Omas? Was ist mit deiner Mutter?«

»Die feiert das ganze Jahr Weihnachten.«

»Hat sie immer noch diesen Weihnachtskugelladen in Berlin?«

Ich nicke. »Nonstop geöffnet das ganze Jahr. Die hat keine Zeit.«

»Und deine Schwiegermutter?«

»Die macht mich wahnsinnig. Gegen die ist der englische Hochadel eine fröhliche Hippie-Kolonie. Im Krankenhaus hatte ich eine Bettnachbarin, die war ihr ähnlich. Wir sind Gott dankbar für jeden einzelnen der rund sechshundert Kilometer, die zwischen Nürnberg und Hamburg liegen.« Ich strahle sie an. »Aber wozu gibt's Patentanten?«

»War vielleicht doch keine so gute Idee mit der Reise«, sagt Margaux hastig. »Warum richtest du nicht eine Überraschungsparty für ihn aus mit seinen besten Freunden und einem Mietkoch, der sein Lieblingsessen zubereitet?«

»Gute Idee!«

»Was ist mit deiner Spritze?«

»Bringen wir es hinter uns«, sage ich.

Irgendwie beschleicht mich das Gefühl, dass sie diesmal geradezu lustvoll die Nadel in mein Fleisch jagt, während ich hilflos wie ein Maikäfer auf dem Rücken im Bett liege. Vielleicht ist das die Rache dafür, dass sie ihren Tee selbst kochen musste.

Am späten Nachmittag ist Margaux wieder fit. »Ich habe mich gestern ein bisschen übernommen«, hatte sie mir am Morgen gesagt, nachdem Jonas in der Schule und der Wirkstoff Heparin durch einen kleinen Piks in mein Unterhautfettgewebe gelangt war. »Und wenn ich mich übernehme, kriege ich Herzrasen.«

Sie tat einen erschöpften Seufzer, als habe sie gerade den Haushalt der Jolie-Pitt-Familie auf Vordermann gebracht – legte sich noch ein paar Stunden schlafen, badete und bügelte. Nicht meine Geschirrtücher. Ihr Gesicht. Mit einer japanischen Feuchtigkeitsmaske und einem »intelligenten Anti-Aging-Serum«.

Jetzt wirkt sie frisch wie eine Teerose im Tau.

Bloß keinen Neid, nehme ich mir vor. Neid ist verabscheuungswürdig. Neid gräbt sich tief in die Mundfalten und in die Seele und bohrt den Eiszapfen nur noch tiefer ins Herz. Nein, ich mache meiner Freundin keinen Vorwurf! Nicht dass man mich falsch versteht! Es gibt Menschen, die sich lieber mit einem kleinen Bailey's und der ›Vogue‹ *aufs* Sofa legen anstatt *unter* dem Sofa zu putzen.

Ist ihr gutes Recht. Es gibt eben noch was anderes als Lebensmittel und Waschmittel und die Frage: Wie kriege ich den Kugelschreiberstrich aus dem weißen Polster?

»Wie geht's dir?«, fragt sie mich Stunden später, als sie aus dem Bad kommt und mit einer anmutigen Geste den Haarknoten in ihrem Nacken löst. Ihre rote Mähne fließt wie in Zeitlupe über ihre Schulter. Margaux' Porzellanhaut ist sanft gerötet. Sie windet einen breiten schwarzen Gürtel um ihr schmales Kleid. Irgendwas Teures. Flauschiges. Kamelhaarfarbenes.

»Es geht mir gut«, sage ich.

»Was hast du gemacht, während ich im Bett und im Bad war?«, will sie wissen und schiebt anmutig die Ärmel des kuscheligen Kamelhaarfarbenen hoch.

»Ich habe mich in einer Selbsthilfegruppe für unromantische Frauen angemeldet, mir einen neuen BH gekauft, Kai angerufen und es mit ihm im Müllkeller getrieben.«

»So gefällst du mir schon besser«, lacht sie. »Und jetzt koche ich!«

»Bitte keine Bloody-Mary-Suppe!«, stöhne ich.

»Ich koche nie etwas zweimal hintereinander«, empört sich Margaux. »Was habt ihr im Kühlschrank?«

»Das reicht vermutlich höchstens noch für die nächsten … zwei Stunden.«

»Dann werde ich jetzt einkaufen.« Während Margaux ihre schwarzen Louboutins überstreift, schwarze Pumps mit roter Sohle und Absätzen, lang und spitz wie Dolche, murmelt sie vor sich hin: »Was hältst du von Lamm-Mangold-Lasagne? Die Frage ist nur, in welcher Reihenfolge schichtet man das? Lamm-Mangold-Nudelblatt oder Nudelblatt-Lamm-Mangold oder Mangold-Nudelblatt-Lamm?« Sie seufzt. »Ich hasse Kochen!«

»Keiner zwingt dich.«

»Ich halte immer meine Versprechen. Ich hätte auch gerne heute Morgen meinem Patensohn das Frühstück gemacht.«

Margaux tänzelt ein paar Schritte – *klack klack* – übers Parkett.

»Die armen Dinger können einem leidtun«, sage ich.

»Man darf sie nicht so verzärteln.«

»Sie werden für immer einen Schaden davontragen.«

»Und wennschon! Dann konsultiert man einen Arzt.«

»Das sagst du so.«

»Es gibt für alles Experten«, sagt Margaux.

»Wie sollen sie stabil durchs Leben gehen?«

»Irgendwann läuft sich alles ein«, sagt sie.

»Ich habe gelesen«, sage ich, »dass viele selbst dafür inzwischen zu Botox greifen.«

Margaux bleibt mitten in der Bewegung stehen. »Sie spritzen Botox?«

»In die Fußsohle.«

»Sie spritzen Kindern Botox in die Fußsohlen?«

»Wieso Kindern?«

Margaux stemmt die Hände in ihre Taille. »Von was reden wir? Von deinem Sohn! Davon, dass du glaubst, er kriegt einen Schaden fürs Leben, wenn er morgens mal ohne Frühstück aus dem Haus muss.«

»Ich rede von deinen Füßen. Ich rede davon, dass viele Frauen heute ihre Fußsohlen botoxen lassen, damit sie es länger schmerzfrei in High Heels aushalten. Die Fußchirurgie wird weiter boomen.« Ich deute auf ihre Pumps. »Das sind Podeste. Wie hoch sind die?«

»Dreizehn Zentimeter. Aber, Chérie, nicht *ich* bin am Fuß operiert worden, sondern *du*. Und du bist die typische Sneakers-Frau.«

»Parkettbodenbesitzer würden niemals auf die Idee kommen, solche Schuhe zu tragen«, sage ich spitz.

»Du verlangst allen Ernstes, dass ich die Schuhe ausziehen soll?!«

»Das wäre sehr rücksichtsvoll.«

»Es gibt nichts Würdeloseres, als von einer Frau zu fordern, dass sie auf Nylons über den Fußboden schlittert. Du wirst immer spießiger! Aber du hast recht«, sagt Margaux mit einem Blick auf ihre Füße. »In den Dingern kann ich unmöglich zum Supermarkt.«

»Du könntest sie ausziehen.«

»Ich bestelle uns lieber was. Wie wäre es mit Sushi?«

»Nichts für Jonas.«

»Was mag er?«

»Fischstäbchen.«

»Sushi ist nichts anderes als kalter Fisch, den man mit Stäbchen essen kann, wenn man will. Aber gut! Indisches Essen. Ich würde mich opfern, obwohl ich von Garam Masala Sodbrennen bekomme.«

»Jonas hasst Indisch.«

»Weißt du, was mein Vater immer gesagt hat? Gegessen wird, was auf den Tisch kommt!«

»Dann bestellen wir Pizza«, sage ich.

Margaux schüttelt angewidert den Kopf. »Ich hasse Pizza. Davon kriege ich Verstopfung. Ich liebe mein Leben, ich habe keine Kinder und deshalb auch keine Brüste, die aussehen wie schlaffe Luftballons, ich kann ausgehen, wann immer ich will, ich habe regelmäßig Sex, warum sollte ich so verzweifelt sein und Pizza essen wollen?«

Schließlich haben wir uns Ente süßsauer vom Chinesen bestellt, und Margaux hat uns beide für den nächsten Tag zu einem Wellness-Vormittag in einem Fünf-Sterne-Hotel an der Binnenalster angemeldet. Sie ist sich nur noch nicht sicher, ob sie das »Hawaiianische Lomi Lomi Ritual« mit hocheffektiver Gesichtsbehandlung oder den »Meerestraum« mit Spirulina-Wickel und Thalasso-Hydromassage buchen soll.

Ich bin sicher, sie entscheidet sich für das Richtige.

Für beides.

13.

Der Flirt-Flop

Am nächsten Tag bin ich überzeugt: Mein Leben hat vielleicht doch irgendein Potential, von dem ich bisher nichts ahnte.

Dieser tröstliche Gedanke befällt mich schlagartig um 10:32 Uhr, als Margaux die Devise dieses Vormittags ausgerufen hat: Zeit für Gelassenheit. So heißt das »Spa Ritual Paket«, zu dem sie sich entschlossen hat. Ich verzichte auf das Aromafußbad und das Thermalmineralbad. Ich kann mich in einem Luxushotel nicht mit Plastiktüte um den Fuß in die Wanne legen. Stattdessen liege ich auf einer Massagebank in einem asiatisch anmutenden Ambiente. Im ganzen Raum brennen weiße Teelichter in kleinen Leuchtern, überall sind lila Orchideenblüten verstreut; es gibt viel Bambus und an der Wand einen Scherenschnitt mit Tempeltänzerinnen. Plötzlich tauchen zwei elfenzarte weibliche Wesen auf und massieren mich vierhändig. Ich schmelze dahin wie Käse auf der Herdplatte. Dann kommt die Kosmetikerin und widmet sich mehr als zwei Stunden meinem Gesicht. Kein Vergleich zu meinem üblichen Programm abends zu Hause (Reinigung auf die Schnelle, bisschen Gesichtswasser, Creme drauf – und gut ist!). Tiefenreinigung. Thermomaske. Akupunktmassage. Spezielle Antifaltenseren.

Das hier ist die liebevolle Politur eines Aston Martin,

während mein Pensum daheim eher der Waschanlagenpflege eines alten Käfers gleicht.

Ich darf das niemals meinen Leserinnen verraten, denke ich. Da propagiere ich die Nachtcreme von Aldi für 2,49 Euro, singe das Hohelied auf Nivea und gehe fremd mit einer Algen-Modellage, für deren Gegenwert allein eine fünfköpfige Familie essen gehen könnte.

Irgendwann servieren uns zwei Kellner in gestärkten weißen Jacken einen kleinen Lunch in einem lichtdurchfluteten Erker mit Blick auf das Fontänenspiel der Alster.

»Der Herrgott hat so schöne Plätze erschaffen«, seufze ich, »warum bin ich hier nicht häufiger?«

Es gibt Thunfisch mit Papaya-Vinaigrette, Hummer-Ravioli in Kokos-Koriander-Schaum und Kaisergranat mit karamellisierter Grapefruit. Dazu trinken wir ein Gläschen Chablis.

»Was das alles kostet!«, sage ich. »Das kann ich unmöglich annehmen.«

»Zu spät!«, sagt Margaux. »Der Thunfisch ist in deinem Bauch und die Creme schon eine Hautschicht tiefer. Hoffen wir's jedenfalls! Das ist ein Geschenk. Man freut sich darüber, genießt es und redet nicht über den Preis.«

»Trotzdem! Sonst vergleiche ich die Preise für Butter, und jetzt schleuse ich Kosmetik in meine Haut, die vermutlich so viel kostet wie ein größerer Teilabschnitt einer neuen Autobahnbrücke bei euch am Bodensee.«

»Du siehst toll aus!« Sie legt lächelnd ihre Hand auf meine. »Heute Abend gehen wir aus. Du musst endlich wieder unter Menschen. Tu mir den Gefallen! Es ist mein letzter Abend in Hamburg, und den will ich feiern.«

»Du fliegst morgen?«

»Gegen Mittag. Was ist? Gehen wir nun aus?«

»Ich weiß nicht.«

»Ich wäre nicht dafür gemacht, nachts gefrustet allein im Bett zu liegen, wenn mein Mann und ich eine Krise hätten. Man geht in eine Bar und trifft gutaussehende, wahnsinnig tolle Männer.«

»Wo sollen die sein?«, frage ich und ziehe meine Mundwinkel nach unten.

»Überall. Aber da du nur in deiner Höhle hockst, weißt du nicht mehr, wie man draußen Feuer macht.«

»Ich habe einen Sohn, Margaux.«

»Wir suchen keinen Stiefvater. Wir wollen nur Spaß haben.«

»Ich kann Jonas nicht einfach allein lassen.«

»Jonas hat einen Vater, und der freut sich bestimmt, ihn für eine Nacht zu sich zu nehmen.«

Margaux hat mich dazu überredet, noch zum Friseur zu gehen. Ich habe zwar keine Strähnchen machen lassen, denn mein Fuß war inzwischen dick wie eine Steckrübe, und ich musste ihn dringend hochlegen. Aber ich habe eine frische Tönung (nougatbraun) und einen neuen Schnitt. Stunden später, nachdem ich mich ein wenig hingelegt habe, stehe ich vor dem Badezimmerspiegel und betrachte mich. Ich habe seit langem nicht mehr so gut ausgesehen. Mein Hinterkopf ist fluffig wie steifgeschlagener Milchschaum, meine schulterlangen Haare glänzen. Meine Haut ist weich und samtig. Verschwunden sind die geplatzten Äderchen auf den Wangen, die sich normalerweise rot unter meiner hellen Haut abzeichnen wie das Geäst eines sich verzweigenden Flusses.

Ohne anzuklopfen, kommt Margaux herein. Sie trägt Beige, das rote Haar fällt ihr in langen luftigen Wellen über den Rücken. Sie schnalzt mit der Zunge und zupft mit ihren lackierten Nägeln am schwarzen Stoff meines Kleides.

»Das wäre schon mal was für den Tag, an dem du deinen Mann begräbst.«

»Was soll das heißen?«

»Das, was es heißt.«

»Das ist mein bestes Kleid.«

»Damit bringt man Männer unter die Erde, aber nicht um den Verstand.«

Kurz darauf trage ich einen schwarzen engen Rock, ein azurblaues Kaschmir-Twinset aus lange zurückliegenden Tagen, an denen nicht jedes Stückchen Ciabatta auf ewig bei mir angedockt hat, und weiße Perlen. Meine Lippen glänzen granatapfelrot, meine Augen funkeln, mein Parfüm duftet schwer nach blumiger Unschuld, nach Engelwurz und Maiglöckchen, nach Honig und Flieder, und meine Aufregung färbt auf Margaux ab. Mein Fuß schmerzt, und trotzdem habe ich das Gefühl, mit ungewohnter Leichtigkeit durchs Leben zu gehen.

»Auf in die Schlacht!«, ruft Margaux. »Auf in die Arme ganz unerwarteter Liebhaber. Her mit den Männern! Her – und hopp!«

»Wie das klingt!«, sage ich.

»Die offizielle Version lautet: Wir gehen gepflegt essen.«

Ich streiche über die flauschige Wolle an meinem Bauch. »Mehr als ein paar Kapernäpfel sind heute Abend für mich nicht drin.«

»Wo gehen wir eigentlich hin?«, will Margaux wissen.

»In die ›Bar Zentrale‹.«

»Ist da was los?«

»Ich habe viel davon gehört«, weiche ich aus.

Das ist nur die halbe Wahrheit. Die ganze ist: Ich habe

gehört, dass Kais Freund Theo dort häufiger verkehrt, da das Lokal bei ihm um die Ecke liegt. Insgeheim hoffe ich, Theo dort zu sehen. Vor allem soll er *mich* sehen und Kai von mir erzählen. Mich nach Algen-Modellage, Vierhandmassage und mit neuem Make-up. Mich. Die neue Frau. Nicht länger komisch. Kindisch. Zerknittert und mit von Tränen zerlaufener Schminke im Gesicht. Man soll sehen, dass ich ein gesellschaftliches Leben habe. Dass ich ausgehe. Dass ich weiß Gott andere Dinge zu tun habe, als in Kais alten verschwitzten Fleecepullover zu heulen, auf den Kronleuchter in der Wohnung gegenüber zu starren oder aus purer Langeweile mit Zahnbürste und Backpulver die Fugen der Badewanne zu schrubben.

»Sag mal, Chérie«, meint Margaux, »könntest du nicht auf diesen hässlichen Schuh verzichten und dir links auch so eine schwarze Stiefelette anziehen? Dieses Sanitätshausding stört irgendwie mein ästhetisches Empfinden.« Angewidert blickt sie auf meinen Vorderfußentlastungsschuh und den schwarzen Nylonstrumpf, der zwischen Klettverschluss und Verband steckt.

Natürlich hat sie recht. Dieser Schuh passt zu meinem übrigen Outfit wie ein Fliegenschiss auf einen Rembrandt.

»Die Gesundheit geht vor«, sage ich pampig. Der Spruch ist spießig, aber was soll's?!

Er stimmt!

Ich habe meinem Aussehen heute so viel Beachtung geschenkt, ich habe den Prozess meines Dahinwelkens so rüde unterbrochen, da brauche ich nicht auch noch einen goldenen Cinderella-Pantoffel. Der Schuh bleibt an. Der Rest reißt das heute Abend raus.

Kaum sind wir mit der Taxe vorgefahren und haben einen Platz an der Bar ergattert, füllt sich der Laden. Das Licht ist gedämpft, sie spielen coolen Jazz, die Bänke sind aus rotem Leder und erinnern an Pariser Bistros. In meerwasserblauen kugeligen Vasen stecken weiße und rosafarbene Blüten, die schon nach Frühling aussehen. Margaux und ich bestellen Grauburgunder und blicken uns um. Die Kellnerinnen tragen weiße Blusen und schwarze Garçon-Schürzen. Ich bin nervös. Wie soll man auch nicht nervös sein, wenn man sich selbst beweisen möchte, dass man noch eine attraktive Frau ist, sinnlich, verlockend, wenn man ein paar begehrliche Blicke einfangen will, und das in einem Alter, in dem man sich mit dem Leben beeilen muss?

»Hier! Falls du mal was anderes knabbern möchtest als deine Fingernägel!«, sagt Margaux und schiebt mir ein Schälchen mit Erdnüssen zu.

»Niemand hat mich davor gewarnt, dass mir vor Aufregung ganz schlecht wird«, sage ich.

»Warum bist du aufgeregt? Amüsiere dich! Rücksichtslos und brutal. Flirte auf Teufel komm raus!«

Ich schaue mich um. »Mit wem?«

Margaux stößt einen Seufzer aus, dreht sich auf ihrem Hocker mit dem Rücken zur Bar, schlägt die Beine lasziv übereinander und blickt in den Raum. »Von den einhundertdreißig Eissorten, die man in Deutschland bekommt, schmeckt dir auch nicht jede, stimmt's?«

»Doch. Leider.«

»Du kannst sie aber unmöglich alle auf einmal probieren, wenn du Appetit auf etwas Süßes hast. Also, was tust du? Du nimmst die erstbeste und genießt. So solltest du es auch mit den Männern halten. Hast du das Flirten verlernt?«

»Habe ich es jemals gekonnt? Dir liegt es im Blut. Du

kannst es einfach. Ohne rot zu werden. Du kannst gar nicht anders, als verführerisch zu gucken.«

»Das konntest du früher auch.«

»Du meinst diese graue Vorzeit, als ich noch nichts von ›Goldgeist forte‹ auf Jonas' Kopf und Mehlmotten in unserer Speisekammer wusste?«

»Nun vergiss mal diesen ganzen Kinder- und Haushaltskram! Man verlernt auch in einer Ehe nicht die hohe Kunst, einen Mann auf sich aufmerksam zu machen«, sagt Margaux. »Man hat es nur nicht nötig. Wer keinen Hunger hat, guckt nicht sonderlich interessiert in die Speisekarte.«

»Du guckst aber!«, sage ich.

»Aber immer. Man will doch den eigenen Marktwert kennen. Ich muss nicht jedem Mann gleich auf die Nase binden, dass ich verheiratet bin. Wir tragen auch keine Eheringe«, sagt Margaux und zeigt mir ihren nackten Ringfinger. »Trotzdem sind wir absolut treu. Wir genießen nur beide dieses kleine Spiel der Möglichkeiten. Ein Flirt ist nichts anderes als eine Aufwärmübung für den Ernstfall. Wir trainieren das jetzt«, verkündet sie. »Wir trainieren das Flirten. Mach dich mal locker! Du bist so was von verspannt!«

»Ich hätte gerne noch mal eine vierhändige Massage, wenn's geht.«

»Setz dich ganz entspannt hin, trink einen Schluck und lass deine Blicke durch den Raum schweifen.«

»Okay.«

»Jetzt such dir einen aus und versenk deinen Blick in seine Augen.«

»Und wenn er mich nicht anguckt?«

»Er wird. Er wird spüren, dass du ihn anschaust. Männer spüren das.«

»Und die Frau, die neben ihm sitzt, auch.«

»Du machst dir schon wieder viel zu viele Gedanken! Deine ständigen Bedenken sind so sexy wie selbstgestrickte Wollhandschuhe. Können wir jetzt weitermachen? Hast du dir einen ausgesucht?«

»Den da hinten, der ganz alleine am Tisch sitzt und gerade in sein Brot beißt.«

Margaux sieht mich entsetzt an. »Den mit dem Silberzwiebelhaar und dem schwarzen Brillengestell? Der ist absolut ereignisfrei. Was findest du bloß an dem?«

»Weiße Haare haben auf mich eine beruhigende Wirkung. Die haben so was von Albus Dumbledore. Der Typ ist perfekt zum Üben. Ich kann mir niemanden aussuchen, bei dem ich aufgeregt bin. Jemand wie George Clooney wäre fatal. Das wäre wie eine erste Fahrstunde im Maserati. Und ein Latin Lover mit herausquellendem Brusthaar würde mich ebenfalls überfordern.«

»Der hier ist auf jeden Fall viel zu alt für dich.«

»Der ist keinen Tag älter als fünfzig.«

»Also gut. Nehmen wir den! Wenn er dich anguckt, senkst du kurz die Lider und schaust wieder auf. Direkt in seine Augen. So als wolltest du in seine Seele blicken.«

»Das ist mir zu intim für den Anfang.«

»Du sollst nur so tun als ob. Wenn dich schon seine Seele nicht interessiert, finde halt seine Augenfarbe heraus. Und dann lächele! Versuche es wenigstens, sonst wird das ein stinklangweiliger Abend. Nachher wirst du wieder wissen, wie es knistern kann, wenn ein Mann dir aus dem Mantel hilft und dabei deine Schulter berührt. Vielleicht nicht gerade bei dem«, seufzt Margaux und verdreht die Augen, »aber als Übungsobjekt ist er ganz brauchbar.«

Weil Margaux nicht zu den Frauen gehört, die aufgeben, wenn sie sich was in den Kopf gesetzt haben, tue ich ihr den Gefallen. Ich schaue ihn an, senke die Lider, gucke wieder auf, bohre meinen Blick in fremde Augen, die ich hinter der Brille nicht genau ausmachen kann, übe ein entwaffnendes Lächeln.

Der Weißhaarige reagiert nicht. Er kaut sein Weißbrot – und guckt weg.

»Läuft ja«, sage ich zu Margaux.

Sie lacht. »Du darfst nicht gleich resignieren.«

»Das sind die Typen«, resümiere ich bitter, »die selbst schon mit einem Bein im Grab stehen, aber immer noch auf 21-Jährige mit Topmodel-Zutaten stehen.«

»Sagtest du nicht, er ist keinen Tag älter als fünfzig?«

»Ich war immer schon schlecht im Schätzen des Alters.«

Es wird nichts. Das wird nie was. Das Lächeln auf meinem Gesicht wird langsam sauer wie Milch bei einem Sommergewitter. Es fühlt sich nicht richtig an, was ich hier tue. Nichts fühlt sich richtig an im Moment. Ich passe nicht hierher. Vielleicht ein andermal. Nicht jetzt.

So. Die Sache ist erledigt. Mein Glas ist ausgetrunken. Ich will nicht mehr. Ich kann mich nicht auf Kommando amüsieren. Das war's. Ich werde gehen. Plötzlich steht der Mann auf und lächelt, während er auf mich zugeschlendert kommt.

»Na also!«, sagt Margaux. »Dann werde ich dich mal allein lassen. Ich gehe mir die Nase pudern.«

»Und was soll ich mit ihm reden?«

»Du heuchelst Interesse an seinem Job. Männer lieben es, darüber zu reden. Selbst wenn sie am Fließband einer Stickerei sitzen und mit der Nagelschere überschüssige Fäden an den Aufnähern für Pfadfinderuniformen abschneiden.«

»Gut, dass du mich daran erinnerst! Ich muss in drei

Tagen zum Fädenziehen. Aber vorher bringe ich dich um, wenn du jetzt gehst!«

»Feigling!«, grinst sie – und ist weg.

Mein Solarplexus schmerzt vor Anspannung.

Nicht, dass ich den Mann gut finde, der gerade auf mich zukommt. Er ist keiner, bei dessen Anblick eine Frau das Gefühl hat, ihr Leben könne durch ihn anders oder gar besser werden. Ich weiß nur nicht, wie ich mich verhalten soll. Das ist es. Das macht mich nervös. Ich mustere ihn unter halbgeöffneten Lidern. Er trägt ein Halstuch mit rotblauem Paisleymuster, ein graues Hemd und eine Jeans in Ampelgrün. Er hat ein angenehmes Lächeln.

Das ist noch lange nicht genug, aber es ist für den Anfang auch nicht wenig.

Er hat mich erreicht und bleibt vor mir stehen. Doch er schaut mich gar nicht an. Er guckt durch mich hindurch und wendet sich an den jungen Mann hinter der Bar, der einen pinkfarbenen Cocktail über knackende Eiswürfel gießt. »Ein alkoholfreies Bier, bitte!«

Er nimmt es und geht. Und würdigt mich keines Blickes. Das ist in Ordnung. Wirklich. Ich würde mich niemals mit Männern abgeben, die alkoholfreies Bier trinken. Das sind die, die auch ihren Milchkaffee mit Mandelsirup aromatisieren und ihre Bockwurst mit mittelscharfem Senf essen.

Die Anspannung fällt von mir ab.

Stecker raus! Wozu braucht man Männer, wenn man in der Lage ist, sich selbst retten?

Ich bin sowieso nicht der Typ für einen One-Night-Stand. Man traut sich nicht, etwas zu essen, weil man Angst hat vor einem Blähbauch. Man schläft unruhig, weil man sich beobachtet fühlt. Wenn man Pech hat, ist das Kissen hart, man langweilt sich vor dem Einschlafen, und aus lauter Verzweiflung guckt man einen Film mit Adam Sandler. Die Sache ist vergleichbar mit einem Langstreckenflug. Und manchmal hat man Pech und stürzt ab. Im Mund ein schaler Geschmack von Reue und Rotwein.

Kurz darauf fragt mich der Barkeeper über meine Freundin Margaux aus, die gerade mit einem älteren Gast Champagner trinkt. Ich antworte einsilbig, betrachte die Galerie der Flaschen hinter dem Tresen, die türkisblau angestrahlt sind, und bestelle ein zweites Glas Weißwein. Ich beobachte Margaux eine Weile, die im rechten Winkel zu mir am schmalen Ende der Theke steht. Ich höre nicht, was sie sagt, aber ihr Lachen schwappt zu mir herüber. Ich warte nur noch auf eine Gelegenheit, ihr mitzuteilen, dass ich nach Hause will. Als sie kommt, um mich dazuzubitten, schüttele ich den Kopf und sage: »Ich würde jetzt gerne fahren.«

»Viertelstunde noch«, sagt sie. »Okay?«

»Ich rufe uns in zehn Minuten ein Taxi nach Hohenfelde«, sage ich und schaufele mir eine Handvoll Erdnüsse in den Mund.

Als Margaux gegangen ist, beugt sich ein junger Mann zu mir herüber. Er war mir bisher nicht aufgefallen. Vermutlich ist er gerade erst gekommen und hat neben mir Platz genommen. Er hat blonde kurze Haare, und da er selbst im Winter zu einer verblichenen Jeans nur ein kurzärmeliges T-Shirt trägt, fallen mir seine Muskeln auf. Er hat speckige braune Cowboystiefel an, und in seiner Hose steckt ein breiter brauner Ledergürtel mit einem Cowboyhut als Schnalle. Typen wie er passen nicht in einen Anzug von der Stange, aber in die Arme schöner Frauen und in Abenteuerphantasien von Texas, Truckern und wilder Romantik.

»Wenn das kein Zufall ist!«, sagt er und lächelt mich an.

Redet er mit mir?

Sieht so aus. Er redet mit mir. Mit wem sonst?

»Was meinen Sie?«, frage ich, während ich hastig die Nüsse hinunterschlucke und den klebrigen Geschmack am Gaumen mit Wein wegspüle.

»Dass ich ein Wahnsinnsglück habe!«

»Glück, wieso?«

»Neben Ihnen zu sitzen.«

Mein Herz hüpft in die Kehle. Adrenalin jagt durch meine Blutbahnen. Mein Magen rast ohne Fallschirm in die Tiefe. Jeder Flirt birgt Risiken und Nebenwirkungen wie ein noch nicht erprobtes Medikament. Aber ich werde es wagen. Ich werde die Pille schlucken. Wenn ich Pech habe, ist sie bitter. Wenn ich Glück habe, hilft sie mir wieder auf die Beine.

In Windeseile rufe ich alles ab, was ich zum Thema »Flirten« gespeichert habe. Ich bin froh, dass ich weder Zwiebeln noch Knoblauch gegessen habe. Ich strecke die Brust raus und ziehe den Bauch ein. Ich nehme mir vor, nach diesem Glas Wein heute Abend keinen Alkohol mehr zu trinken, weil ich nach Alkohol gut reden, aber schlecht denken kann. Ich befeuchte meine Lippen mit der Zungenspitze, stelle mich darauf ein, einen Tauchgang in die Seele eines Unbekannten zu unternehmen, und setze einen Gesichtsausdruck auf, von dem ich hoffe, dass er in einer abgedunkelten Bar lasziv wirkt, während er auf meinen biometrischen Passfotos, Augenpaar in der Horizontalen, Nasenbein in der Vertikalen, Mund geschlossen, eher so rüberkommt, als hätte ich einen leichten Schlaganfall erlitten. Ich werde etwas sagen, was interessiert und gleichzeitig verrucht klingt, so was wie: Und was kann ich für Sie tun?

»Und was kann ich für Sie tun?«, frage ich prompt. Ich klimpere mit den Wimpern (ich liebe »Pump up the volume!«), berausche mich am Klang meiner Stimme, die weich gespült ist wie mein Twinset, und versuche, meinen unförmigen Schuh unter dem Barhocker vor seinen Blicken zu verstecken.

Wie alt er wohl ist, überlege ich. Dreißig? Fünfunddreißig? Höchstens. Auf einmal komme ich mir vor wie ein schillernder Kolibri, der neben sich den Flügelschlag eines Adlers spürt. Ein gutgebauter, durchtrainierter junger Mann interessiert sich für mich. Einer, der so ziemlich jeden Vogel hier haben könnte. Einer, der vermutlich noch Pampers trug, als ich selbst schon durch war mit Petting.

Ich danke Margaux insgeheim auf Knien für den Wellness-Vormittag, für Zeit der Gelassenheit, die Algen-Modellage, ihre unnachgiebige Härte in Sachen Friseurbesuch und den Tipp mit dem hautengen Twinset. Sie hatte ja so recht! Man muss seiner Alltagskrämerseele eine Betäubungsspritze verpassen und rausgehen. Unter Menschen. Ins Abenteuer. Ins Leben.

»Eine ganze Menge«, dringt die tiefe Stimme des Fremden neben mir in meine Gedanken. »Sie können eine Menge für mich tun.«

Er rückt dichter an mich heran und legt zärtlich die Hand auf meinen Unterarm. »Nehmen Sie mich mit nach Hause?«

Hey, der geht aber ran!

»Können wir uns erst ein wenig unterhalten?«, frage ich.

»Geht das auch unterwegs?«

»Haben Sie es immer so eilig?«

»Nur wenn ...«, beginnt er, und ich weiß schon, was kommt. Dazu habe ich zu viele romantische Komödien gesehen.

»... mir eine Frau gefällt«, will er sagen. Sicher.

Sagt er aber nicht. Er sagt: »... ich müde bin.«

Das verstehe ich nicht. Was will er von mir, wenn er groggy ist? Sehe ich so aus, als hätte ich Verwendung für einen abgeschlafften Mann? Ein taumelndes Alpha-Tier mit Texas-Touch, das meine Wohnung mit einer Höhle verwechselt, in der es zusammenbrechen kann, um von Mutti wieder aufgepäppelt zu werden?

»Ich habe gehört, wie Sie zu Ihrer Freundin gesagt haben, Sie rufen gleich ein Taxi, das Sie in den Stadtteil Hohenfelde bringt. Da dachte ich, vielleicht nehmen Sie mich mit. Ich wohne dort, und ich bin im Augenblick ein bisschen klamm.«

Vor Enttäuschung bin ich sprachlos. Ich werfe noch eine ganze Handvoll Erdnüsse ein, mampfe mit mahlendem Kiefer, wische die salzigen Hände an meinem teuren Pulli ab und blicke wütend in die blitzeblauen Augen meines Nachbarn.

»Von mir aus kommen Sie mit«, nuschele ich mit vollem Mund. »Aber ich fahre auf der Stelle!«

»Ich hole nur meine Jacke«, sagt er.

Ein paar Minuten später steigen wir zu dritt in die Taxe. Margaux mault, weil wir schon gehen. Aber da mein Fuß schmerzt, habe ich einen guten Grund. Kaum sitzen wir im Wagen, Margaux neben dem Fahrer, der Cowboy und ich nebeneinander auf der Rückbank, sehe ich draußen einen Mann in mittleren Jahren, von schlanker Gestalt und mit einem grauen Bürstenhaarschnitt, der mir bekannt vorkommt und der auf das Lokal zugeht. Es ist Kais Freund Theo. Ich kurbele die Scheibe hinunter.

»Hi, Theo!«

Überrascht fährt er herum. Der Wind peitscht seine hohlen Wangen und die Bäume hinter ihm.

»Ellen! Was machst du denn hier?«

»Wir haben einen Wein getrunken. Wie geht's Kai?«

»Gut. Er hat Besuch.«

»Ich weiß. Jonas ist bei ihm.«

»Der auch«, entfährt es Theo. »Aber der schläft schon.«

»Wieso, der auch? Wer denn noch?«

»Jemand, der Kai Tipps für seine Prag-Recherche gibt.«

»Um was geht's denn da?«, schaltet sich Margaux ein.

»Um Kais neuen Krimi«, sage ich.

»Um einen deutschen Anlageberater in Prag«, ergänzt Theo. »Um die Russen-Mafia, die ihre Finger in den Spielkasinos in Tschechien hat.«

»Mon dieu!«, sagt Margaux. »Konnte er sich kein charmanteres Thema aussuchen?«

»Immerhin hat er charmante Gesellschaft«, sagt Theo.

»Du willst damit sagen, dass dieser Prag-Experte eine Frau ist?«, blaffe ich ihn an.

»Ja. Weiblich, ledig, blond, jung.«

»Wenigstens bist du ehrlich«, sage ich.

»Warum sollte ich nicht? Es ist meine neue Freundin.«

»Es zieht!«, motzt der Cowboy.

Ich gebe ihm mit einer Handbewegung zu verstehen, dass er schweigen soll.

»Ich bitte dich, Theo! Wo hast denn auf einmal eine neue Freundin her? Du nimmst doch jetzt nur Kai in Schutz. Du lässt ihn doch nicht mit deiner Freundin allein, um in Ruhe ein Bier trinken zu gehen.«

»Ich vertraue ihm eben«, sagt Kai, zündet sich eine filterlose Zigarette an und streicht sich über den Hinterkopf. »Kann er das von dir auch sagen?« Er blickt auf den jungen Mann an meiner Seite im Fond. »Wer ist denn das?«

»Können wir jetzt fahren?«, fragt der Cowboy. Er blickt mich an, spitzt seine Zunge, schiebt sie zwischen die Lippen und lässt sie in einem rasanten Tempo hin und her fahren. »Wir wollten doch so schnell wie möglich nach Hause.« Wahrscheinlich denkt er sich gar nichts bei seinen Grimassen, überlege ich, vielleicht ist auch nur seine Zunge kalt geworden durch den Luftzug des heruntergelassenen Fensters, und er will sie durch rhythmische Gesichtsgymnastik wärmen, aber es wirkt eindeutig zweideutig.

Meine Stimme stockt schon, bevor sie aus meinem Mund dringt.

»Wir haben nur denselben Weg«, sage ich zu Theo.

»Wohin auch immer der führt«, sagt Theo und bläst einen Rauchkringel in die kalte Abendluft. »Du siehst übrigens toll aus, Ellen! Schönen Abend noch!« Damit geht er auf die Tür der Bar zu – und ich gehe in mich. Habe ich es übertrieben? Hätte ich die Sache sofort aufklären müssen? Oder genieße ich es nicht sogar ein bisschen, dass die nette Ellen Kohlmey vielleicht doch eine kleine Dunkelkammer in ihrer Alltagsseele hat?

Ich bin sehr still auf der Heimfahrt. Nur mit einem Ohr lausche ich dem Gespräch zwischen Margaux und dem jungen Mann neben mir.

»Hast du gehört, Ellen?«, jubelt Margaux. »Unser junger Freund hier ist Koch. Wie heißen Sie eigentlich?«, will sie wissen.

»Jan Fenker. Und ihr Mädels? Wie heißt ihr?«

»Margaux Balmain«, sagt Margaux.

»Baumann«, sage ich wie in einem Pawlowschen Reflex, denn ich weiß schon vorher, wann meine Freundin aus »Baumann« »Balmain« macht. Entweder will sie Männer beeindrucken. Oder Leute mit Geld. Entweder geht es um Testosteron. Oder um Testarossa.

»Sie heißen Baumann?«, sagt Jan zu mir.

»Ich heiße Kohlmey. Ellen Kohlmey. Meine Freundin heißt Baumann. Nur vergisst sie das manchmal.«

Jan Fenker lacht. Und Margaux wirft mir einen Killerblick zu. »Nie mehr ›Zeit der Gelassenheit‹«, murmelt sie und wendet sich wieder Jan zu. »Wo kochen Sie denn?«

»Im Augenblick koche ich nur privat. Ich bin meinen Job los.«

»Und wo haben Sie gearbeitet?«

»Zuletzt in der Küche eines Seniorenheims. Aber die mussten sparen und einen Koch feuern. Mich. Shit happens!«

»Hast du das gehört, Ellen?«, ruft Margaux aus.

»Was soll ich gehört haben? Und wieso denkst du bei Altenheim an mich? Sehe ich aus, als hätte ich Lust auf Gemüseflan?«

»Ich denke an Kais Fünfzigsten. Da wolltest du doch einen Mietkoch engagieren.«

»Nicht ich, sondern du. Aber wie es jetzt aussieht, weiß ich nicht mal, ob wir überhaupt zusammen feiern werden.« Ich werfe meinem Nachbarn einen zornigen Blick zu.

»Natürlich werdet ihr«, besänftigt mich Margaux.

»Ist Kai Ihr Mann?«, fragt Jan.

Ich nicke. »Und selbst wenn, er steht nicht gerade auf Haferflocken mit pürierter Banane.«

»Ich wollte mich sowieso auf Catering und Partyservice spezialisieren. Ich habe alles auf der Pfanne«, sagt Jan. »Vor dem Seniorenheim habe ich in einem amerikanischen Diner gekocht. Wir hatten sechzehn verschiedene Burger. Einen sogar mit Oliven und Schafskäse.«

»Wer's mag!«, sage ich.

»Feuer und Flamme«, sagt Jan.

Ich verziehe das Gesicht. »Bin ich nicht.«

»So hieß der Laden«, sagt er.

»Sie haben es wohl mit Amerika?«, frage ich.

»Wieso?«

»Cowboystiefel. Der Cowboyhut an Ihrer Gürtelschnalle.«

»Gucken Sie Männern immer auf die Hose?«

»Ich muss doch sehr bitten!« Ich rücke ein Stück von Jan ab, wünsche diesen Möchtegernkoch dahin, wo der Pfeffer wächst, und drücke mich tiefer ins Wagenpolster.

Margaux lacht, und der Taxifahrer betrachtet mich schmunzelnd im Rückspiegel.

»Nun hab dich doch nicht so!«, sagt Margaux. »War doch nur ein Spaß!« Sie zwinkert Jan zu. »Fun. Stimmt's?«

»Yes, Lady!«

Margaux dreht sich zu mir um. »Was mag denn Kai gerne?«

»Österreichische Küche zum Beispiel«, sage ich nach kurzem Zögern.

»Kein Problem«, sagt Jan. »Geht alles. Tafelspitz. Wiener Schnitzel. Kaiserschmarren.« Er lächelt mich an. »Ganz nach Wunsch.«

»Si tu veux«, sagt Margaux.

Als wir Minuten später vor unserer Wohnung halten, verabschieden wir uns von Jan. »Wo müssen Sie denn hin?«, fragt Margaux.

»In die Neubertstraße, gleich um die Ecke.«

»Wissen Sie was? Sie kommen einfach morgen vorbei, servieren uns ein schönes Champagner-Frühstück, und wir besprechen alles Weitere.«

»Was soll das?«, sage ich zu Margaux, kaum dass Jan Fenker außer Hörweite ist.

»Er ist ein attraktiver Mann, der kochen kann. Brauchst du im Moment was anderes?«

»Was du hier veranstaltest, ist ein Bewerbungsgespräch.«

»Natürlich ist es das. Er bewirbt sich um einen Job als Mietkoch.«

»Gut, dass wir uns darüber einig sind. Denn *das* ist die einzig vakante Stelle in meinem Leben. Nur zur Erinnerung: Ich bin verheiratet. Mit Kai. Er sieht gut aus. Er ist ein toller Vater, er hat harmlose Hobbys wie Angeln und Eishockey gucken, er geht nicht in den Puff, jedenfalls nicht, dass ich wüsste, und …«

»Und?«

»Und er war damals der einzige Kandidat«, sage ich und muss unwillkürlich lachen, bevor ich zusammenzucke. Einen Moment lang bin ich überzeugt, Kai zu sehen. Aber nein, das kann nicht sein! Ich habe viel Phantasie, doch selbst ich glaube nicht, dass der Kummer über unsere Ehekrise seine Haare und Bartstoppeln über Nacht hat grau werden lassen wie das Fell eines alten herumstreunenden Wolfes.

Jetzt erkenne ich den Penner aus dem kleinen Park neben der U-Bahn-Station. Irgendwas ist heute anders an ihm. Es dauert einen Moment, bis ich realisiere, was es ist. Er trägt Kais cognacfarbene Cordhose mit dem braunen Lederflicken am rechten Knie und sein dunkelrotes Kapuzen-Sweatshirt.

»Ist was nicht in Ordnung?«, fragt Margaux.

»Alles in Ordnung. Es ist nur so, dass dieser Herr Fenker ungefähr so viel Interesse an mir hat wie ich an seinen griechischen Burgern.«

»Er hat dich angesprochen.«

»Warum denn wohl? Weil er eine Mitfahrgelegenheit suchte.«

»Das hat nichts zu bedeuten. Männer schieben immer einen Grund vor«, sagt Margaux. »Da muss man kein Koch sein, um den Braten zu riechen.«

14.

Schwamm drüber!

Ich bin selig. Der Himmel ist mein Schlafzimmer, und er duftet nach Croissants. Was zählt, ist der Augenblick, und dieser Augenblick ist köstlich. Ich betrachte Jan, der Margaux und mir in Jeans, blaurot kariertem Holzfällerhemd und langer weißer Schürze das Frühstück serviert und diesen strunznormalen Mittwochmorgen zu einem ganz besonderen macht. Margaux weiß, man kann mich mit gutem Essen verführen, und was hier läuft, ist nichts anderes als das. Verführung. Verlockung. Romantische Ermutigung.

»Bei meiner nächsten Hochzeit ist dieser Jan Fenker dabei«, raune ich ihr zu, während ich ein wenig Trüffelpastete auf Brioche nasche. »Als Bräutigam.«

Margaux liegt hingehaucht neben mir auf dem Bett. Wir essen. Wir krümeln. Wir lachen. Wir trinken Champagner. Er beduselt mich und schwemmt die schlechte Laune wegen meiner missglückten Flirtversuche vom Vorabend einfach weg.

Ich lebe auf. In Erwartung von Köstlichkeiten, Konfitüre, Komplimenten. Manchmal schaut mich Jan mit einem Blick an, den ich nicht so recht deuten kann. Aber vielleicht bilde ich mir das auch bloß ein.

Mir doch egal!

Es ist ein gutes Gefühl, das mich aufheizt wie ein warmes Kissen auf meinem Bauchnabel.

Gerade serviert er Käse, dekoriert mit Trauben, Feigen, Nüssen. Die selbstgebackenen Brötchen in dem Körbchen mit lavendelfarbenem Innenfutter sind nicht viel größer als Golfbälle und duften. In einer Karaffe ist frisch gepresster Orangensaft, in einer Thermoskanne Kaffee, und in einem Silberkübel, der von Eiswürfeln beschlagen ist, befindet sich der Champagner.

Schaumwein am Morgen hat eine unschlagbare Wirkung. Das Denken hat Pause und fliegt mit einem großen roten Luftballon, vollgepumpt mit Seligkeit, über die Dächer. Ich könnte jetzt alle Menschen küssen. Küsse, die nach Ingwergelee schmecken. Süß!

Brötchenkrümel piksen in meinen Hintern – wie lustig! Wollmäuse segeln durch den Raum wie die kleinen Fallschirme einer Pusteblume – wie hübsch! Der schwarze Boxsack, der an Eisenketten von der Decke hängt – wie männlich! Trüffelpastete landet auf der Bettdecke, *schwupps,* der Champagner sprudelt über den Glasrand und benetzt das Kopfkissen, *schwipp, schwapp*, *Schwips* – und wennschon!

Mein Fuß tut überhaupt nicht mehr weh. Der Schmerz, habe ich gelesen, ist nichts anderes als Schwäche, die den Körper verlässt. Meine Schmerzen gehen gerade. Untergehakt vom Champagner.

Und tschüs!

Die Sonne kommt für ein paar Minuten raus, um den nassen Asphalt zu föhnen. Sie scheint auf unseren Parkettboden. Staubpartikel tanzen im Licht. Es macht mir nichts. Schwamm drüber! Oder auch nicht.

Ich genieße die Schönheit dieses Morgens, in der Nachbarschaft bellt ein Hund, die gesalzene Butter aus der Normandie ist sensationell. Ist das Leben nicht herrlich?

Keiner wagt es, mich zu stören.

Die Welt da draußen weiß, dass ich krank bin, und lässt mich in Ruhe. Zumindest ein paar Leute wissen es. Sieben oder acht. Ein Dutzend vielleicht. Lassen wir es zwanzig sein. Dreißig. Maximal. Okay, fünfzig. Mehr auf keinen Fall. Ich habe es nur den engsten Vertrauten wie der Frau aus der Reinigung erzählt, die wissen wollte, wann ich meinen Wintermantel wieder brauche.

»Das hat Zeit«, habe ich gesagt, und da es heutzutage ungewöhnlich ist, dass Menschen Zeit haben, kam irgendwie die Sache mit der OP auf den Tisch, und ich habe ihr von meiner Arthrose erzählt und habe geschwindelt, dass sie bei mir bereits mit sechzehn anfing. »Juvenile Arthrose« nennt man das, und ich finde, das klingt gleich sehr viel angenehmer als »Altersverschleiß«. Trotzdem hätte Kai nicht auch noch überall herumerzählen müssen, dass der Fuß seiner Frau einer Ruine der Maya-Kultur gleicht.

Mein Blick fällt auf die Champagnerflasche. Sie ist fast leer. Das trifft sich insofern gut, als meine Freundin Margaux sich anschickt, zum Flughafen zu fahren. Sie trägt ein rotes Kleid, hat ihre Haare hochgesteckt, ihre Lippen und Nägel sind ferrarirot lackiert, und ihre schwarzen Dreizehn-Zentimeter-Absätze bohren Einschlaglöcher in meinen Parkettboden.

Ihre Absätze dürfen das.

»Danke, Margaux!«, sage ich. »Für alles.«

»Für was denn? Ich hätte dir gerne mehr geholfen. Aber du gehörst zu den Frauen, die sich nicht helfen lassen, weißt du.«

»Du hast mich nach allen Regeln der Kunst verwöhnt und mich aus meinem Schlechtwettertief gerissen.«

»Ich hätte so gerne für dich gebügelt, gekocht und geputzt. Es ist deprimierend, jemandem helfen zu wollen, der sich nicht helfen lassen will.«

»Mach dir keine Gedanken, Margaux!«

»Man fühlt sich so nutzlos.«

»Es ist alles gut.«

»Ich fühle mich schlecht.« Ihre Augen füllen sich mit Tränen.

»Das tut mir leid«, sage ich und lege meine Hand auf ihren Arm.

»Ich hätte so viel für dich tun können«, sagt Margaux, »wenn du mich nur gelassen hättest, aber man will sich nicht aufdrängen. Eigentlich wärst du dringend ein Fall für meinen Therapeuten. Du musst lernen, Hilfe anzunehmen.« Sie blickt mich an, als würde sie mir gerade den Teufel austreiben, und greift nach meiner Hand. »Du *musst*!«

»Du hast genug für mich getan«, sage ich ernst.

»Ach was! Das bisschen Wellness, der kleine Lunch und das Frühstück …«

»… das geht auf mich«, sage ich. »Das regele ich mit Herrn Fenker. Ich werde ihn bitten, an Kais Fünfzigstem zu kochen, und du und Egbert, ihr kommt auch.«

»Genauso machen wir's, Chérie!«, sagt Margaux, nimmt mich in den Arm und küsst die Luft links und rechts neben meinen Wangen. »Ich habe der Apothekerin unten Bescheid gesagt, dass sie dir in den nächsten Tagen die Spritze gibt.«

»Lieb von dir.«

»Und ändere was an deinem Leben!«

»Okay, ich kaufe demnächst mal eine andere Brotsorte!«

Dann ist sie weg. Im Zimmer hängt noch der schwere Duft ihres Gardenien-Parfüms, und während dieser Vormittag wie eine träge Katze am Fenster vorbeischleicht, esse ich noch ein wenig Räucherlachs, trinke einen großen Latte macchiato mit viel Schaum und unterhalte mich mit meinem Mietkoch. Er sitzt auf Kais Seite des Bettes, während ich auf meiner Seite liege. Den Rücken gegen die Lehne aus Kirschbaumholz gelehnt, diverse Kissen dazwischen, die Beine hoch. Ich trage eine schwarze Jeans und einen heidelbeerfarbenen Rolli, und ich bin um diese Uhrzeit geschminkt, was sonst selten vorkommt.

»Gehören Sie auch zu denen, die finden, Männer kochen besser als Frauen?«, frage ich.

»Wissen Sie, was der größte Unterschied zwischen Frauen und Männern in der Küche ist?«, fragt er.

Ich trinke einen Schluck, lecke den Milchschaum von meinen Lippen und lächele ihn an. »Nein.«

»Ihr Frauen müsst immer alles umfüllen in kleinere Schüsseln und Töpfe. Deswegen steht ihr auch so auf diesen Tupperware-Kram. Ihr füllt so lange um, bis nichts mehr da ist. Ihr seid die großen Umportionierer. Wir Männer dagegen löffeln unsere Suppe bis auf den letzten Rest aus dem Topf, in dem wir sie gekocht haben.«

»Beantwortet nicht meine Frage!«

»Ich denke, jeder hat so seine Spezialität«, sagt er. »Was ist Ihre?«

»Ich mag es, ein ordentliches Stück Fleisch in die Röhre zu schieben und sich alle Zeit der Welt zu nehmen, bis das Ganze richtig schön saftig ist.«

Er grinst mich an.

»Denn das habe ich gelernt: Zu viel Hitze macht ihn nur hart, und man hat nicht viel davon.« Irritiert sehe ich ihn an. »Was gibt's da zu grinsen?«

»Nur so. Ich habe gerade Appetit bekommen.«

Ich merke, wie ich rot werde. »Damit wir uns nicht falsch

verstehen«, sage ich, »ich habe über die Zubereitung eines Bratens mit der Niedriggarmethode geredet.«

»Schon klar«, sagt er und grinst noch mehr. »Wenn man am Anfang auf kleiner Flamme lodert und es dann langsam steigert, wird es besser.« Er streicht sich die Haare hinter die Ohren und fährt mit der Hand über die entblößte Haut im Ausschnitt seines Hemdes.

Mir wird heiß. Mein Mund ist trocken, und ich benetze mit der Zungenspitze meine Lippen. Meine Wangen brennen vor Verlegenheit. Er füttert mich mit einem Birnenschnitzchen. Ich komme mir albern vor. Und sehr attraktiv. Ist es das, was Rebekka von Schlippenbach meinte, als sie über Dr. Olevin sprach? Dass es Männer gibt, bei denen wir Frauen Sachen machen, die wir bei anderen lächerlich finden?

Was will Jan Fenker von mir? *Mit* mir? Eine Affäre? Dazu bin ich zu alt. Habe ich es nötig, den Erstbesten, der mich nach langer Zeit mal wieder als Frau wahrnimmt, jippi yeah, zu nehmen wie einen Restposten vom Wühltisch?

Ist das nicht billig?

Jan Fenker ist kein Restposten, meldet sich meine innere Stimme. Er ist sexy und frech. Sein Körper ist jung und frisch wie aus dem Taufbecken. Einige Sekunden lang stelle ich mir das Muskelspiel unter tropfnasser Haut vor, wenn er aus der Dusche kommt.

»Wie alt sind Sie, Jan?«

»Einunddreißig«, sagt er.

Mein Gott, bist du verrückt geworden, rufe ich mich selbst zur Vernunft.

Einunddreißig! Vor ihm liegt noch das ganze Leben, und du hast schon fast zwei Drittel hinter dir. Was willst du eigentlich? Einen Kerl, der dich im Dunkeln nach Hause trägt, wenn deine Beine schlappmachen, bevor er durch die

Clubs zieht und Frauen aufreißt, die so alt sind wie dein heißgeliebter Tweedmantel? Oder eine kleine gierige Affäre, damit du spürst, dass du noch lebst?

Er legt seine Hand auf meinen Schenkel und sieht mich lächelnd an. Seine blauen Augen blitzen; seine Hand beginnt, mit sanftem Druck meinen Oberschenkel zu kneten.

»Was wird das?«, frage ich verlegen. »Eine Thai-Massage?«

Plötzlich wird mir klar, dass ich die Temperatur runterdrehen muss auf Niedriggarmethode. Ich schalte um auf ein unverfängliches Thema.

»Ich wäre auch gerne noch mal so jung wie Sie.«

»Wie alt sind Sie denn?«

»Vierzehn Jahre älter als Sie.«

»Ich mag ältere Frauen. Die sind hungrig und dankbar. Verheiratete Frauen in Ihrem Alter sind in der Regel einsam. Da passiert nichts mehr. Sexueller Winterschlaf. So eine gefährliche Überdosis Einsamkeit lockt uns Männer an wie ein Zwetschgenkuchen die Wespen.«

Ich höre ihm nicht mehr zu.

Was hat er gesagt?

Hungrig?

Dankbar?

Dankbar ist noch verletzender als hungrig.

Das Wort zerstört mit einem Schlag die aufgeladene Atmosphäre zwischen uns.

Dankbar!

Dankbar klingt nach Erntedank. Nach Tischgebet vor den Rouladen am Sonntag. Nach warmem Pulli von der Heilsarmee und nach vorweihnachtlicher Seniorenbespaßung mit Dichterlesung und Kinderchor.

Dankbar klingt, als hätte ich es nötig.

Der rote Luftballon, der immer noch durch meinen benebelten Kopf schwebte, ist geplatzt. *Pppppffffffftttttt*. Ein kleiner verbaler Pikser hat genügt.

Vorbei ist es mit meiner champagnerduseligen Zuckerwattewolkenseligkeit.

Jetzt erst bemerke ich, dass Jan Fenker eine Zahnlücke hat, dass mir seine Augen zu blau sind, dass ich das schwarze Lederarmband um sein Handgelenk nicht mag und dass er vermutlich der Typ ist, der sich mit Klamotten in einen Whirlpool fallen lässt, wenn er mit seinen Kumpels zusammen ist – und das auch noch witzig findet.

Ehe ich eine boshafte Bemerkung machen kann, höre ich das Drehen des Schlüssels in der Tür. Nach einer Schrecksekunde weiß ich, dass es nur Kai sein kann.

»Hallo!«, ruft er.

»Hallo, Schatz!«, rufe ich zurück. Ich habe meine Stimme kaum unter Kontrolle.

Was soll Kai denken, wenn er das hier sieht?

Kaum ist er weg, ist seine Seite des Bettes belegt. Wie ein trockenes Brötchen, auf das jemand schell eine Wurstscheibe packt, weil der Anblick so trist ist.

»Sie sollten jetzt gehen, Jan!«, sage ich.

»Und mein Geld?«

»Natürlich! Ihr Geld!« Ich reiche ihm ein paar Scheine, mit denen ich seine Auslagen und seine Arbeit großzügig entlohne. War es das wert? Ich will nur noch, dass er verschwindet, mit seinen silbernen Servierplatten, dem Brötchenkorb, dem Sektkübel, der Zahnlücke, dem Holzfällerhemd und seinen Sprüchen. In meinem Kopf hat sich eine Nebelwand aufgetürmt. Ein Hämmerchen pocht von innen an meine Schläfen und meine Stirn. Au!

Als Kai unser Schlafzimmer betritt, erhebt sich Jan Fenker gerade vom Bett und verstaut lässig die Geldscheine in seiner Jeanstasche.

»Hi!«, sagt er zu meinem Mann. Dann reicht er mir eine Visitenkarte. »Bitte sehr! Falls Sie wieder mal meine Dienste in Anspruch nehmen möchten. War mir eine Ehre!« Er tippt sich mit zwei Fingern seiner rechten Hand an die Schläfe und verlässt das Zimmer. Ich höre ihn in der Küche rumoren, während er seine Sachen zusammensucht. Kai wendet mir den Rücken zu und blickt die ganze Zeit stur aus dem Fenster.

»Ist Jonas heute Morgen gut zur Schule gekommen?«, frage ich mit rauer Stimme.

»Ja«, sagt Kai.

»Ich freue mich schon auf ihn.«

»Freut mich, wenn du dich freust! Bist ja richtig krank«, ätzt Kai. »Wer war das? Ein Callboy?«

Ich lache laut auf. Es klingt sogar ziemlich echt. »Unsinn! Ein Mietkoch.« Ich reiche ihm die Karte. »Überzeuge dich selbst!«

»Jan Fenker«, liest Kai mit schmalen Lippen vor. »Event-Koch. Catering. Partyservice. Das kulinarische Highlight für den besonderen Anlass.« Kai hebt die Champagnerflasche hoch und studiert das Etikett.

»Feiner Tropfen! Und was für einen besonderen Anlass hattet ihr?«

»Gar keinen. Ich habe ihn getestet. Ich werde ihn vielleicht hin und wieder engagieren.«

»Stiftung Warentest«, spottet Kai. »Welche Note gibst du denn Popeye?«

»Seit wann hast du was gegen Muskeln? Du hängst doch selbst an der Hantel.«

»Das ist was anderes. Bei mir sind Geist *und* Körper in Einklang – und in Bewegung.«

»Zum Kochen braucht man auch Geist, sprich Kreativität.«

»Nichts ist lächerlicher als diese Männer«, höhnt Kai, »die am Samstagmorgen mit Korb am Arm über den Wochenmarkt schlendern, über französischen Rohmilchkäse fachsimpeln, an Oliven lutschen und ihre Nase in Basilikum stecken und in Dinge, die sie nichts angehen, nämlich in die Küchen ihrer Frauen, bevor sie sich am Abend an deren Hightech-Kochinseln stellen und mit Aplomb …«, er schnippt verächtlich mit den Fingern, »… ein wenig tibetisches Bergsalz über ihre Lammkeule streuen.«

»Es gibt nicht wirklich etwas gegen eine Lammkeule mit tibetischem Bergsalz zu sagen«, wende ich ein.

»Dann hättest du einen Koch heiraten müssen und keinen Krimiautor.«

»Es gibt genügend Krimiautoren, die gerne kochen«, sage ich.

»Ich kenne nur solche, die gerne trinken«, sagt Kai.

»Selbst Philip Marlowe kann ein Ei in die Pfanne schlagen«, sage ich.

»Jeder Autor kann seinen Helden Dinge tun lassen, die er selbst hasst. Da ist Raymond Chandler keine Ausnahme. Das Angenehme an dir«, fährt Kai fort, »war bisher, dass du nicht wie andere Frauen das Mantra auf die Erotik brutzelnder Männer angestimmt hast, die übrigens auch nur mit Wasser kochen.«

»Immerhin wissen sie, wie man es zum Kochen bringt.«

»Und Tiere töten für ihren eigenen Spaß.« Kai verpasst seinem Boxsack ein paar Schläge. »Ich bin eben ein Freund hilfloser Kreaturen. Obama hat seinen Thanksgiving-Truthahn auch begnadigt. Aber das käme diesen Killern ja nie in den Sinn, die an Weihnachten ohne mit der Wimper zu zucken einen Meuchelmord an einer glücklichen Dithmarscher Freilandgans begehen.«

»Die du nicht vom Teller schiebst.«

»Das ist was anderes.«

»Natürlich ist es das.«

»Ich werde doch nicht die Köchin beleidigen.« Er stoppt mitten in der Bewegung und blickt mich an. »War er das gestern im Taxi?«

»Obama? Oder der begnadigte Truthahn? Beide Male nein.«

»Haha!«

»Bist du etwa eifersüchtig?«, frage ich und schüttele amüsiert den Kopf. Wäre doch gelacht, wenn Kai aus Liebe zu mir nicht bereit wäre, ein paar schrecklich unvernünftige Dinge zu tun! Zum Beispiel zuzugeben, dass er die jüngere Konkurrenz fürchtet.

Kai haut auf den Boxsack. »Was für eine groteske Unterstellung! Aus dem Alter sind wir doch nun wirklich raus. Wir beide sind alt genug, um uns ein ABC-Pflaster zu teilen. Obwohl ich für meine neunundvierzig Jahre im Gegensatz zu dir noch sehr fit bin.«

Ich gieße mir den letzten Schluck Champagner ein. Prost! Ex – und hopp! Er macht mich müde. Ich fühle mich weich und verwundbar und möchte nicht streiten.

Ich möchte mit meinen Fingern ein V formen und Kai anlächeln.

Schnurrend. Sektselig.

Peace, Alter!

Mein Mann hat sogar mit Lämmern ein Friedensabkommen. Können wir das nicht auch hinkriegen?

»Also, war er's?«, insistiert Kai.

»Na ja«, sage ich.

Eigentlich will ich Kai nur ein bisschen hinhalten. Ich weiß, dass Kai nie richtig erwachsen werden wird, das hat er mit den meisten Männern gemeinsam, aber irgendwann muss man sich entscheiden, ob man bleiben oder gehen will. Ob man angekommen ist. Oder abreist. Ob man noch sucht – oder gefunden hat, was man braucht. Ich nehme mein Schicksal in die Hand. Ich bin erwachsen genug. Für uns beide. Einer muss erwachsen sein, wenn man ein Paar ist. Wenn es beide sind, wäre das ideal, aber man kann nicht alles haben. Ich sitze hinterm Steuer, Kai ist mein Beifahrer und winkt munter in die Menge. Und so soll es bleiben. Beifahrer müssen eine Menge aushalten. Sie müssen navigieren können und dürfen nicht die Nerven verlieren, wenn der Partner ins Schlingern gerät oder vom Weg abkommt. Ich will sehen, ob Kai das kann.

»Was heißt ›na ja‹?«, unterbricht Kais Stimme meine Gedanken, während er sich ein großes Stück Laugenbrezel mit Butter in den Mund schiebt. »Dein ›na ja‹ ist nichts anderes als Feigheit, die Dinge beim Namen zu nennen.«

»Theo ist eine Petze.«

»Er ist mein Freund. Also, ja? Es war der Kerl?!«

Ich nicke.

»Und wer war die Frau?«

»Margaux.«

»Die war hier?«

»Die war hier und hat sich um mich gekümmert«, schnappe ich. »Irgendjemand muss es ja tun. Du hast Butter am Kinn.«

»Na und!«, sagt Kai und fährt mit dem Handrücken über seine Bartstoppeln.

»Was heißt ›na und‹?«

»›Na und‹ ist das Gleiche wie ›na ja‹.«

»Ist es nicht«, sage ich. »›Na und‹ ist renitent, während in ›na ja‹ durchaus etwas Leichtes mitschwingt, die Gabe, das Leben locker zu sehen.«

»Das sagst ausgerechnet du«, lacht Kai, »die du wie ein Pfeifenputzer aus Biegeplüsch in die verborgensten Ecken kriechst, weil du hinter jedem Pfefferkrümel Kakerlakeneier witterst. Du sprichst von Lockerheit?«

»Weißt du, ich habe mich gefreut, als du gekommen bist …«, sage ich.

»Das bezweifele ich.«

Ich ignoriere seine Bemerkung. »… und jetzt würde ich mich freuen, wenn du wieder gehst.«

Das Telefon schellt. Der Festnetzapparat auf meinem Schreibtisch.

»Kannst du mal rangehen?«, bitte ich Kai.

Erst jetzt fällt mir auf, dass er hinkt.

»Was hast du gemacht?«

»Mein Knie«, sagt er im Weggehen. »Kommt wahrscheinlich vom Sport. Vielleicht ist das Popeye, der anruft, weil er wissen will, wann er den Spinat zu Mittag bringen soll.«

»Und du bist doch eifersüchtig!«, trällere ich ihm hinterher.

»Auf den? Was soll der Typ dir schon geben? Eine warme Suppe – oder deine verlorene Jugend?«

»Idiot!«, brülle ich. »Und was ist mit deiner Prag-Recherche? Theos neue Flamme gibt dir Tipps? Wer glaubt denn das?«

»Dann lässt du's halt!«

»Warum kommst du nicht zurück?«

»Ich brauche Ruhe. Vor allem vor dir.«

»Danke.«

»Ich will mich nicht ständig streiten. Jemand, der sich den ganzen Tag mit Korruption, Brutalität, Mafia-Morden, Schmiergeldzahlungen, Bandenkriegen, Bombenattentaten, sadistischen Gefängniswärtern, sexueller Belästigung, Spielhöllen und Mückenplage in Prag befasst, braucht im Privatleben Harmonie. Wir Männer schweigen und schrauben zusammen an Motoren und trinken Bier. Mehr brauchen wir nicht.« Ein paar Sekunden später ruft Kai: »Dein Chef!«

»Was will der denn?«, stöhne ich leise vor mich hin, bevor Kai zurückkommt und mir den Hörer reicht, den er mit der Hand abdeckt, während er sagt: »Wenn du willst, fahre ich dich übermorgen zum Fädenziehen.«

»Wie nett von dir! Aber ich habe es auf Montag verschoben«, zische ich, bevor ich das Telefon nehme.

»Du solltest genau zwei Wochen nach der OP hin. Hast du Schiss?«

»Ich und Schiss! Aber ich glaube, ich kriege einen Magen-Darm-Virus.«

»Du hast dich einfach überfressen.«

Ich gebe ihm durch eine Grimasse zu verstehen, dass er den Mund halten soll, und sage »Hallo!« in den Hörer.

»Ellen!«, sagt Tim Arnold. »Sie wollten doch schon immer mal eine Kolumne schreiben! Jetzt dürfen Sie's! Zeigen Sie, ob Sie was können! Die Zertz hat die letzte vergurkt. Die kann ich nicht veröffentlichen.«

»Welches Thema denn?«

»Männer. Irgendwas über Männer.«

»Über Männer?«

»Männer gehen immer. Warum wir die besseren Menschen sind. Oder die schlechteren. Warum wir Innereien mögen. Und rote Reizwäsche. Oder Geschenkpapier für

Geldverschwendung halten. Ob wir auch so eine Art Wechseljahre haben. Was auch immer! Wie Sie wollen! Euch Frauen fällt zu uns doch immer was ein.«

»Und meine Verbrauchertipps? Ich wollte preiswerte Cremes mit Tee-Extrakten testen.«

»Ihre Seite macht die neue Praktikantin.«

»Danke für die Wertschätzung! Das freut einen zu hören, dass einen jetzt schon Abiturientinnen ersetzen können, oder besser noch: Konfirmandinnen.«

Er lacht trocken. »Die haben selten Körbchengröße D«, sagt er. Ich sehe ihn förmlich vor mir, wie er die Füße auf den Schreibtisch gepackt hat, gleich neben seinen Laptop, wie er desinteressiert aus dem Fenster blickt, sich mit dem Bügel seiner braunen Hornbrille im Ohr popelt und ihn anschließend an seinem Hosenbein abwischt. Er ist jung, noch nicht lange in der Redaktion, und er hat eine plumpe, unangenehme Art.

»Bis wann brauchen Sie's?«, frage ich.

»Bis Montagnachmittag, 15 Uhr. Sie haben also jede Menge Zeit. Ich habe es extra in ein spätes Produkt geschoben.«

»Das ist toll! Vielen Dank.«

»*Trinken* Sie Ihren Tee! Vielleicht inspiriert er sie.«

Er legt auf.

Ich bin eine Glückssekunde lang ganz still. »Ich soll diesmal die Kolumne schreiben«, sprudelt es dann aus mir heraus. »Es ist das, was ich immer wollte.«

»Das Thema sind Männer?«

»Männer!«

»Du hast ja jetzt genug Anschauungsmaterial«, sagt Kai, fährt sich mit seinen Händen über den nackten Bauch unter seinem dunkelgrauen Sweatshirt und lächelt aus schmalen

Augen. »Ich glaube übrigens nicht wirklich, dass du ein Auge auf Popeye geworfen hast. Oder er auf dich. Du isst gern. Und der Typ verdient gern Geld. Das ist ein Deal auf Gegenseitigkeit.«

»Klingt so, als wolltest du mir mitteilen, Frauen meines Alters werden noch nicht mal mehr in der U-Bahn angerempelt, geschweige denn geküsst.«

»Das habe ich nicht gesagt. Aber ich glaube einfach, dass es dich nerven würde, wenn beim Sex die Bettdecke staubt.«

»Du verfluchter Mistkerl!«

Am liebsten würde ich ihm eine scheuern.

Doch ich begnüge mich damit, ein Kissen nach ihm zu werfen. Es landet in der normannischen Butter.

Leider ist es das Einzige, was bei uns momentan in Butter ist. Aber ich weiß jetzt schon, dass ich mich rächen werde. Und zwar fett.

15.

Rote Fische, tote Fische

Den Rest des Tages sitze ich mit hochgelegtem Fuß am Computer. Vor mir auf dem Schreibtisch steht Pfefferminztee. Ich drücke den Beutel aus und beobachte, wie die bernsteinfarbene Flüssigkeit in den Becher tropft. Ich trinke in kleinen Schlucken. Bei meiner journalistischen Arbeit bin ich in den letzten Jahren nicht über die Wirkung von Koffein auf Cellulitis hinausgekommen, und nun soll ich über Männer schreiben?

Ich weiß nicht, *was*. Ich weiß vor allem nicht, *wieso*. Über Männer ist alles gesagt. Und was noch nicht gesagt ist, möchte man nicht wissen. Ich könnte über Pilze schreiben, vielleicht über eine Landschaft, einen Sonnenuntergang im Farbton von Bitterorangenschalen, über Müdigkeit, Meerfenchel, Kartoffelchips, Plastiktischtücher und Pitta-Brot, über Amerika, Gummistiefel, Eierrezepte, Erdbeertörtchen und Herzenswünsche, über Apfelbäume, Taubenscheiße und Scheidungskinder, aber zu Männern fällt mir nichts ein. Ich tippe immer wieder das Wort »Männer« in meinen Computer, was mich auch nicht weiterbringt.

Männer. Männer. Männer.

Ich krame in meiner abgeschabten Ledermappe auf dem Schreibtisch, in der alles liegt, was von Bedeutung ist oder eines Tages sein könnte: kleine Liebesbeweise von Jonas, »Mami, ich hab dich lieb«, gekritzelt auf ein weißes Blatt

Papier, daneben ein Kakaofleck, Jahre her, getrocknete Rosenblätter, Bilder, die er gemalt hat, kleine Leute neben großen Blumen, Fotos, jede Menge davon, sein erstes Deutschdiktat, Ideenskizzen. Ein Brief von Jonas an sich selbst, den ich vor Jahren, da muss er sieben gewesen sein, beim Aufräumen in seinem Zimmer gefunden habe. »Meine ganse Familie ist nicht net. Ich fülle mich Ertrükt.«

An diesem Nachmittag kommt Jonas spät aus der Schule. Wir essen die Reste vom Frühstück. Ich frage ihn Französischvokabeln ab. Wir spielen Rommé. Danach sitzen wir auf der Couch. Ich habe Eis aus der Küche geholt. Einen Familienbecher Häagen Dazs. Seine Lieblingssorte. »Cookies & Cream«. Mit zwei Löffeln. Es hat wieder zu schneien begonnen.

»Wenn Engelkinder Federn lassen«, sage ich zu ihm.

»Hör auf, so kitschig zu sein!«, sagt er zu mir und haut mit seinem Löffel meinen weg.

»Warum bist du so aggressiv?«

»Weil Papa wiederkommen soll!«

»Wollen wir ›Pretty Woman‹ gucken?«

»Warum willst du immer den gucken? Der ist scheiße. Da küssen sie sich. Eklig.«

»Weil er ein Happy End hat. Was würdest du sagen, wenn Papa und ich …?«

»Wenn ihr euch trennt, meinst du?«

»Nein! Wenn wir mal probieren, wie es so ist, wenn man sich nicht jeden Tag sieht. Papa will noch eine Weile bei Theo wohnen, weil er in Ruhe schreiben will.«

»Wenn ihr euch scheiden lasst, dann schmeiße ich dir alle schlimmen Wörter an den Kopf, die ich kenne.«

»Kennst du viele?«

»Jede Menge.«

»Woher?«

»Aus der Schule.«

»Was würdest du denn sagen?«

»Blöde Kuh.«

»Das geht ja noch.«

»Arschloch.«

»Hey, da war das erste aber netter.« Ich versuche, ihn in den Arm zu nehmen, aber er entzieht sich mir.

»Bitch.«

»Das möchte ich nie mehr hören!«

»Ich sage noch viel schlimmere, wenn du's vergeigt hast«, schimpft mein Sohn, pfeffert seinen Löffel auf die Erde, steht auf, rennt raus.

»Jonas!«

»Lass mich!«

In seinem Windschatten knallt eine Tür.

Vergeigt!

Als ich so dasitze und das Eis in meinem Mund schmilzt, während am Himmel Schneewolken hängen, geht mir dieses Wort nicht mehr aus dem Kopf. Vergeigt! Wie sagte mein Chefredakteur über die Kolumne? Vergurkt? Ich werde für Jonas immer die Mutter sein, die es vergeigt und vergurkt hat. Es wird wie ein hässliches Etikett an mir pappen. Da hilft auch kein Haushaltsbenzin, mit dem man klebrige Preisschildchen von Karstadt-Tellern wischt. An mir haftet ab jetzt das Etikett: vergeigt.

Ich will nicht diejenige sein, die das Ende unserer Ehe zu verantworten hat. Die Mutter, die es vermasselt, die Frau, die es vergurkt, die Hexe, die es versaut hat. Steht mir nicht. Passt mir nicht. Gefällt mir nicht. Aber mir hat auch nicht gefallen, wie mein Mann mich heute Mittag behandelt hat. Das hat mich irgendwie … Ertrükt.

Dabei hätte es was werden können. Heute. Mit uns. Eine schöne Versöhnung. Und schon wäre ich jetzt *verzückt*. Ich lasse meine Phantasie schweifen. Kai kommt aus der Dusche, und ich liege auf dem Bett. Er nass. Ich nackt. Es brennen Kerzen, wir füttern uns mit Erdbeeren wie zu Beginn unserer Liebe, meine Fingerspitzen liebkosen seine Brusthaare, seine meine Brustwarzen, und wir hören Barry White. Oder Lionel Richie.

Okay, ich behaupte nicht, dass sich in dem Moment der Himmel auftat, als ich meinen Mann wiedergesehen habe, dass er rote Rosen und Engelsfedern und Buttertrüffel ausgespuckt hat, direkt in meinen Schoß. Aber ich war in der richtigen Stimmung. Ein bisschen aufgeputscht durch den Flirt mit Jan Fenker. Und Kai, ich hätte es schwören können, war eifersüchtig. Manchmal ist ein Saatkorn Eifersucht sehr hilfreich, denke ich, man muss nur aufpassen, dass es nicht zur Schlingpflanze wird und einem die Luft abschnürt. Aber die Gefahr besteht bei meinem Mann ohnehin nicht.

Ja, ich will, dass wir wieder eine Familie sind.

Andere Männer sind Steine, die man am Wegesrand aufsammelt, aber Kai ist der Fels, der mir Sicherheit gibt.

Und was ist gegen Liebe zu sagen?

Aber erst mal werde ich ihm beweisen, dass es durchaus noch Momente gibt, in denen meine Phantasie dreckiger ist als der Fußboden nach wochenlanger Männerwirtschaft. Ich werde das Saatkorn Eifersucht hegen und pflegen, damit es wächst.

Ich erhebe mich vom Sofa und gehe zu Jonas' Zimmer. Es hängt ein Schild an seiner Tür, wie man es von Hotelfluren kennt. Nur der Text verdient keine fünf Sterne. »Kein Zutritt für Arschlöcher!«

»Ich sehe Papa schon am Montag wieder!«, sage ich. »Er fährt mich zum Fädenziehen in die Klinik.« Die Tür fliegt auf, Jonas kommt heraus und wirft sich mir an den Hals.

»Scheißfilm«, sage ich. »Sie küssen sich. Eklig. »

Wir grinsen uns an.

»Glaub bloß nicht«, sagt Jonas und zieht eine Grimasse, »dass das jetzt zur Gewohnheit wird!«

Stunden später liegt Jonas im Bett, und ich habe immer noch keine Idee, was ich schreiben könnte.

Ist das ein Wunder? Ich habe genug anderes zu bedenken, und es ist noch viel Zeit.

Ich schleiche mich zu meinem schlafenden Sohn ins Zimmer, beuge mich zu ihm runter und fahre mit meinen Fingerspitzen die Konturen seines Gesichtes nach. Dann gehe auch ich ins Bett. Und obwohl ich allein liege, fühle ich mich überhaupt nicht einsam.

Am nächsten Morgen verfasse ich eine Mail an meine Hamburger Freundinnen. »*Mädels! Da ich immer noch nicht so kann, wie ich will, würde ich mich über eine kleine Mahlzeit sehr freuen. Die meisten von euch sind in einer festen Beziehung und wissen deshalb, wie es ist, den eigenen Mann am Telefon auf der Suche nach gemischtem Hack wie einen Blinden in einem Akt gefahrloser Orientierung durch den Supermarkt lotsen zu müssen, keine Umwege, keine Sackgassen. Ob dadurch die soziale Bindung zwischen den Partnern enger wird, so wie es bei Mensch und Hund der Fall ist, ist im Augenblick bei uns zumindest mehr als fraglich.*

Hat man immer Lust, den Blindenhund zu spielen?

Nein!

Kai schreibt momentan in kreativer Abgeschiedenheit bei einem Freund an seinem neuen Krimi.

Aber vielleicht hilft ja euer Essen dabei, uns einander wieder näherzubringen. Kein Fast Food, bitte! Kein Junk! Kleine, feine Gerichte, die die Lebensfreude steigern und den Gaumen kitzeln. Alles, was sinnlich ist, anregt und betört! Ich danke euch! Und freue mich sehr auf euren Besuch!

Seid lieb gegrüßt von eurer Ellen!

Ich überfliege noch mal die Mail. Wahrscheinlich jault jeder in meinem Freundeskreis bei der Bitte »Kein Junk!« auf, weil es so klingt, als wolle ich damit sagen*: Untersteht euch und schleppt den Scheiß von der Frittenbude an, den ihr normalerweise eurer Familie auftischt!*

Aber meine Freundinnen werden wissen, wie ich es meine. Sie haben es mir ja auch verziehen, dass sie mich nicht besuchen durften.

Jetzt dürfen sie.

Und bis sie eintrudeln, schreibe ich meine Kolumne. Mein Fuß liegt auf einem Schemel unter dem Schreibtisch, da liegt er gut, und ich hoffe auf eine Eingebung. Da die nicht kommt, trinke ich Kaffee, nasche Nappo, warte auf den Strom der Gütigen und Gebenden, der sich aus den vorfahrenden Autos auf die Straße ergießt, in unser Haus fließt, sich die drei Stockwerke hochwindet und Essen in unsere Wohnung spült. In Frischhaltedosen und unter Folie, in Tüten und Töpfen und Brätern, angeliefert in Körben, Kisten und Kofferräumen.

Es kommt keiner. Ich checke meinen Internetanschluss, in der Vermutung, dass meine Mail nicht funktioniert. Tut sie aber. Besser jedenfalls als das von mir organisierte Catering. Vielleicht sind meine Freundinnen doch sauer, dass sie mich nicht besuchen durften, denke ich. Und was, wenn sie mich gar nicht besuchen wollen?

Am frühen Abend drehe ich auf meinem Schreibtischstuhl ein paar Runden in der Küche und brate für Jonas und mich die von Kai gekauften Würstchen von Aldi. Als mein Sohn und ich kurz darauf mit unseren Würstchen und Kartoffelbrei aus der Tüte am Esstisch sitzen (Pinie, geölt), schellt es an der Tür (Türangeln nicht geölt). Jonas geht hin, um zu öffnen. Herein kommt Wanda Strubbe. Wanda ist eine Freundin meiner Mutter und mehr oder weniger zufällig in meinem Mail-Verteiler.

Sie bringt Quiche Lorraine und Streuselkuchen. Mit ihr habe ich überhaupt nicht gerechnet. Wir haben uns seit Jahren nicht gesehen. Den Mengen nach zu urteilen, ist sie der Ansicht, dass wir seit Wochen nichts mehr gegessen haben, und ich wiederum glaube, wenn ich ihrem Redefluss lausche, dass sie seit Jahren niemanden mehr zum Quatschen hatte. Deshalb, und wahrscheinlich nur deshalb, hat sie sich gerade zu einem Töpferkurs unter therapeutischer Aufsicht angemeldet. Als sie geht, weiß ich alles über ihren letzten Urlaub im Hunsrück, ihre undankbare Tochter, ihren schuleschwänzenden Enkel, ihre Besenreiser und ihr Bulettenrezept, ihren kaputten Rücken und ihren Streit mit dem Nachbarn wegen Läusen auf dessen Rosen, die auf ihre Brombeeren übergehen. Außerdem habe ich mehr Schinkenspeck und Schmant im Bauch, als einer Frau guttut, die ihr Leben im Augenblick vorwiegend im Liegen oder mit hochgelegtem Fuß verbringt. Während ich mein Nachthemd überstreife, habe ich Zwerchfellhochstand wegen Magenüberladung und ähnele dem Buddha aus Speckstein auf meinem Nachttisch, freue mich auf mein Bett und bin ein bisschen sauer auf meine Freundinnen, die sich schämen sollten, dass mir eine 72-Jährige mit akuter Schieflage im Knochengerüst Streuselkuchen bringt – und sie nicht.

Ich will mich hinlegen, als es erneut an der Tür läutet. Jonas liegt bereits im Bett, ich werfe mir meinen Morgenmantel über, humpele an meinen Krücken durch den langen Flur und öffne.

Vor mir steht mein alter Freund Manfred Maschke, genannt »Hanuman«.

»Hanuman!«, sage ich überrascht. »Was machst du denn hier?«

»Hallo, Ellen! Ich habe deine Mail gekriegt.«

Er reicht mir einen Jutebeutel. Ich bitte ihn rein, gehe mit ihm ins Esszimmer und schütte den Inhalt des Beutels auf den Tisch. Zum Vorschein kommen eine Tüte mit braunem Zucker, eine Knolle Ingwer, ein Glas Honig, ein Päckchen mit geklärter indischer Butter, Ghee genannt, und ayurvedischer Gewürztee.

»Danke«, sage ich. »Sieht alles sehr gesund aus.«

»Wir Yogis«, sagt Hanuman, »betrachten unseren Körper als Herberge des Geistes und schützen ihn vor zu großer Verwöhnung.«

»Schade eigentlich!«

»Du solltest während deines Genesungsprozesses weder Saures, Scharfes, Salziges noch Berauschendes zu dir nehmen und vor allem kein Ziegenfleisch, keinen Reisschleim und keine geronnene Milch.«

»Hatte ich auch nicht vor. Aber könnte man vielleicht bei Berauschendem eine Ausnahme machen?«

»Nein. Fülle die Hälfte deines Magens mit Nahrung, ein Viertel mit Wasser und lass ein Viertel leer.«

»Klingt sehr vernünftig.«

Ich mustere Hanuman. Er sieht immer noch gut aus. Er ist ein kleines Geburtstagsgeschenk Gottes an die Frauen, ein auffälliger Mann mit schlankem Körper, sinnlichen Lippen und langen blonden Haaren, die er zu einem Pferdeschwanz gebunden trägt. Er hat braune Augen, mittlerweile ein paar Furchen auf der Stirn, er trägt einen weißen Pullover und eine weiße Baumwollhose.

»Wenn ich deine Mail richtig interpretiere«, sagt er, »dann habt ihr euch getrennt, Kai und du. Wenn dem so ist, musst du stark sein wie ein Baum. Fest wie ein Berg. Ausbalanciert wie eine Brücke. Die Erde trägt dich.«

»Lieb, dass du das sagst! Aber wir haben uns nicht getrennt. Kai braucht ein paar Tage Ruhe zum Schreiben. Das ist alles.« Ich fahre mir durch die Haare, reibe meine Nase und rutsche mit meinem Hintern auf dem Stuhl herum, denn Hanumans Anwesenheit macht mich nervös. Das war schon immer so. Hanuman hat einen Blick, mit dem er ohne Probleme Anker in Frauenherzen werfen kann. Seine Stimme klingt wie sanfter Wellengang. Man kann darauf schaukeln oder darin baden, ganz wie man will – und wenn man Pech hat und niemand in der Nähe ist, der einen rettet, dann geht man unter. Wie Billi, Hanumans Frau, von der er sich getrennt hat, als er die große Freiheit für sich entdeckte. Frei leben. Frei lieben. Freie Bahn.

Ich möchte, dass er geht.

Aber er denkt nicht dran. »Gesundheitliche Probleme sind immer ein Hinweis auf energetische Disbalancen«, sagt er. »Du musst deine Selbstheilungskräfte aktivieren.«

»Am besten aktiviere ich sie im Schlaf«, sage ich und lächele ihn an. »Tun wir das nicht alle? Es ist spät.« Ich blicke auf meine Armbanduhr. »Schon kurz vor elf.«

»Ich würde auch gerne schlafen«, sagt Hanuman.

»Lass dich nicht aufhalten!«

»Ich kann nicht.«

»Du verbringst dein Leben mit Meditation und Kontemplation, du erzählst mir von energetischen Disbalancen und Aktivierung der Selbstheilungskräfte – und kannst nicht schlafen?«

»Da muss erst eine ganze Menge repariert werden.«

»Ist doch alles noch ganz gut in Schuss, wie's scheint.«

»Reine Mogelpackung.«

»Aber geschickt getarnt.«

»Das Untergeschoss ist völlig marode«, sagt Hanuman. »Da muss man sich nichts vormachen.«

»Das tut mir leid«, sage ich und schaue ihn betroffen an.

»Wenn so 'n Rohr erst mal kaputt ist …«, sagt er.

»Ich finde es bewundernswert, wie offen du damit umgehst.«

»Die Dinge sind, wie sie sind. Der Zahn der Zeit nagt an allem. Auch am Allerheiligsten.«

»Die meisten Männer würden es beschönigen.«

»Was gibt's da zu beschönigen? Da hilft nur eins: Man muss was tun. Du kannst mir helfen. Du bist die Lösung all meiner Probleme. Bei dir bin ich mir sicher, es wird funktionieren. Du bist nicht der Typ, der einen verzweifelten Mann wegschickt, der nackt vor dir im Wind steht.«

Ich rutsche noch etwas stärker auf meinem Stuhl herum, weil ich vor lauter Verlegenheit nicht weiß, was ich sagen soll. Ich entscheide mich für die Wahrheit. Einen Moment zögere ich noch, aber dann platzt es aus mir heraus: »Ich habe schon damals mitgekriegt, dass ich dir gefalle.« Ich hacke mit meinem Zeigefinger mehrmals in seine Richtung und fahre fort: »Als wir noch Nachbarn waren. So was spürt man als Frau. Aber das wäre natürlich Billi gegenüber schrecklich unfair gewesen. Man soll nie etwas mit dem Mann einer Freundin anfangen.«

Hanuman hat sich zurückgelehnt, die Arme vor der Brust verschränkt und betrachtet mich amüsiert.

»Ich kann nicht sagen«, mache ich weiter in meinem Offenbarungswahn, »dass mir meine Zurückhaltung dir gegenüber immer leichtgefallen wäre. Ganz bestimmt nicht! Du hast so eine Art, die lullt uns Frauen ein wie ein warmes Bad. Du berührst unsere Seele – und unseren Körper.«

»Mein Körper würde jetzt gerne eine Matratze berühren«, sagt Hanuman. »Aber damit du Bescheid weißt: Ich mag's am liebsten auf dem Boden und hart.«

»Früher warst du sensibler«, sage ich. »Einfühlsamer. Hast mehr Rücksicht auf die Frauen genommen.«

»Früher!«, ruft Hanuman aus. »Früher war ich auch um elf Uhr abends nicht müde, sondern konnte die ganze Nacht durchmachen. Ich muss ins Bett.«

»Dann geh doch!«

»Das ist es ja. Ich wollte dich fragen, ob ich bei dir schlafen kann. Wir haben einen Wasserrohrbruch im ›Goldenen Tempel‹, wo ich ein Zimmer bewohne. Und zu meiner Freundin kann ich nicht.«

Ommmmmmmmm!

Warmes Bad?

Kalte Dusche!

Ich merke, wie Röte heiß in mein Gesicht schießt. Warum konnte ich nicht meine Klappe halten?

»Du weißt ja«, sagt Hanuman, der netterweise so tut, als würde er nichts von meiner Verlegenheit spüren, »was man gibt, bekommt man irgendwann zurück. Wenn nicht in diesem Leben, dann im nächsten. Man muss Liebe, Güte und Mitgefühl säen – und wird ernten. Ich nenne das die ›Seelenqualitäten‹.« Er blickt mich hoheitsvoll an. »Glaubst du an Reinkarnation?«

Er erpresst mich gerade auf ganz subtile Weise. Und ich? Ich gebe nach. Wer hat schon Lust, als Blindschleiche oder Silberdistel wiedergeboren zu werden?

»Wieso kannst du nicht bei deiner Freundin wohnen?«, mucke ich noch mal kurz auf, und meine Stimme klingt dünn und scharf wie gestanztes Metall. »Hat die keine Wohnung?«

»Sie lebt bei ihrer Mutter.«

»Wie alt ist sie denn?«

»Tabea ist vierundzwanzig.«

Ich schlucke. »Das ist wieder typisch für Männer deines Alters. Was sagt ihr denn euren Frauen? ›Danke, das war's! Ich habe jetzt eine gefunden, der es noch richtig Spaß macht, bei Neonlicht in der Umkleidekabine Bikinis anzuprobieren und nicht nur Schuhe, weil das weniger Schampotential birgt.‹«

»Ich habe Billi schon vor einer Ewigkeit verlassen. Das weißt du doch!«

»Das Prinzip ist das gleiche. Warum müsst ihr Kerle ständig Frauen haben, die halb so alt sind wie ihr?«

»Weil sich unser Geist mit zunehmenden Jahren am liebsten mit einem paart, der in einer Jugendherberge wohnt.«

Ein paar Minuten später helfe ich Hanuman, die Polster des einen Zweisitzers auf den Fußboden im Wohnzimmer zu legen.

»Ist dir das hart genug?«

»Immer noch zu weich, aber besser als gar nichts.«

»Was macht deine Jugendherberge beruflich?«, hake ich nach.

»Sie hat eine Hauswirtschaftslehre absolviert, findet aber keinen Job.«

»Und wie habt ihr euch kennengelernt?«

»Sie hat bei mir einen Yogakursus gemacht. Ich habe ihr den Sonnengruß beigebracht.«

»Du wolltest mir gar nichts zu essen bringen«, sage ich, während ich einen Bezug über das Kopfkissen stülpe und es aufschüttele. »Stimmt's?«

»Du brauchtest Hilfe. Ich brauchte Hilfe. Da kam deine Mail gerade recht. Eine Hand wäscht die andere.«

Als ich um halb zwölf endlich im Bett liege, bin ich ausgelaugt wie eine Fliege, die zehn Jahre brauchen würde, um ein paar Zentimeter an der Wand hochzukrabbeln. Mein Fuß tut weh. Die Nacht ist klar und kalt, durch das Fenster scheint der Mond, und ich ärgere mich über mich selbst.

Warum kann ich nicht nein sagen? Warum will ich ständig, dass die Menschen mich mögen? Nicht immer. Aber meistens.

Ich habe schon Umzüge von Freunden mitgemacht an Tagen, an denen ich eigentlich mein Kind kriegen oder meinen vierzigsten Geburtstag feiern wollte. Ich habe mir meine Epidermis mit Testserien für fettige Haut ruiniert, weil es mir unangenehm war, der netten Produktmanagerin zu sagen, dass mein Teint trocken ist wie die Wüste Gobi. Und ich habe mich mit Schüttelfrost auf Partys gequält, um die Gastgeber nicht zu enttäuschen, und gelogen, das seien kleine Schauer der Wiedersehensfreude.

Es ist zwar nicht Silvester, doch das Jahr ist noch nicht zu alt, um gute Vorsätze zu fassen. Ich weiß, ich weiß. Gute Vorsätze kommen meist zu spät – und gehen zu früh. Gute Vorsätze lassen sich von schlechten Gewohnheiten in die Flucht schlagen – und geben kampflos auf. Ich neige in der Regel dazu, schon am Neujahrsmorgen die Kette zu lockern, mit der ich meinen inneren Schweinehund an die Kandare nehmen wollte, weil dieser Schweinehund die Evian-Flasche anknurrt. Ja, ich geb's zu! Mein innerer Schweinehund ist schlecht erzogen. Er hat was gegen Wasser, und wenn er Hunger hat, dann sollte man ihn nicht mit ein paar Salatblättern provozieren, auf denen wie Morgentau ein mageres Essig-Öl-Gemisch liegt.

Aber jetzt habe ich einen richtig guten *guten* Vorsatz. Ich werde von nun an häufiger nein sagen. Nein, ich habe kein Bett frei. Nein, ich habe kein Geld übrig. Nein, ich habe keine Lust, andere Kinder zu hüten, damit deren Eltern ein »dirty weekend« in Paris verbringen können. Nein, ich verleihe nicht meinen Spargeltopf in der Nachbarschaft. Und auch nicht meinen Mann. Nein, ich lasse mir keine Unverschämtheiten mehr gefallen. Nein, ich bin nicht länger das Fenster, durch das andere ihr Herz auslüften. Und nein, ich bringe nicht den ganzen Kram auf den Sperrmüll, nachdem man bei mir die Seele entrümpelt hat. Ich sage nein! NEIN!

Leise klopft es an meiner Tür.

»Ja?«

Die Tür wird einen Spalt aufgeschoben; der Kopf von Hanuman erscheint.

»Ist deine Mutter auch so schwierig geworden im Alter?«, fragt er, während er das Gummi aus seinen Haaren zieht, die jetzt lang und blond über seine Schultern fallen. Er schüttelt sie und bohrt seine hellbraunen Augen, die weich glänzen wie Eichhörnchenfell, in meine.

»Komm rein!«

Meditativ geschult, wie er ist, bringt Hanuman selten etwas aus der Ruhe, nicht einmal mein Wecker, der halb zwei Uhr nachts zeigt. Ich gähne verhalten und nehme mir fest vor, meine guten Vorsätze morgen in die Tat umzusetzen. Gute Vorsätze tun sich schwer, wenn ein gutaussehender Mann ins Spiel kommt. Und sie brauchen nun mal einen kleinen Anlauf, bevor man sie von der Startrampe ins Leben schubsen kann. Das ist ganz normal.

»Es war so erfüllend, mit dir zu sprechen«, sagt mein nächtlicher Besucher.

»Obwohl ich nun wahrlich keine Jugendherberge mehr bin?«, flachse ich.

»Auch bestens erhaltene Grandhotels haben ihren Charme«, sagt Hanuman. »Klassische Schönheit, stilvoller Umgangston, herrliche Aussicht, kulinarische Highlights. Was will man mehr?«

Ich lächele geschmeichelt. »Das Grandhotel muss jetzt schlafen«, sage ich, »sonst hat es morgen Risse im Putz.«

»Es war eine prima Entscheidung, zu dir zu kommen«, sagt Hanuman. »Ich lebe immer nach dem Motto: Folge dem Flussverlauf, und du wirst das Meer finden.«

»Dein Bett reicht fürs Erste«, sage ich mit sahnesanfter Stimme.

Es ist bereits kurz nach zehn, als ich am nächsten Morgen zu mir komme. Von Jonas ist noch nichts zu sehen. Er wird noch schlafen. Es ist Samstag, und er hat keine Schule. Ich stehe auf. Kaum habe ich die Tür zum Korridor geöffnet, bläst mir ein scharfer Wind entgegen. Meine Zähne beginnen zu klappern. Im Flur begegnet mir Hanuman. Aus den Lautsprechern im Wohnzimmer tönt Sitar-Musik.

»Grüß mir die Sonne!«, schallt es mir entgegen.

»Wenn ich sie sehe«, sage ich und blicke über die Schulter auf das große Fenster in unserem Schlafzimmer. Schneeregen fällt vom Himmel, und der Tag hat die Farbe einer Friedhofsmauer. Und da wundere ich mich, dass mir so kalt ist!

»Könntest du die Musik etwas leiser drehen? Mein Sohn schläft noch.«

»Ravi Shankar. Ich liebe seine Kompositionen. Entspann dich schon mal! Atme tief und ruhig!«, fordert mich Hanuman auf, während er ins Wohnzimmer geht, um die Musik leiser zu stellen. Im Nu ist er wieder zurück. »Konzentriere dich auf deinen Bewegungsapparat! Wir praktizieren jetzt den tibetischen Sonnengruß. Besser kann man Körper, Seele und Geist nicht wecken!«

»Ich glaube, alle drei möchten noch schlafen.«

Hanuman ignoriert meine Bemerkung. »Beug dich hinunter und berühre mit deinen Handflächen den Boden.«

Ich tue es. Doch das Einzige, was bei mir Bodenkontakt hat, sind meine Füße und meine Fingerspitzen.

Ich erinnere mich an meinen guten Vorsatz von gestern Abend, unterbreche rüde den Sonnengruß, um zu sehen, woher die Kälte kommt, hinke durch die Wohnung, schlinge die Arme um meinen Oberkörper, zittere und bibbere und fühle mich wie eine Fremde bei mir zu Hause. Alle Fenster stehen sperrangelweit auf. Die dunkelblauen Chintzvorhänge im Wohnzimmer sind abgenommen. Meine Kakteensammlung, die dort auf dem Fensterbrett stand, befindet sich jetzt auf der Konsole im Flur. Kais Schreibtisch im Arbeitszimmer steht verkehrt herum und ist nun direkt neben meinem.

Fassungslos blicke ich Hanuman an, der mir gefolgt ist. »Was ist denn hier passiert?«

»Du kannst froh sein, dass ich da bin. Sonst wärt ihr nie darauf gekommen, dass die Aura in dieser Wohnung durch gestaute Energien und Blockierungen gestört ist. Euer Lebensatem ist nicht in Fluss. Euer Qi stagniert. Ich werde es wieder einfangen und lenken. Ich gestalte eure Wohnung um, nach der Lehre von Feng-Shui.«

»Und deshalb muss ich frieren?«

»Man muss einmal am Tag alle Fenster öffnen und durchlüften. Fenster sind der Hauptzugang positiven Qis. Deshalb dürfen sie auch nicht durch dunkle Gardinen verhängt werden.«

»Bevor es das positive Qi bis zu mir geschafft hat, bin ich an einer Lungenentzündung gestorben.«

»Du musst lernen, loszulassen, wegzuwerfen, dein Leben und deine Seele zu entlasten.« Hanuman legt sein Kinn auf den rechten Handrücken und sieht mich lange an. »Streitet ihr euch oft?«

»Nicht mehr als andere. Die Ehe ist nun mal kein Kinderfasching.«

»Bei all den Kakteen auf der Fensterbank«, sagt Hanuman, »ist es ein Wunder, dass ihr überhaupt noch verheiratet seid. Kakteen sind der Tod jeder Beziehung.«

»Und was tun sie jetzt im Flur?«

»Da halten sie Einbrecher ab. Der negative Einfluss ihrer Stacheln ist besser als jede Alarmanlage.«

»Dir ist schon bewusst, dass Kai dich umbringt, wenn

sein Schreibtisch nicht mehr an seinem Platz steht, oder?«, sage ich und rubbele mit den Fäusten meine Oberarme durch den dünnen Stoff des Nachthemdes. »Und ich werde ihn nicht davon abhalten. Auch Grandhotels haben Leichen im Keller.«

»Er wird das noch zu schätzen wissen. Man soll auf keinen Fall mit dem Rücken zur Tür sitzen. Das lähmt die Kreativität. Vielleicht hatte er deshalb bisher mit seinen Krimis nicht den ersehnten Erfolg.«

»Was weißt denn du davon?«

»Ich habe euer Leben immer verfolgt. Sind wir drei alte Freunde, oder nicht? Haben wir früher Wahnsinnspartys zusammen gefeiert, oder was?«

»Mach jetzt bitte die Fenster zu!«

Hinter mir höre ich eine Tür klappen. Höre schlurfende Schritte auf den Holzdielen im Flur, während Hanuman die Fenster schließen geht.

»Warum ist es denn hier so arschkalt?«, mault eine müde Stimme. Ich drehe mich um. Jonas. »Da sehnt sich ja selbst ein Bounty zurück in die Karibik.«

Ich gehe auf ihn zu und umarme ihn, um ihn zu wärmen.

Hanuman taucht wieder auf.

»Wer ist der Mann?«, fragt Jonas.

»Ein alter Freund von Papa und mir«, antworte ich. »Er hat im Moment keine Wohnung. Er geht bald. Sehr bald.« Ich gucke Hanuman fest in seine eichhörnchenfellbraunen Augen. »Wann, glaubst du, ist der Wasserrohrbruch repariert? Wie viel Zeit wird das brauchen?«

»Was ist Zeit außer das Maß für Veränderung?« Hanuman zuckt mit den Schultern. »Die Kurse finden in den nächsten Tagen in der Sporthalle der Schule nebenan statt.

Ich gebe heute und morgen ein Wochenendseminar, ›Yoga für Manager und Führungskräfte‹. Hallo, Sportsfreund!«, sagt er zu Jonas und wendet sich wieder an mich. »Hat dir eigentlich noch niemand gesagt, dass der Fernseher in eurem Schlafzimmer negatives Qi verströmt? Reicht euch nicht der im Wohnzimmer? Aber wenn ihr schon nicht darauf verzichten wollt, weil sich in eurem Schlafzimmer anscheinend sonst nicht mehr viel abspielt …«

Ich runzele verärgert die Stirn und blicke zu Jonas, was Hanuman wenig beeindruckt, denn er fährt fort: »Das beste Mittel gegen negative Strahlungen ist eine Palme oder ein Aquarium.«

»Und genau das werden wir nicht in der Wohnung haben«, sage ich, fummele an meinen Haaren und beiße mir vor Wut auf die Spitzen einer Strähne.

»Am besten wären rote Fische. Rot steht für Wohlstand und Glück. Ihr könnt es gebrauchen.«

Ungeduldig schüttele ich den Kopf. »Jeder von uns kann Glück gebrauchen, oder nicht? Warum, denkst du, kriegt man in den Chinarestaurants ständig diese gipstrockenen Glückskekse mit den idiotischen Sprüchen? ›Im kommenden Monat wird der Wind dein Leben verändern.‹« Ich walke mit meinen Händen Jonas' Rücken. »Wind haben wir schon jetzt. Da, wo er nicht hingehört. In meiner Wohnung.«

Ja zum Nein, denke ich. Und spreche es laut und deutlich aus: »NEIN!!! Kein Aquarium. Kai und ich hassen Haustiere. Wir hassen Fische. Ich denke nicht daran, Fischfutter zu kaufen! Von mir aus können die Viecher verhungern! Kai wird das Wasser samt Inhalt aus dem Fenster kippen! Und schwapp, werden aus roten Fischen tote Fische! Meinen Segen hat er!«

»Tierquälerin«, sagt Hanuman verächtlich.

»Ich hasse Haustiere nicht«, sagt Jonas. »Ich will einen Hund. Oder ein Meerschweinchen.« Er guckt Hanuman groß an. »Bist du noch da, wenn ich zurückkomme?«

»Wo willst du denn hin?«

»Ich bin bis morgen bei meinem Papa.«

»Wenn du möchtest, bin ich dann noch da.« Hanuman legt mir behutsam die Hand auf den Arm. »Sollte ich nicht besser einen Schlüssel mitnehmen? Das Seminar dauert lange. Es wird spät.«

»Der Typ ist krass!«, sagt Jonas zu mir.

»Dabei hast du bisher noch gar nichts von mir gesehen. Ich kann meine Beine verknoten wie eine Brezel.« Hanuman sieht mich provozierend an. »Und ich kann auch sonst ganz erstaunliche Dinge mit meinem Körper tun.«

Ich strecke ihm die Zunge raus.

»Damit auch«, sagt Hanuman langsam.

16.

Scharfe Kost

Am Abend ruft Kai an. Erschöpft setze ich mich mit dem Telefon aufs Sofa. Ich habe drei Stunden lang in unserer Wohnung gefroren, bis die Räume wieder warm waren, ich habe mich in unserem dunklen Flur an den Kakteen gepikst, und ich habe der Nachbarschaft durch meine vorhangfreien Fenster ein tolles Schauspiel geboten. Alle meine Freundinnen waren da und haben Essen gebracht. Ich hätte es wissen müssen. Schließlich arbeiten sie alle, und wann sollten sie sonst kochen und kommen, wenn nicht am Wochenende? Knapp ein Dutzend Frauen waren hier, jung, alt, klein, groß, dick, dünn, blond, braun, alles dabei, vom Single bis zur Witwe, von der Gesamtschullehrerin bis zur Fotografin. Sie haben Weinschaumcreme mit Zitrone für mich gemacht und Schokoladentarte. Marinierte Artischocken und Sellerie-Krebsfleisch-Salat. In Sesam gebackene Bananen und Chili-Chicken-Wings. Safranbrot und Vanille-Tiramisu. Lauchgratin und Lychee-Rolle. Am längsten hat es Lale ausgehalten, eine türkische Freundin, Übersetzerin und Tanztherapeutin, die gleich ihre Mutter, ihre Tante und zwei Cousinen mitbrachte, alle aus Istanbul zu Besuch, für die es eine Selbstverständlichkeit ist, Kranken Gesellschaft zu leisten, auch wenn man kein Wort miteinander reden kann. Wir haben uns lächelnd angeschwiegen, weil Lale nicht die ganze Zeit Lust hatte zu dolmetschen, und wir haben Gerichte mit so drolligen Namen gegessen wie »Den Imam hat's umgehauen« (ein Auberginenauflauf mit obszön viel Knoblauch) und »Der Sultan ist entzückt« (ein Hühnerfleischragout). Das klingt doch gleich sehr viel besser als »Ertrükt«.

»Mir bleibt wirklich die Luft weg«, sagt Kai, und ich scherze: »Das kommt von dem Knoblauch, den ich gegessen habe.«

Doch Kai geht gar nicht darauf ein. »Was ist das für ein Typ, der bei uns wohnt?«

»Hanuman. Die haben einen Wasserrohrbruch im Tempel.«

»Konntest mal wieder nicht nein sagen, wie?«

»Nein. Ich meine: ja. Unter dieser Charakterschwäche leide ich, wie du gewiss weißt, seit Beginn unserer Ehe.«

»Was macht deine Kolumne?«

»Ich denke immer noch über ein Thema nach«, lüge ich, während mir heiß und kalt wird. Die Wahrheit ist: In dem ganzen Trubel um Hanuman und meine Freundinnen habe ich die Kolumne völlig vergessen. »Ich werde morgen den ganzen Tag daran arbeiten«, sage ich und nasche zur Beruhigung meiner Nerven von einem ziselierten Silbertablett eine mit Walnüssen, Pistazien und Mandeln gefüllte Honigfeige, die Lale mir zum Dessert gebracht hat.

»Was futterst du da?«, fragt Kai.

»Gefüllte Feigen.«

»Von wem sind die?«

»Ich kenne einen Koch, oder nicht?«

»Was hat dir Popeye noch alles aufgetischt?«

»Schokoladentarte. Marinierte Artischocken. Sellerie-Krebsfleisch-Salat. In Sesam gebackene Bananen. Chili-Chicken-Wings …

»Ist der Kerl verrückt geworden? Das sind alles Aphrodisiaka.«

»Echt? Deswegen hat er von ›Erotic Food‹ gesprochen.«

»Er hätte es auch direkter sagen können: vom Tisch ins Bett.«

»Ich finde das sehr sinnlich«, sage ich.

»Unsinn!«, sagt Kai.

»Du bist *unsinnlich*. Außerdem hast du gesagt, er will nichts anderes als mit mir Geld verdienen.«

»Das war auch«, donnert Kai ins Telefon, »bevor dir der Kerl Obst in Form seines Phallus und irgendwelche gefüllten Dinger gebracht hat, die wahrscheinlich nicht zufällig an seine verfluchten Nüsse erinnern. Gute Nacht!«

»Gute Nacht!«, trällere ich ins Telefon, aber Kai hat schon aufgelegt.

An diesem Abend gehe ich bester Laune ins Bett. Den Imam hat's umgehauen. Und die Frau ist entzückt.

Mitten in der Nacht werde ich wach. Ich stehe auf und humpele an einer Krücke in die Küche, um mir ein Glas Milch zu holen. Zu Milch, entscheide ich, gehören Kekse. Das war schon bei »Lassie« so. Ich erinnere mich an die Dose mit dänischen Butterplätzchen auf Kais Schreibtisch und schleiche mich ins Arbeitszimmer, um Hanuman auf seinem Lager im angrenzenden Wohnzimmer nicht zu wecken. Er ist noch wach, schießt es mir durch den Kopf, als ich durch die halbgeöffnete Schiebetür zwischen beiden Räumen einen schwachen Lichtschein fallen sehe. Er wird noch lesen, denke ich, greife nach der Keksdose und will mich wieder zurückziehen, da fällt mein Blick durch den Türspalt ins Wohnzimmer, und ich stoße einen gellenden Schrei aus.

Da ich nicht glaube, was ich sehe, schließe ich einen Moment lang die Augen und reiße sie wieder auf. Auf einem großen Kissen, das auf der Erde liegt (*meinem* marokkanischen Sitzkissen in Gewürztönen mit kostbarer Stickerei), thront ein nackter Mann im Schneidersitz. Auf ihm hockt eine Blondine, ebenfalls nackt, die Beine um seinen Körper geschlungen und im Rücken verknotet. Mein Schrei hat sie nicht sonderlich irritiert. Sie halten sich immer noch umklammert und sehen mich nur erstaunt an. Vor allem Hanuman ist die Ruhe selbst. Was juckt es einen Baum, wenn man ihn aus dem falschen Winkel fotografiert?

»Hallo!«, sagen beide wie aus einem Munde.

»Hallo!«, sage ich stocksteif und stütze mich schwer auf meine Krücke in der linken Hand, während ich in der rechten die Keksdose halte.

»Das ist Tabea!«, sagt Hanuman. Und an sie gewandt: »Das ist Ellen!«

Was soll ich jetzt sagen? Was sagt man in einer Situation wie dieser? »Angenehm! Sehr erfreut! Lasst euch nicht stören!«

»Was macht ihr denn da?« Mehr fällt mir im Moment dämlicherweise nicht ein. Dabei ist es offensichtlich, dass sie sich gegenseitig keine Winnie-Puh-Gute-Nacht-Geschichte vorlesen (auch wenn Tabea so aussieht, als wäre sie noch nicht zu alt dafür).

»Tantra-Sex«, sagt Hanuman. »Das ist ungemein entspannend. Man muss den Orgasmus zurückhalten«, erklärt er mir im gleichen sachlichen Ton, in dem Alfons Schuhbeck in Talkshows über den säureneutralisierenden Effekt von Kardamom im Kaffee redet. »Dadurch kann die sexuelle Energie von den tieferen Chakras zu den höheren Chakras wandern, und die Ekstase wird gesteigert.«

»Klingt sehr interessant!«, sage ich. »Wenn ihr fertig seid, dann würde ich dich gerne sprechen, Hanuman!«

Ich verziehe mich mit der Dose in meiner Hand ins Bett. Zu allem Übel ist sie leer, stelle ich fest. Nun kämpfe ich mit zwei Problemen: mit plötzlich einsetzender Unterzuckerung aufgrund von Stress. Und mit mentaler Unruhe, die mich bei dem Gedanken befällt, dass im Wohnzimmer zwei Menschen, von denen ich einen gar nicht kenne und den anderen sehr attraktiv finde, auf dem Weg sind vom Keller zu den Gipfeln (chakratechnisch gesprochen), während ich ab jetzt schlaflos im Bett liege. Und während Tabea und Hanuman vielleicht gerade eins werden mit dem Universum, überkommt mich der heftige Impuls, eins zu werden mit Unilever und meinen marokkanischen Kissenbezug zu waschen.

Nach kurzem Anklopfen kommt Hanuman herein.

»Wir haben es abgebrochen«, sagt er. »Die Luft war irgendwie raus. Ich hoffe, du bist jetzt nicht sauer. Wir wollten zusammen sein, und bei ihrer Mutter geht das nicht.«

»So spießig wird sie schon nicht sein, dass sie euch euer Tantra-Tête-à-Tête vermasselt.«

»Sie ist in *unserem* Alter«, sagt Hanuman und legt die Stirn in Betroffenheitsfalten.

Meditation und Atemtechnik, versuche ich mich selbst zu beruhigen. Wer das beherrscht, ist jeder Krise gewachsen. Ich mache die Augen zu und hole tief Luft.

»Kann sie heute hierbleiben?«, fragt Hanuman.

»Ich kann sie ja wohl schlecht rausjagen in die Nacht«, sage ich, während ich die Augen langsam wieder öffne. »Aber ich brauche morgen absolute Ruhe. Ich muss arbeiten.«

»Kein Thema! Ich muss auch früh weg zum Seminar.« Hanuman lächelt mich an und zieht sich zurück.

»Tu mir bitte einen Gefallen«, rufe ich ihm hinterher, »und schiebe Kais Schreibtisch wieder richtig hin.«

»Ungern. Aber okay.«

Ich lausche auf die Geräusche der Nacht und wüsste gerne, ob die sexuelle Ekstase meiner beiden Gäste gerade Aufzug fährt, vom Wurzelchakra im Erdgeschoss bis zum Scheitelchakra in der siebten Etage, aber es ist alles still. Um mich herum. In mir sieht es anders aus. Ich schlafe mit dem Bild der beiden nackten Körper vor Augen ein – und ich wache damit auf.

Ich habe den Wecker auf acht Uhr gestellt. Das ist früh für einen Sonntag. Aber ich bin unruhig wegen der Kolumne. Nachdem mein Qi nun auf dem richtigen Weg ist, versuche ich, auch mein Denken dorthin zu lenken. Mit positivem Qi. Aber ohne Schi Schi.

Wie Hanuman am Abend vorher gesagt hat, sind er und Tabea schon weg. Mir nur recht! Bevor ich anfange, beschließe ich, meine Kramschublade in der Küche auszumisten. Ich habe schon häufiger gehört, dass man sich wunderbar leicht fühlt, wenn man bereit ist, sich von den Dingen zu trennen. Ein aufgeräumtes Umfeld – geordnete Gedanken. Dafür brauche ich keinen Hanuman. Ich weiß selbst, dass ich Ballast abwerfen muss. Und das gilt nicht nur für meine Figur, bei der jetzt auch noch der Sultan und der Imam ihre Hände im Spiel hatten. Ich humpele in die Küche und kippe den Inhalt der Schublade einfach in den Müll. Adieu, ihr Toppits-Eiskugelbeutel, Gummiringe, Bettwäscheknöpfe, Philadelphia-Tortenrezepte, Küchengarnrollen, Stuhlbeinfilzgleiter, ihr Würfel, Sojasaucenfischchen vom Sushiservice, Reißzwecken, Mottenschutzstreifen, Leuchtsterne, Senftütchen, Lufterfrischer für die Steckdose, Kindersicherungen,

Lichterkettenglühbirnen, Fläschchen mit Rumaroma und Hornkammbalsam!

Ich atme tief durch. Ich fühle mich befreit. Voller Elan. So kann man kreativ sein!

Ich lese über Männer. Ich recherchiere über Männer im Internet. Und ehe ich mich's versehe, ist es Nachmittag, und es stehen zwei leibhaftige vor mir, obwohl ich noch gar nicht mit ihnen gerechnet habe: Jonas und Kai.

Kai gibt mir einen flüchtigen Kuss auf die Wange, aber ich bilde mir ein, dass er mich mit anderen Augen anschaut. »Wie kommst du voran?«, fragt Kai.

»Gut«, schwindele ich. »Ich muss es nur noch tippen.«

»Du hast also noch nichts?«

»Es ist alles paletti.« Mein Blick fällt auf eine rote Kunststoffkiste, die Kai auf dem Fußboden im Flur abgesetzt hat. »Was ist in der Kiste?«

»Lebensmittel. Ich werde kochen.«

»Um Gottes willen! Die ganze Küche steht voll mit Essen.«

»Ich esse nichts von diesem Popeye.« Kai blickt sich um und schaut auf unsere vorhanglosen Fenster. »Wie sieht's denn hier aus?«

»Erkläre ich dir später! Wir können nicht das ganze Essen wegwerfen.«

»Frier es ein! Oder ruf die ›Hamburger Tafel‹ an. Die Obdachlosen freuen sich.« Kai kneift die Augen zusammen und wirft mir einen entschlossenen Blick zu. »Ich koche! Ist das klar?!«

»Was gibt's denn?«, frage ich skeptisch.

»Lammfilet mit Granatapfel-Kirsch-Sauce, dazu in Bierteig frittierte Zucchiniblüten und Spätzle. Wie du sicherlich von deinem kochenden Freund weißt, haben Granatäpfel ebenfalls eine aphrodisierende Wirkung.«

Mir klappt der Kiefer runter. »Ist dieses Gericht nicht ein bisschen sehr ambitioniert?«

»Mich langweilt das Einfache. Außerdem: Wer macht denn immer an Silvester unsere genialen Fonduesaucen? Das wird gern vergessen.«

Kai übertreibt. Die Saucen kommen aus der Flasche. Doch für Kai sind sie hausgemacht. Von ihm. Pure HausMANNskost, sozusagen. Denn jedes Mal, nachdem eine Sauce aus der Flasche auf den Teller gekleckst ist, kommt mein Mann mit unserer Pfeffermühle, Buche massiv, Peugeot-Mahlwerk, lang wie ein Parkplatzsperrpfosten, und lässt sie über der Sauce kreisen. Lässig aus dem Handgelenk, mit Brille auf der Nase, die Kai nur zu besonderen Gelegenheiten aufsetzt, und mit der Attitüde des Connaisseurs, der weiß, dass eine halbe Umdrehung über Wohl und Wehe einer Kühne-Cocktailsauce entscheiden kann.

Ich wage einen neuen Anlauf. »Wäre es nicht auch schon eine schöne sportliche Herausforderung, eine Konservendose mit dem Finger aufzudrücken und Erbsensuppe warm zu machen?«

»ICH KOCHE«, sagt Kai mit gefährlich leiser Stimme, die an Marlon Brando im »Paten« erinnert. Er tippt Jonas auf die Schulter. »Und du, mein Sohn, wirst mir helfen! Du bist der Souschef!« Damit geht Kai hinaus, schnappt sich die Kunststoffkiste vom Fußboden und trägt sie in die Küche.

»Ich will Papa nicht helfen!«, zetert Jonas.

»Und ich werde es nicht«, sage ich und gehe zurück an meinen Computer.

»Jonas, kommst du bitte!«

Mit gesenktem Kopf geht Jonas davon.

»Vergiss nicht, unsere Küchenzange zu benutzen!«, flöte ich Kai hinterher.

Die Kommandos, die aus der Küche dröhnen, erinnern mich an meine heißgeliebten Arztserien im Fernsehen. Kai kocht nicht, er organisiert eine Operation. Nur dass er nicht Tupfer sagt, sondern Topf.

»Messer!«

»Salz!«

»Wasser!«

»Tücher!«

Hört sich wirklich nach OP an.

»Mehr Tücher!«

Hört sich sehr nach OP an.

»Merkst du denn nicht, dieses Scheißlamm ist voller Blut?!«

Am Würgen meines Sohnes erkenne ich, dass die Lage ernst ist. Dass der Assistent kurz davor ist zu kollabieren. Es hält mich nicht länger auf meinem Stuhl. Ich tauche mit meinen Krücken in der Küche auf.

»Wie läuft's denn so?«

»Stör uns jetzt bitte nicht!«, schnauzt mich Kai an. »Männer wollen beim Kochen unter sich bleiben.«

Jonas stürzt hastig ein Glas Apfelsaft hinunter. Es gluckert in seiner Kehle, und in seinem Bemühen, alles richtig zu machen, schwappt etwas aus dem Glas und landet auf dem Boden.

»Könnt ihr denn nicht aufpassen?«, schimpft Kai und kommt mit dem Lappen angelaufen. »Ständig wischt man hinter euch her.«

»Chill mal!«, protestiert Jonas.

»Chili! Genau! Guck bitte, ob wir den im Gewürzregal haben. Den brauche ich für die Sauce.«

»Haben wir«, sage ich und streiche Jonas übers Haar. »Kann der Souschef jetzt nicht freihaben?«, schlage ich vor.

»Nein!«, sagt Kai, und das Wort saust so scharf an meinem Ohr vorbei wie ein japanisches Haiku-Messer durch eine Sushirolle.

Ich beobachte, wie Kai die Silberhaut vom Lammfilet schneidet.

»Woher kannst du das plötzlich?«

»Hat Papa sich im Internet angesehen«, sagt Jonas muckschisch.

»Wer einmal im Englischunterricht die Dolchszene in ›Macbeth‹ gesprochen hat, der hat Übung darin«, sagt Kai voller Stolz, hält mein Fleischmesser hoch und betrachtet die blutige Klinge. »And such an instrument I was to use.«

»Papa hat einen Knall«, raunt mir Jonas zu, ich scheuche ihn mit einer Handbewegung aus der Küche und werfe ein Zewa mit Lämmerblut weg. Mein Blick fällt in den Mülleimer. Habe ich das wirklich vorhin ernst gemeint, all diese lebenswichtigen Utensilien wegzuwerfen? Nach und nach krame ich alles wieder heraus.

»Was machst du da?«, fragt Kai gereizt.

»Ich hatte vorhin so einen Wegwerfwahn. Stell dir vor, ich habe sogar meinen teuren Hornkammbalsam ausrangiert. Wie dumm von mir! Machst du Thymian ans Filet?«

»Misch dich da nicht ein! Und lass das Zeug im Müll! Das braucht niemand.«

»Aber man könnte es brauchen. Eines Tages. Und dann weiß man nicht, wo man es herkriegen soll. Hornkammbalsam bekommt man nicht einfach so im Drogeriemarkt. Wie wäre es mit ein wenig Oregano?« Ich wische die Senftütchen ab und das Päckchen mit den Stuhlbeinfilzgleitern.

»Halt dich aus meinem Lamm raus!«

»Warst du nicht stolz darauf, keiner dieser Killer zu sein, die kleine unschuldige Lämmer schlachten?«

»Man muss auch mal über seinen Schatten springen. Aber das können in der Regel nur wir Männer. Und jetzt geh aus der Küche!«

Bevor ich verschwinde, sehe ich, wie sich Kai mit schmerzverzerrtem Gesicht ans Knie greift.

»Alles in Ordnung?«

»War nur so ein Ziehen bis in den Unterschenkel.« Er streckt das Bein. »Geht schon wieder!«

»Das war schon das zweite Mal.«

»Ich bin fit. Du weißt doch, über meinem Kopf schwebt ein Heiligenschein, und der besteht aus den fünf olympischen Ringen.« Kai grinst mich an und wedelt mit dem abgetrennten Silberhäutchen.

Als wir Stunden später endlich Platz genommen haben, bemühe ich mich nach Kräften, nicht überheblich vor mich hin zu lächeln, während mein Mann das Essen serviert. Wahrscheinlich hätte Karl Lagerfeld genau dieses Lächeln im Gesicht, würde ihm eine syrische Änderungsschneiderin ihre neuesten Entwürfe zeigen.

Das kann nichts geworden sein, denke ich. Wie auch? Ohne jegliche Routine.

Immerhin hat Kai den Tisch hübsch gedeckt. Er hat das Licht der Deckenlampe gedimmt. Er hat Teelichter in unseren orientalischen Gläsern angezündet und eine weiße Kerze in meinem Lieblingsleuchter aus hellem Holz. Dass der Rand jetzt verkokelt ist, verbuche ich als Kollateralschaden. Er hat Rotwein in eine Karaffe gefüllt und unsere besten Gläser hingestellt.

Ich überlege mir, wie ich es Kai beibringe, dass es nicht schmeckt. Oder soll ich lügen und das Fleisch heimlich in die Serviette spucken? Es wird hart und schwarz sein, durchaus vergleichbar mit einem Wackerstein vom Vorhof der kulinarischen Hölle. Dann greife ich zum Steakmesser, packe es fest am Griff, darauf vorbereitet, mit äußerster Brutalität ins Fleisch zu schneiden, in dem es kein Durchkommen geben wird – aber siehe da: Das Messer gleitet butterweich durch das Filet. Ich spieße ein Stück auf die Gabel, tunke es in die samtrote Sauce, nehme den ersten Bissen und kann es nicht fassen. Es ist – ein Traum.

Überrascht blicke ich meinen Mann an. »Das ist unglaublich!«

»So lecker hat es bei dir noch nie geschmeckt, Mama!«, juchzt Jonas, woraufhin ich mich zu ihm hinüberbeuge und zische: »Noch so ein Spruch, und es gibt zum nächsten Geburtstag nur selbstgestrickte Socken, klar?«

Kai lehnt sich zufrieden zurück, hebt sein Glas und prostet mir zu. »Ja, man kann es essen«, sagt er mit der bescheidenen Größe derer, die wissen, sie haben mal soeben die Welt angehalten und sie in die entgegengesetzte Richtung gedreht.

»Wie findest du das Filet?«

»Das Filet ist köstlich, Kai!«

»Die Sauce?«

»So gut hat mir noch keine geschmeckt.«

»Die Kombination aus Granatapfelkernen und Kirschen?«

»Es ist das Beste, was ich seit langem gegessen habe.«

»Die Pinienkerne?«

»Der Röstgrad ist perfekt.«

»Die Zucchiniblüten?«

»Sie können Gott danken, dass sie dir in die Hände gefallen sind.«

»Die Spätzle?«

»Ich möchte Spätzle nie mehr anders essen als so«, sage ich, und während ich mir eine Gabel davon in den Mund schiebe, lege ich meine linke Hand auf Kais Hand und drücke sie sanft.

»Wie sagte schon der römische Autor Publius Terentius Afer rund zweihundert Jahre vor Christus?«, doziert Kai. »Liebe leidet Not ohne Wein und Brot.«

Es klingelt an der Tür.

Jonas läuft hin, um zu öffnen. »Hallo, mein Freund!«, höre ich Hanumans Stimme.

Kai verdreht die Augen. »Ist das der bengalische Tiger?«, wispert er.

»Ja«, flüstere ich zurück. »Morgen arbeiten die Handwerker wieder, dann sind wir ihn los. Hol bitte noch einen Teller für ihn!«

»Ich denke ja nicht dran. Ich teile doch nicht mein mit Liebe gekochtes Essen.«

»Das nennt man Gastfreundschaft.«

»Hallo! Wie heißt du denn?«, vernehme ich eine weibliche Stimme.

»Jonas.«

»Ich heiße Tabea.«

Mir fällt vor Schreck das Fleisch von der Gabel und plumpst in die Sauce. Sie hinterlässt einen hässlichen dunkelroten Fleck auf meiner weißen Bluse. Das gibt's doch nicht! Hanuman wagt es tatsächlich, seine Freundin wieder mitzubringen! Andere glauben vielleicht, in ihrem letzten Leben eine Hopi-Indianerin gewesen zu sein. Ich war vermutlich Inhaberin einer gemütlichen kleinen Frühstückspension.

»Wer ist denn das?«, stößt Kai zwischen zusammengepressten Zähnen hervor.

»Seine Freundin. Tabea.«

»Da hat man jetzt richtig Lust drauf«, schnaubt Kai. »Auf so 'ne Esoterik-Tante mit Birkenstock und Wollsocken und lila Pullover und keiner Ahnung von gar nichts, die nur selbstgeschrotetes Müsli isst und ...«

Begleitet von Jonas, betreten Tabea und Hanuman unser Esszimmer. Kai begrüßt Hanuman, starrt Tabea an und springt auf. »Wir brauchen noch zwei Teller!«, sagt er und eilt in die Küche.

Ich deute wortlos auf zwei freie Stühle am Tisch und schaue mir Tabea genauer an. Ich bin es nicht gewohnt, einem Menschen gegenüberzustehen, den ich in der Nacht zuvor nackt gesehen habe. Sie ist bildhübsch. Lange blonde Haare, dick wie ein Rossschweif, hohe Wangenknochen, Augen, rund und dunkel wie bläulich schwarze Eierkohle, Perlmuttschimmer auf der Haut, schmaler Körper mit kleinen Brüsten. Sie hat die Hände in den Hosentaschen einer engen Jeans vergraben und trägt einen Pullover mit spinatgrünbraunem Rhombenmuster, der jede andere mit Anfang zwanzig aussehen lassen würde, als habe sie bereits ein verkorkstes Leben hinter sich. Nicht so Tabea. Sie gehört zu den Frauen, die alles tragen können – und die für andere Frauen schwer zu ertragen sind.

Die beiden setzen sich. Kai gießt Wein ein. Tabea schließt für einen Moment ihre Lider und reibt sich mit kindlich-rührender Geste über den Magen, nachdem sie den ersten Bissen gekostet hat. »Das ist so lecker!«, sagt sie.

»Es ist nichts Besonderes«, sagt Kai. »Es ist ein kleines, auf die Schnelle zubereitetes Essen für meine Familie am Sonntagabend.«

»Nein«, widerspricht Tabea. »Es ist echt Gourmet-Food.«

»Ich hab's nicht so mit Sauerkraut und Rostbratwürstchen«, prahlt Kai.

»Sie sind ein Künstler«, sagt Tabea.

»Er schreibt Krimis«, sagt Jonas.

»Sie sind Schriftsteller, Sie kochen …« Tabea schüttelt fasziniert den Kopf und sieht mich an. »Was haben Sie für ein Glück!«

»Manchmal kann ich es vor lauter Glück kaum aushalten«, sage ich mit schiefem Lächeln.

»Künstler muss man behandeln wie rohe Eier«, säuselt Tabea. »Nicht wahr?«

»Manchmal möchte man sie auch gerne in die Pfanne hauen«, knurre ich in mich hinein.

Tabea schenkt Kai einen hungrigen Blick. Süß und scharf wie seine Sauce. »Dieses Essen ist wirklich eine Sünde wert.«

Ich sehe, wie mein Mann aufblüht.

»Die Sache ist die«, sagt Hanuman. »Tabea hat sich mit ihrer Mutter verkracht. Ihre Mutter hat einfach nicht den Spirit, den wir alle haben.«

Kai und er lächeln sich wissend an.

»Macht es euch was aus, wenn sie heute Nacht hierbleibt?«

»Die Mutter auf keinen Fall«, sagt Kai. »Die Tochter – mit dem größten Vergnügen!«

Sehe ich da einen leichten Silberblick in seinen Augen?

Tabea kichert. Hell wie ein balinesisches Windspiel.

»Kein Problem!«, sage ich. »Wir haben Platz genug. Kai

übernachtet im Augenblick sowieso bei einem Freund.« Ich gucke Tabea an, während ich ihr Wein nachschenke. »Der Künstler braucht Ruhe. Zum Schreiben.«

»Ach, wie schade!«, seufzt Tabea.

»Heute Nacht bleibe ich hier«, sagt Kai. »Bei Theo ist irgendwas mit der Heizung kaputt.« Er schaut Tabea mitfühlend an. »Was hast du denn für ein Problem mit deiner Mutter?« Er hebt das Glas und prostet Tabea zu. »Von mir aus können wir du sagen. Wir sehen das alles ganz locker.« Er nickt mir zu. »Stimmt's? Wir sind eher ... easy drauf. Chillen gern ...«

»Hanuman ist meiner Mutter zu alt.«

»Sie muss ja auch nicht mit ihm zusammen sein«, feixt Kai.

»Sie sähe es lieber, wenn ich einen gleichaltrigen Freund hätte.«

Kai schüttelt entrüstet den Kopf. »Was ist denn gegen einen Mann zu sagen, der ein kleines bisschen älter ist?«

»Kleines bisschen ist gut«, sage ich. »Hanuman ist achtundvierzig.«

»Na und!«, empört sich Kai.

Tabea fährt sich mit der Zungenspitze über ihre weißen Zähne. »Meine Mutter sagt, dass ich es eines Tages bereuen werde, meine Jugend an einen Mann verschwendet zu haben, der schon bald regelmäßig zur Prostata-Vorsorgeuntersuchung muss.«

»Prost!«, rufe ich in die Runde.

Kai verschluckt sich an seinem Wein. Jonas klopft ihm auf den Rücken. »Ist schon okay«, sagt Kai ungehalten.

»Wie alt sind Sie denn?«, will Tabea von Kai wissen.

»Papa wird im Mai fünfzig«, antwortet Jonas.

»Wow!«, sagt Tabea. »Dafür haben Sie sich gut gehalten!

Ich meine, hey, fünfzig ist eigentlich wie siebzig, oder? Da dachte man früher an Zwieback und Schnabeltasse.«

»Und Corega Tabs«, ergänze ich.

»Du«, sagt Kai gekränkt zu Tabea, »wir waren beim Du.«

Ich beobachte ihn unter gesenkten Lidern. Er fährt sich durchs Haar und lässt beide Hände in einem schnellen Rhythmus über den Kopf wirbeln. Das macht er immer, wenn etwas nicht so läuft, wie er will.

Ha! Das gönne ich ihm!

Das hat er nun davon, dass er sich wie ein Bisonbulle in den Dreck wirft und Staub aufwirbelt *(den er nachher mit großer Geste wahrscheinlich auch noch wegsaugen wird)*, nur um den Weibchen in der Herde zu imponieren.

Wie siebzig!

Genickschuss!

»Ist denn das Bett für unseren Gast bezogen?«, fragt er.

»Nein«, lächele ich. »Wie sollte es?«

»Dann werde ich mich mal darum kümmern«, sagt Kai und strahlt Tabea an. Er sagt das so lässig im Vorbeigehen, als würde er neben seinem Job noch einen Bügelservice und eine Familienberatung betreiben.

Er trinkt sein Glas leer und steht auf.

Wie schon vorhin in der Küche verzieht er bei der Bewegung sein Gesicht vor Schmerzen.

»Wieder dein Knie, Schatz?«, sage ich. Meine Stimme trieft vor Schadenfreude wie Sirup.

Kai schenkt mir einen schneidenden Blick, mit dem er jedes Silberhäutchen auch ohne Messer vom Fleisch kriegen würde.

»Sind Sie verletzt?«, fragt Tabea.

»Nur zu viel Marathon gelaufen«, sagt Kai. »*Ich* bin fit. Meine Frau wurde gerade operiert.«

»Diese Lappalie?« Ich lache gekünstelt. »Jetzt ist alles repariert, und nächstes Jahr besteige ich mit meinem Zen-Lehrer den Himalaya.«

Vier Augenpaare sehen mich groß an.

»Ich habe schon ein leichtes Training im Treppenhaus aufgenommen.«

Keiner sagt etwas.

»Mit einem Rucksack voller Kieselsteine.«

Schweigen.

»Irgendjemand muss ja schließlich die Espressomaschine auf den Gipfel schleppen, damit unsere Gruppe versorgt ist.«

»Es ist gut jetzt«, raunt mir Kai zu und geht hinaus.

»Ich komme mit«, ruft Tabea ihm nach, und zu mir gewandt sagt sie im Rausgehen: »Meine Mutter übertreibt auch immer.«

»Ich bin ziemlich sicher, dass dein Nabel-Chakra blockiert ist«, sagt Hanuman. »Das ist die Wurzel allen Übels. Hast du Rückenprobleme?«

»Sehe ich so aus?«

»Und ob! Du wirkst verspannt.«

»Das täuscht.«

»Wo ist die Bettwäsche?«, höre ich Kais Hilferuf aus dem Flur.

»Ich bin völlig in Ordnung«, beruhige ich Hanuman. *(Und das Kirschkernkissen, das ich jeden Abend erst in den Backofen und dann mir in den Rücken packe, habe ich nur, weil ich nicht weiß, wohin mit all den Steinen.)*

Ich bemühe mich, nicht zu humpeln, während ich ohne Krücken aus dem Esszimmer tapse. Kai reißt hektisch eine der Türen zu unseren Kammern auf, die vom Flur abgehen.

Er beugt sich zu mir herüber und legt seine Lippen an mein Ohr. »Danke für den Befund! Willst du mich vor allen Leuten zum Krüppel stempeln?«

»Das ist die Speisekammer«, sage ich kühl. »Wem willst du eigentlich mit deinem Gehabe imponieren?«

Ich beobachte mit einem Auge Tabea, die gerade unser Schlafzimmer erkundet und mit einem meiner Parfümflakons hantiert.

»Sei doch froh, dass ich dir helfe! Weißt du, was ich glaube?«, sagt Kai dicht an meinem Ohr, damit Tabea es nicht hört. »Du willst gar nicht, dass man dir hilft. Du liebst es, die Märtyrerin zu spielen. Du möchtest leiden, damit du von aller Welt bedauert wirst und dich mir überlegen fühlen kannst.«

»Weißt du, was ich glaube?«, sage ich genauso dicht an seinem Ohr. »Dass du für alles, was du tust, Publikum brauchst! Applaus! Applaus! Kai Kohlmey bezieht die Betten! Und dann gibt er auch noch eine Zugabe und bringt den Müll runter!«

»Habe ich super gekocht, oder was?!«, murrt Kai und öffnet die Tür zur benachbarten Kammer.

»Nur weil man einmal im Leben an Weihnachten in die Kirche geht, ist man noch lange kein Christ.«

»Hier ist sie also!«, sagt Kai und kraucht mit einem Stapel auf dem Arm wieder hervor.

Ich werfe einen Blick drauf. Es war mal Jonas' Lieblingsbettwäsche. Heute ist er zu alt für Bauernhoftiere auf grünem Grund. Für heile heile Gänschen, heile heile Welt.

»Warum sagst du das so vorwurfsvoll, als hätte ich die Bettwäsche all die Jahre vor dir versteckt?«

»Oh, wie süß!«, flötet Tabea, die lächelnd neben uns auftaucht. »Kann ich helfen?«

»Nein, vielen Dank«, sage ich und ringe mir ebenfalls ein Lächeln ab, für das mir morgen Gesichtsmuskelkater droht. »Alles in Ordnung! Kai hat dir nur Bettwäsche rausgesucht, bevor er sich …«, murmele ich vor mich hin, während Kai mit Tabea Richtung Wohnzimmer verschwindet, »… noch heute in der Selbsthilfegruppe der Backsüchtigen anmeldet.«

Im Gehen dreht sich Kai zu mir um und zeigt mir einen Vogel. Das ist nicht nett. Zwischen meinen Augenbrauen bildet sich eine steile Falte. (*Durch meinen Job weiß ich, dass diese Zornesfurchen Glabella-Falten heißen. Glabella erinnert an a cappella. Nutella. Cinderella. Ein hübsches Wort für eine hässliche Sache*.)

Ich zucke mit den Achseln.

Du lieber Himmel!

Kann er nicht *einmal* ein bisschen Spaß verstehen?

17.

Elastokompressive Zügelwicklung

Ich sitze neben Kai, kaue auf meiner Unterlippe und schweige, während wir am nächsten Morgen durch den dichten Verkehr zur Klinik fahren. Diese lästige Sache mit den Fäden liegt mir im Magen. Ich finde, es ist keine angenehme Vorstellung, wenn die menschliche Haut einer Heimtextilie gleicht, die mit Nadel und Faden zusammengeflickt wird. Und noch weniger gefällt mir die Idee, den verknoteten Faden aus dem mühevoll vereinten Gewebe wieder herausziehen zu müssen. Ich hänge inzwischen an der Einzelknopfnaht meiner unteren Extremität, zumal ich das Gefühl habe, dass sie es ist, die meinen Fuß zusammenhält. Ich habe Schmerzen.

»Ich weiß nicht, was Tabea an Hanuman findet«, sagt Kai, während er hinter dem *Steigenberger*-Hotel in der Nähe des Hafens den Blinker setzt. »Was hat so ein alter Yogi einer jungen schönen Frau wie ihr zu bieten? Auf mich wirkt der wie ein ausgemergelter Fakir. Warum kriegen immer die trübsten Tassen die hellsten Kerzen auf der Torte?«

»So toll ist sie auch nicht«, sage ich. »Hast du mal ihre Hüftknochen gesehen? Scharfkantig wie Schrankscharniere.«

»Ich finde, sie hat eine gute Figur. Man schaut sie gerne an. Ganz unverbindlich, natürlich.«

»Natürlich.« Wenn er jetzt sagt: »Man gönnt sich ja sonst

nichts«, beschließe ich, werde ich nie mehr eine tiefe, intensive Beziehung zu ihm aufbauen können.

»Ist es nicht vielmehr so«, sage ich, »dass sich ein unbedarftes Ding wie Tabea eher glücklich schätzen kann, an so einen attraktiven erfahrenen Kerl wie Hanuman geraten zu sein?«

»Nun lass mal die Kirche im Dorf! Bist du mit deiner Kolumne weitergekommen?«, fragt Kai.

»Witzbold! Wann denn? Ich muss sofort an den Computer, wenn wir zu Hause sind.«

»Du hast wirklich die Ruhe weg!«

»Ich habe noch Zeit bis 15 Uhr.«

»Ich sehe schwarz. Du solltest die Sache canceln.«

»Da kannst du warten, bis du schwarz wirst!«

»Du musst es wissen. Wir sind da!«, sagt Kai.

Eine halbe Stunde später bin ich die Fäden los. Wenn alles in meinem Leben so problemlos wäre wie das, würde ich den Rest meiner Tage als Übungsstoff für textiles Gestalten verbringen. Ein junger Arzt, den ich nicht kenne, untersucht in der Ambulanz meinen Fuß.

»Der gefällt mir nicht«, sagt er. »Sie haben ihn nicht genug geschont. Der ist viel zu dick. Ab jetzt: Bettruhe! Zweimal die Woche Krankengymnastik und von nun an täglich den Verband wechseln! Dr. Olevin hat Sie über die elastokompressive Zügelwicklung informiert? Ich lasse Ihnen ein Rezept für die Physiotherapie und eine Tüte mit Verbandszeug fertigmachen.«

Während ich auf das Rezept und die Tüte warte, sitze ich an Kais Seite in einem zierlichen weißen Ledersessel im Foyer. Kai erhebt sich und schenkt uns Kaffee aus der silbernen Thermoskanne ein, die auf einem Tischchen neben den Sesseln steht.

»Schwarz?«

»Ja, bitte.«

Er reicht mir die Tasse und ein golden eingepacktes Bonbon.

Ich wickle es aus und schiebe es in den Mund. Auf dem Drehstuhl hinter der Rezeption sitzt heute nicht Olina, diese Mischung aus Kronleuchter und tschechischer Grand-Prix-Teilnehmerin (Czech Republic: twelve points, République tchèque: douze points), sondern eine unscheinbare junge Frau mit einem brünetten Bob.

»Was hat der Arzt gesagt?«, fragt Kai.

»Alles gut. Meinem Fuß geht es prächtig. Wenn ich nicht aufpasse, dann läuft er dem Rest meines Körpers bald den Rang ab, klettert fit wie ein Turnschuh durch zerklüftete Täler in den Karpaten oder pilgert auf dem Jakobsweg.«

Kai lacht. »Das hört man gern. Ich muss mir also keine Sorgen machen?«

»Keine.«

Ich lutsche mein Bonbon, nippe am Kaffee und fühle mich großartig in meiner neuen Rolle als tapfere, schmerzensreiche Mutter. Ich bin gefasst und ruhig. Ich werde niemandem mehr zur Last fallen. Ich möchte, dass mein Mann in Ruhe sein Buch zu Ende schreibt, ich möchte, dass mein Sohn eine unbeschwerte Kindheit hat, ich möchte nicht um jede Kleinigkeit betteln und mich für jeden Brosamen vom Tisch des Herrn bedanken müssen, ich möchte nicht, dass mein Mann besser kocht als ich, und ich möchte noch ein paar von diesen Bonbons. Ich tue einfach, als wäre alles in Ordnung. Ich will die Kontrolle über mein kleines Universum wiederhaben. Und gut ist!

Ich werde diese Kolumne wie versprochen schreiben, aber es wird die erste und letzte sein, genau wie Kais Küchenvorstellung vom gestrigen Abend. Dann werde ich mich wieder Pfirsich-Peeling und Obstsalat widmen, werde alle aus dem Haus jagen, die aus meiner Wohnung den Eingangsbereich zu einer Klapsmühle machen, werde mit meinem Sohn »Scrabble« spielen, mit leichter Hand Salbeiblättchen über frisch gekochtes Möhrengemüse streuen und es unter einundvierzig Grad Fieber gar nicht erst in Erwägung ziehen, mich leidend ins Bett zu legen. Man wird nicht krank als Ehefrau und Mutter, sondern nimmt es in puncto Zähigkeit mit jedem Rindersteak vom Discounter auf. So einfach ist das!

Muttertiere machen nicht schlapp. Und wenn doch, enden sie zur Strafe als Flokati. Man tritt so lange auf ihnen herum, bis der Verfilzungs- und Schrumpfungsprozess des Gewebes einsetzt. Und wenn sie grau und unansehnlich geworden sind, rangiert man sie aus und ersetzt sie durch Hasenfell, vorzugsweise blond.

»Wen haben wir denn hier?«, reißt mich eine Stimme aus meinen Gedanken, die mir bekannt vorkommt.

Ich zucke zusammen und blicke auf. Vor mir steht Rebekka von Schlippenbach. Ausgerechnet! Mir wird schlecht. Welche Spürnase des Schicksals ist diesmal aktiv geworden, damit diese unmögliche Person noch einmal meinen Weg kreuzen darf?

»Guten Tag, Frau von Schlippenbach«, sage ich steif. »Was führt Sie hierher?«

»Eine Nachuntersuchung. Guten Tag, Frau Kohlmey!« Sie schaut an sich herunter. »Wie vergesslich ich bin! Ich habe meinen Mantel in der Ambulanz hängenlassen.«

»Ich hole ihn«, sagt Kai.

»Hellbraunes Wildleder mit Lammfellfutter«, ruft sie ihm nach. »Bringen Sie bloß nicht den falschen!«

Charmant wie immer, denke ich. Ich drehe mich von ihr weg, nehme mir noch ein Bonbon aus der Schale, wofür mir mein innerer Schweinehund die Hand leckt, da geht die Tür auf, eine junge blonde Frau kommt herein und tauscht den weißen Lederstuhl an der Rezeption hinter dem Kirschholztresen mit ihrer Kollegin.

Olina.

»Guten Morgen!«, grüßt sie mich fröhlich. »Wie geht es Ihnen?«

»Wunderbar!«

Ich weiß gar nicht, was ich gegen sie hatte. Lächerlich, diese Eifersucht unter Frauen!

»Und wie geht es Ihrem gutaussehenden Mann?«

Plötzlich fällt mir wieder ein, was mich an ihr stört.

Aber so was von plötzlich!

»Danke, bestens! Er ist so verrückt nach mir, dass sein Rückenmark körpereigenes Viagra produziert, und zwar in solchen Mengen, dass wir es abzapfen und das Seniorenheim nebenan versorgen. Wenn wir die erste Million verdient haben, laden wir Sie zum Essen ein.«

Mit ziemlicher Diagnosesicherheit stelle ich fest, dass ihre prallen Lippen einen Moment lang schmal werden.

Ich grinse in mich hinein. Das war schmissig. Ich weiß nicht, welcher Teufel mich geritten hat, aber von mir aus kann sie in der Hölle schmoren, und ich werde mit meiner neuen Küchenzange danebenstehen.

»Aus Ihnen wird noch was«, sagt Rebekka von Schlippenbach anerkennend.

Einen Moment lang sonne ich mich in den wärmenden Strahlen meines kleinen Erfolges, bis Olina sagt: »Richten

Sie Ihrem Mann bitte aus, ich bin ihm auch weiterhin gerne mit Rat und Tat behilflich.«

»Das können Sie ihm selbst sagen. Er ist hier.«

Endlich erscheint eine Krankenschwester und gibt mir Verbandszeug und Rezept. Ich reiche meiner ehemaligen Bettnachbarin die Hand. »Machen Sie's gut!«

»Wenn Sie wüssten!«, schnieft sie hinter mir ihr, als ich rasch an meinen Krücken nach draußen hinke. Ich spüre förmlich in meinem Rücken, wie sie sich beeilt, mit mir mitzuhalten, und genieße meinen Vorsprung.

Ich warte neben dem Eingang auf Kai, da kommt sie auf mich zugehumpelt. »Avalanche ist gestorben«, sagt sie.

Ich verstehe nicht gleich.

»Mein Hund.«

»Mein Beileid.«

»Vor ein paar Tagen lag sie morgens tot auf dem Teppich neben meinem Bett«, sagt Rebekka mit feuchten Augen. »Sie war alles, was ich hatte. Ich will Sie nicht damit belästigen. Ich spüre, Sie können mit Hunden nichts anfangen.«

Ich blicke zurück zum Foyer und sehe Kai, wie er mit Rebekkas Mantel über dem Arm angeschlendert kommt. Er bleibt bei Olina stehen. Sie reden. Und lachen. Sie schaut zu mir herüber und lächelt. Ich werde wütend. Er soll sich beeilen, verdammt! Neben mir steht eine ältere Dame in Trauer, ein Bild des Jammers, dünn wie eine Lage Blattgold und zitternd im Februarwind.

Und er?

Er hat nichts anderes zu tun, als mit dieser Person zu flirten. Männer neigen zu Skrupellosigkeit, wenn sie einer jungen schönen Frau begegnen und kurz davor sind, ihr altes Leben und ihr Hirn in den Schuttcontainer zu packen. Mit einer ungeduldigen Handbewegung, die aussieht, als würde ich Sahne in der Luft schlagen, winke ich ihn zu mir nach draußen. Soll Olina doch denken, dass ich ihn aus der Gefahrenzone ihres Busens und ihrer Rosenlippen weglocken will! Soll sie! Von mir aus! Es ist mir egal, was sie glaubt. Ich will nur helfen.

Das ist alles.

»Was machst du denn für eine Hektik?«, wirft mir Kai vor, als er nach draußen tritt und Rebekka den Mantel hinhält, damit sie reinschlüpfen kann.

»Wir frieren.« Ich ziehe ihn zur Seite und erzähle ihm, was Rebekka mir gesagt hat.

»Das tut mir leid«, sagt Kai, »aber ich sehe nicht, was wir für sie tun können. Du willst sie doch nicht mit zu uns nehmen?«

»Du willst wissen, ob ich sie zu uns nach Hause einladen will?«

Kai nickt. Ich stoße meinen Atem aus, der wie ein Flaschengeist davonschwebt.

»Du willst wirklich wissen, ob ich mir das antue?«

Kai wendet sich Rebekka zu, um sich von ihr zu verabschieden.

»Ja«, sage ich.

Erstaunt fährt mein Mann herum. »Du spinnst!«

»So kann man sie doch nicht gehen lassen.«

»Du bist nicht Mutter Teresa. Du hast einen Job. Du musst deine Kolumne schreiben!«

»Ich weiß«, sage ich in mildem Ton. »Kein Grund, ausfallend zu werden. Martin Walser hat ›Ein fliehendes Pferd‹ in gut drei Wochen geschrieben. Da werde ich doch wohl in ein paar Stunden die paar Zeilen schaffen.«

»Ich bringe euch nach Hause, aber ich komme nicht mit rein. Ich arbeite bei Theo. Das muss ich nicht haben.«

»Musst du nicht.«

Ich komme auch alleine klar. Ich habe alles unter Kontrolle. Ich halte die Zügel in der Hand. Auch ohne elastokompressive Wicklung.

Keine Jammerei!

No, Sir!

Rebekka winkt uns zu, macht auf dem Absatz kehrt und will sich gerade zum Taxistand vor dem Hotel gegenüber der Klinik schleppen, da rufe ich: »Möchten Sie nicht auf eine Tasse Tee mit zu mir kommen?«

Sie dreht sich um und lächelt mich eine Sekunde lang an, bevor ihr Blick wieder hart wird und sie mich anschaut wie ein missmutiges Schoßhündchen. »Wenn Sie unbedingt wollen, leiste ich Ihnen Gesellschaft.«

Ich bin reizend zu Rebekka. Ich bitte sie ins Wohnzimmer und koche Tee für sie. Ich biete ihr Pralinen an (die sie ablehnt). Ich lasse mich von ihr darüber belehren, wie ich die Graudurchschläge im Holz an unserem antiken Kirschbaumsekretär behandeln kann. Ich höre mir die Geschichten ihrer Kindheit an, von einer Mutter, die die Socken bügelte, die schon morgens den Tisch deckte, wenn abends Gäste kamen, und die die Anordnung der Bestecke mit dem Zentimetermaß austarierte. Und die Geschichte ihrer Ehe.

Sie macht eine lange Pause, bevor sie weiterspricht. »Es ist demütigend und entwürdigend, wenn der eigene Mann bei fremden Frauen das sucht, was er bei der eigenen nicht findet.«

Jetzt, in diesem Augenblick, mag ich sie sogar. Ich greife nach ihrer Hand, deren Haut im Gegensatz zu ihrem gestrafften Gesicht welk ist wie ein Blatt im Herbst. Sie überlässt sie mir einen Moment, dann zieht sie sie weg. »Haben Sie keine Zitrone zum Tee?«

»Bedauere. Nein. Wenn man nicht selbst zum Einkaufen kommt …«

»Sie sollten lernen, sich zu bevorraten, wenn Sie das nächste Mal gedenken, bettlägerig zu werden oder kümmern Sie sich einfach rechtzeitig um eine Haushaltshilfe von der Krankenkasse.«

»Kriegt man die denn?«

»Wenn Ihr Sohn unter zwölf ist.«

»Ist er aber nicht.«

»Ist er behindert?«

»Nicht dass ich wüsste.«

»Dann können Sie's vergessen! Kind über zwölf und Mann Freiberufler und daheim, da bewilligen die nichts. Da müssen Sie Ihren Mann schon aus dem Haus jagen.«

Heimlich blicke ich auf die Uhr. Es ist kurz vor halb eins.

»Wo waren wir stehengeblieben?«, fragt sie.

Ich komme mir schäbig vor. Da hockt unter ihrer gestärkten Bluse ein Herz mit Prellungen und blauen Flecken, da gibt es jede Menge bunte Stecknadelköpfe auf ihrer Lebenslandkarte von bereisten Gebieten, die erzählt werden wollen – und was mache ich? Ich überlege die ganze Zeit, wie ich sie dazu bringe, für mich die Kolumne zu schreiben. Ich bin abgebrühter als eine Tomate, der man mit kochendem Wasser das Fell über die Ohren gezogen hat.

Langsam wird's eng.

Es wäre mies, mir zu unterstellen, dass ich sie mit diesem Hintergedanken in meine Wohnung gelockt hätte! Aber im Augenblick kommt es mir sehr gelegen, dass sie Journalistin und nicht Querflötenlehrerin ist.

Ich habe keine Zeit mehr. Ich muss ihr die Wahrheit sagen. Ich stelle meine Teetasse ab und schaue ihr direkt in die Augen, während sie steif wie ein Reiterstandbild auf dem Sofa sitzt. »Hören Sie!«, sage ich. »Ich bin fünfundvierzig. In gut sechs Monaten werde ich sechsundvierzig. Ich bin seit 16 612 Tagen auf der Welt. Ich wurde an einem Freitag geboren, an dem um 8 Uhr 18 die Sonne aufging, bevor sie um 16 Uhr und drei Minuten unterging.«

»Woher wissen Sie das so genau?«

»Ich habe es nachgerechnet.«

»Und warum erzählen Sie mir das?«

»Weil diese 16 612 Tage völlig umsonst waren, sieht man mal von meiner Ehe und der Geburt meines Sohnes und der Tatsache ab, dass ich jetzt einen taufrischen Fuß habe. Ich muss eine Kolumne schreiben, und ich habe noch kein Wort stehen, und das wird mich den Job kosten, und all die Mühe der Jahre vorher war umsonst. Sie sind der Profi. Helfen Sie mir!«

»Wie viel Zeit haben wir?«

Ich schaue auf meine Armbanduhr. »Zwei Stunden und siebenundzwanzig Minuten.«

»Ich hatte schon Angst, dass ich Ihnen sympathisch bin«, sagt Rebekka.

Ich betrachte ihr spitzes Gesicht mit der breiten Stirn und den hoch gemalten Brauen, die ihrem Gesicht einen konstant erstaunten Ausdruck verleihen. »Fangen Sie immer so früh mit Ihrer Arbeit an? Thema?«

»Männer. Sie haben doch was gegen Männer?«

»Ich habe was gegen *Ehemänner.*«

»Umso besser.«

»Ich kenne diese Spezies. Ich kann mich noch erinnern, als Anouschka klein war, nicht mal ein Jahr alt war sie. Ich hatte die Grippe, eine Influenza des Typs A/H3N2. Mein

Mann sollte auf sie aufpassen. Was er aber nicht tat. Denn er war damit beschäftigt, ein Knoblauch-Hähnchen zu braten. Ich hörte Anouschka herzzerreißend winseln und schleppte mich ins Wohnzimmer. Da lag sie todtraurig auf dem Teppich. Mit hängenden Ohren und glasigen Augen, die einem das Herz brachen. So sind die Männer! Sie können nicht kochen und gleichzeitig auf was Kleines aufpassen.«

»Ich dachte, Sie haben keine Kinder.«

»Ich rede von dem Cockerspaniel, den ich vor Avalanche hatte. Und von meinem Mann, dem Hund.«

18.

Tyrannosaurus Sex

Rebekka ist gerade gegangen – und Jonas gekommen. Bevor ich mich hinlege, schließlich hat mir der Arzt Bettruhe verordnet, wärme ich meinem Sohn ein paar Reste vom Samstag für ein spätes Mittagessen auf und schicke ihn ins Bad zum Händewaschen. Ein paar Sekunden später ist er wieder da und schüttelt den Kopf. In dem Moment klingelt mein Handy. Während ich es aus meiner Handtasche krame, schaue ich Jonas an.

»Was ist?«

»Da ist jemand drin.«

»Wer soll denn da drin sein? So ein Unfug! Ich habe ja schon viele Ausreden von dir gehört, damit du dir nicht die Hände waschen musst, aber das ist die absurdeste.« Ich spreche ins Telefon. »Hallo!«

»Hallo, Ellen!«, sagt mein Chefredakteur. »Gute Kolumne! Und pünktlich auf die Minute. Das war eine prima Idee, die Erziehung von Männern mit der Dressur von Welpen zu vergleichen.«

»Danke.«

»Da merkt man gleich die Hundefreundin.«

»Ich liebe Haustiere. Hunde. Katzen.«

Ich sehe, wie Jonas mich verblüfft ansieht. »Fake!«

»Vögel«, sage ich in den Hörer. »Fische.«

»Zeigen Sie dem Welpen, dass Sie der Leitwolf sind, der

das Rudel führt«, liest Tim Arnold vor. »Dazu bestehen Sie konsequent auf festen Regeln des Zusammenlebens, bestimmen, wann und was gefressen, wann gespielt wird und wann es an der Zeit ist, schlafen zu gehen. Gehorcht Ihnen der Welpe aufs Wort, gibt es Streicheleinheiten und hin und wieder ein Leckerli. Nehmen Sie gleich die nächste Kolumne in Angriff! Wir haben vorgezogene Termine wegen des Osterheftes. Ich brauche Ihr Manuskript heute in einer Woche.«

»Herrgott!«, entfährt es mir. »Wir sind hier doch nicht bei der Tageszeitung, sondern bei einem Monatsblatt.«

»Sie schaffen es! Haben Sie doch dieses Mal auch. Wann kommen Sie eigentlich wieder in die Redaktion?«

»Ich halte noch Bettruhe.«

»Scheint Ihnen zu bekommen. Auf Wiederhören!«

»Halt!«, hindere ich ihn am Auflegen. »Welches Thema?«

»Männerdüfte! Geht immer! Rufen Sie mich an, wenn Sie eine Überschrift haben. Die spiegeln wir dann schon mal ein.«

Ich lege das Handy auf die Spüle, streiche mir die Haare aus der Stirn und stoße einen Seufzer aus. »Puh!« Dann lege ich den Arm um Jonas' Schultern. »Und jetzt wollen wir sehen, welcher unheimliche Gast in unserem Bad ist.«

Das Bad grenzt an unser Schlafzimmer. In der oberen Hälfte der Tür sind neun Butzenscheiben aus Milchglas eingelassen, durch die weich der Schein der Feuchtraumleuchte fällt.

»Jemand hat heute Morgen vergessen, das Licht auszumachen«, sage ich und gebe Jonas einen Nasenstüber. »Dummerchen! Niemand ist da drin.«

Ich drücke die Klinke runter. Die Tür lässt sich nicht öffnen.

Verblüfft sehe ich Jonas an. »Du hast recht!«

Mir wird etwas mulmig. Wer verschanzt sich in unserem Bad? Ich rüttele an der Klinke.

»Hallo!«

»Ja«, zwitschert eine junge weibliche Stimme.

»Tabea?«

»Ja.«

»Was machst du da drin?«

»Ich liege in der Wanne.«

»Um die Zeit? Ich dachte, du bist längst weg. Wieder bei deiner Mutter.«

»Ich hatte Stress mit ihr. Da brauchte ich das zum Chillen.«

»Du kannst unmöglich seit viereinhalb Stunden da drin sein.«

»Ich bin auf eurem Bett eingeschlafen. Ich habe mich nur kurz draufgesetzt, und schon war ich weg. Die Nacht auf eurem Zweisitzer war nicht so prickelnd.«

»Und wann hast du deine Mutter gesehen?«

»Wir haben telefoniert.«

Dann dreht sich der Schlüssel im Schloss. Ich schiebe eine Locke von Jonas zur Seite, die sich über seine schmale Stirn ringelt. »Geh schon mal vor und iss einen Happen!«

Tabea tritt aus der Tür. Sie duftet. Das Bad dampft. Ich rieche Lavendel. Sie hat ihren Körper in ein weißes Badehandtuch gehüllt.

»Du hast so tolle Sachen«, sagt sie. »All die Cremes und die Kräuteröle zum Baden und …«

»Freut mich, dass sie dir gefallen«, unterbreche ich sie. »Wie schön, dass du's noch mal nutzen konntest. Du wirst sicherlich zu Hanuman gehen, sobald der Wasserrohrbruch repariert ist.«

»Er hat gesagt, das dauert noch. Und zu meiner Mutter

will ich nicht. Wir zoffen uns nur. Sie ist so spießig. Ganz anders als ihr. Macht bei jedem Fleck Terror und hat einen Plastikbezug auf dem Sofa liegen.«

»So etwas gibt's?«, heuchele ich.

»Sie macht sich jeden Tag eine Tablettenbox für den nächsten Morgen fertig. Vitamine, Magnesium, Kalzium, Zink, Eisen, all den Scheiß!«

Ich muss gleich unbedingt die Sammlung meiner Brausetablettenröhrchen auf der Fensterbank in der Küche verschwinden lassen, beschließe ich.

»Sie ist nur ein Jahr älter als mein Freund, und trotzdem stehen für sie die Leute im Bus auf.« Tabea schlingt das Handtuch fester um ihren Körper. »Kann ich nicht noch ein paar Tage bei euch bleiben?«

Plötzlich kommt mir eine fabelhafte Idee. Kann sein, dass heute mein Tag ist. Zuerst hat mir Rebekka von Schlippenbach aus der Patsche geholfen, wenn ich auch die ganze Zeit über ihren überheblichen Luxushündchenblick ertragen musste. Und nun hat vielleicht ein gutmütiges Herrchen namens Schicksal Tabea und mich aneinandergekettet. Ich gehöre ins Bett, sagt der Arzt, und das heißt, ich muss noch einmal für ein paar Tage das Zepter jemand anderem überlassen. Ich muss *abdanken*, will mich aber bei niemandem *bedanken* müssen. Deshalb kommt mir Tabea gerade recht. Ich tue ihr einen Gefallen. Sie tut mir einen Gefallen. Das ist viel effektiver, als nein zu sagen. Man sagt ja, man wird gemocht und kriegt auch noch was dafür. Mit dieser Einstellung überbrücke ich endlich den Spalt, der bei mir zwischen Denken und Handeln klafft.

»Was lernt man eigentlich so auf der Hauswirtschaftsschule?«, frage ich.

Ich bin eine tolerante Chefin. Ich weiß: Jeder Mensch braucht eine kleine Phase der Einarbeitung. Des Warmwerdens mit seinen neuen Aufgaben. Des Vertrautwerdens mit der ungewohnten Umgebung. Als aber Tabea am Abend weiterhin auf Stand-by-Funktion läuft, werde ich hibbelig. Doch ich sage nichts. Und so sitzen wir wieder einträchtig um den von mir gedeckten Tisch wie schon am Abend zuvor: Jonas und ich, Tabea, Hanuman, der trotz reparierten Rohres (oder gerade deshalb) bei seiner Freundin sein will, und Kai, der des Tages Mühsal beendet hat und den Abend bei seiner Familie ausklingen lassen möchte *(wobei ein mit uns am Tisch sitzender Knackarsch in schwarzer Lederhose Größe 36 und mit Overknee-Stiefeln von ihm billigend in Kauf genommen wird)*.

Als Tabea am nächsten Morgen um elf immer noch nicht von der Bereitschaftsposition in die Betriebsposition umgeschaltet hat, beschließe ich zu handeln.

Ich brauche keine Haushaltshilfe, die mir erst den Mund wässrig macht mit Versprechungen vom Paradies, mit den blühenden Aussichten auf Waschen, Bügeln, Putzen, Einkaufen und Kochen, um dann nichts anderes zu tun, als sich in Langweile und meinem Lavendelölbad zu suhlen, während um uns herum fette Spinnweben von der wochenlangen Abwesenheit eines Staubsaugers und anderer zivilisatorischer Errungenschaften zeugen.

Ich humpele zur Wohnzimmertür. Hinter der Glasscheibe der Tür ist alles still.

»Lass sie doch schlafen!«, sagt Kai, der mir mit einem Croissant in der einen und einer Tüte aus dem Coffeeshop in der anderen Hand gefolgt ist. »Sei doch nicht so ein Korinthenkacker! Möchtest du einen Donut?«

»Warum nicht?«, sage ich. »Nachdem ich schon zwei Marmeladenbrötchen, eine Tüte Gummibärchen und eine halbe Schachtel Mon Chéri hatte, kommt mir ein Donut gerade recht.«

»Frust-Essen?«

»Frust-Essen! Ich bin geladen. Tabea hält sich nicht an unsere Absprache.«

»Mach keinen Stress!«

»Ich bin keine Bahnhofsmission, die Bedürftige aufnimmt«, sage ich.

Ich klopfe an und trete ein, ohne auf ein »Herein« zu warten. Ich beiße einen großen Happen von meinem Donut ab und blicke mich um. Hanumans Lager auf der Erde ist leer. Auf dem Sofa liegt Tabea. Ich würde ihr gerne die Bettdecke wegziehen, die Fenster aufreißen und die abgestandene Luft im Zimmer in Sauerstoff umwandeln, so wie Hanuman es mir geraten hat, aber ich beherrsche mich.

Tabea wird wach und reibt sich die Augen. Sie ist sexy. Selbst mit Schlaf in den Augen und in einem verwaschenen rosa T-Shirt, das den Aufdruck »Zicke!« trägt.

Ungeduscht. Ungekämmt. Ungeschminkt.

Unverschämt!

Es gibt Bettschönheiten (selbst morgens *um* fünf eine Augenweide). Und es gibt Badschönheiten (*nach* fünf Stunden eine Augenweide).

Tabea, eindeutig eine Bettschönheit, schraubt sich in Zeitlupe von der Matratze hoch, setzt sich auf und sieht mich unter müden Lidern an. »Is' was passiert?« Sie schlingt die Arme um ihren Oberkörper, wiegt sich hin und her, streicht ihre wirren Haare aus der Stirn und wirft den Kopf nach hinten. Einen Moment lang kann ich ihr Gesicht von unten sehen. Keine Frau über vierzig sollte jemals von unten in einen Spiegel sehen. Es macht einem ähnlich gute Laune wie ein Geschenkgutschein von einem Eisenwarenladen. Doch Tabeas Gesicht ist straff wie Frischhaltefolie, die man über eine Schüssel mit Vanillepudding gespannt hat.

»Wir sollten uns unterhalten.«

»Ein Latte wäre für den Anfang nicht schlecht«, gähnt sie und gönnt mir einen langen Blick auf ihre intakten Backenzähne. »Ich muss erst mal zu mir kommen.«

»Bedauere! Der Room Service hat Pause.«

»Dann muss ich mir wenigstens Wasser ins Gesicht klatschen.« Sie erhebt sich und zuppelt ihr T-Shirt über den nackten Hintern. Die Pobacken hart wie Cantaloupe-Melonen, dazwischen ein zartrosa G-String, dünn wie das Küchengarn aus meiner Kramschublade.

Sie geht ins Bad, ich an Krücken hinterher.

Ich stelle mich an die Tür und beobachte, wie sie ihr Gesicht wäscht.

»Ich habe gar nicht gehört, dass Hanuman heute Morgen gegangen ist.« Sie greift zu einem Handtuch, presst es sich vor das Gesicht und stöbert danach zwischen meinen Cremetöpfen. »Darf ich?«

»Nur zu! Bedien dich!«

Tabea schraubt einen Tiegel auf, taucht ihre Fingerspitzen ein, tippt kleine Punkte auf ihr Gesicht und beginnt, die Creme zu verreiben.

»Tabea, du wolltest mir im Haushalt helfen. So ist der Deal.«

»Schon gut! Relax! Ich mach's! Ich musste erst mal eure Schwingungen in mich aufnehmen. Eure *vibrations*, verstehst du? Man kann nicht einfach mit einem Feudel in der Gegend herumfuchteln. Jetzt bin ich auf dem richtigen Trip.«

Ich merke, wie sich meine Gesichtszüge entspannen. Na

also! Wie einfach das Leben manchmal sein kann, wenn man seine Wünsche und Forderungen klar und deutlich ausspricht. Oder ich habe ein Händchen für schwierige Menschen. Vielleicht ist es eine späte, ungemein befriedigende Profession, die sich da auftut. Vielleicht sollte ich Sozialarbeiterin in Berlin-Neukölln werden. *(Nachdem ich meinen Männern beigebracht habe, dass es kein allzu großer Arbeitsaufwand ist, die Teller vor dem Einräumen in die Spülmaschine kurz unter fließendes Wasser zu halten, und allemal hygienischer, als sie mit der Zunge großflächig abzulecken, bis auch der letzte Senfspritzer verschwunden ist. Wenn sie das verinnerlicht haben, bin ich bereit für neue, große Aufgaben.)*

»Ich bin jetzt ganz bei euch, und nachdem ich meine *messages* auf Facebook und Twitter und meine SMS gecheckt habe …« Tabea stoppt mitten im Satz. »Was ist das?«

»Was?«

»Das Geräusch!«, sagt Tabea, dreht ihr Gesicht Richtung Tür und lässt das nasse Handtuch vor ihre Füße auf die Erde fallen.

»Ich höre nichts.«

»Das Stöhnen«, sagt Tabea.

Jetzt höre ich es auch. »Das? Das ist Kai.«

»Hört sich extrem an! Der arme Zahnarzt unter euch. Stört dich das nicht?«

»Nein, wieso?« Ich lächele Tabea an, nehme Jonas' Pyjama, der über der Türklinke hängt, werfe ihn mir über die Schulter, humpele an meinen Krücken ins Kinderzimmer und lege den Schlafanzug auf sein Bett. Jonas' Dinosaurier liegen immer noch auf der Erde. Ich schiebe sie mit der Krücke beiseite, um nicht darüber zu stolpern.

»Du bist ja cool!«, sagt Tabea, die hinter mir auftaucht.

Ich löse meinen Blick vom Tyrannosaurus und nicke ihr mit verklärtem Lächeln zu. »Wenn man etwas in einer Ehe lernt, dann ist das Toleranz.«

»Ich heirate nicht, wenn das so ist«, sagt Tabea. »Ich bin offen für alles, aber so im Alleingang ist doch echt scheiße!«

»Wenn ein Mann das braucht und dadurch ausgeglichener ist …«

»Aber das können sie doch auch mit uns haben. Wenn Hanuman und ich jemals heiraten sollten, machen wir alles zusammen.«

»Das sagst du jetzt. Aber so läuft das nicht in einer Ehe!«, belehre ich sie. »Jeder Mensch braucht ein paar Hobbys für sich alleine.«

»Aber was macht ihr, wenn ihr bei anderen Leuten seid?«

»Das ist für Kai kein Hinderungsgrund. Es gibt nicht viel, das ihm peinlich ist.«

Tabea reißt ihre Augen auf. »Und ich dachte immer, Hanuman und ich haben wenig Hemmungen!«

»Bei anderen macht er es sogar noch lieber. Da kann er angeben.«

»Ihr seid ein durchgeknalltes *couple.*«

»Ich finde uns sehr verheiratet, ehrlich gesagt.«

Tabea pfeift durch die Zähne. »Dein Mann ist ein Tier!«

Ich betrachte gedankenverloren Jonas' Tyrannosaurus.

»Und wie lange dauert es, bis er fertig ist?«, hakt Tabea nach.

»Kai kann lange. Manchmal kommt es einem endlos vor.«

Tabea schweigt verwirrt, während wir dem Stöhnen lauschen, das aus dem Wohnzimmer dringt.

»Ihr seid echt Freaks«, sagt Tabea. »Und wenn es vorbei ist?«

»Applaudieren alle.«

»Oh, Scheiße! Ihr könnt froh sein, dass man euch überhaupt noch einlädt.«

»Ich denke, man kann in aller Bescheidenheit sagen, dass wir immer etwas zur Unterhaltung beitragen.«

Ein langgezogenes Stöhnen dringt aus dem Wohnzimmer durch den Flur bis zu uns.

Tabea räuspert sich, während ich mit akademischem Interesse den Tyrannosaurus Sex, äh, Rex, auf dem Fußboden betrachte.

Am Abend kommt Hanuman und holt Tabeas Sachen. »Mein kleines Mädchen hat sich sehr erschrocken«, sagt er, während ich auf dem Bett liege und meinen Fuß mit einer Nackenrolle hoch gelagert habe. Bevor Hanuman geht, bringt er zwei Becher mit dampfendem Gewürztee. Er lässt sich neben mir auf der Bettkante nieder, ich richte mich auf, um nichts zu verschütten, und wir trinken.

»Wieso? Was ist passiert?«

»Na, was wohl? Dein Mann war heute Morgen anscheinend ganz entspannt im Hier und Jetzt.«

»Das ist doch etwas sehr Schönes.«

»Vielleicht für ihn. Für Tabea war es ein Schock. Wir Yogis genießen leise.«

Ich bringe ein verständnisvolles Nicken zustande.

»Hast du schon mal was von Fangchung-Shu gehört?«, fragt Hanuman.

»Nein.« Der Tee ist so heiß, dass ich mir fast die Zunge verbrenne.

»Das ist eine erotische Massagetechnik aus dem alten China, die dazu dient, das sexuelle Verlangen der Männer hinauszuzögern, bis man sich gemeinsam ergötzen kann. Vielleicht wäre das was für euch.«

»Mach dir um uns keine Sorgen.«

»Es muss dich doch vergrätzen, wenn er am Morgen alleine gezündet hat, und für dich bleiben am Abend nur noch ein paar Fehlstarts.«

»Es ist alles bestens. Wir haben keine Probleme.«

»Weißt du, wieso die meisten Ehen unglücklich sind?«

»Manche Fragen sind wie ein kratziger Pullover. Sie stören nur unser Wohlbefinden.«

Hanuman überhört meinen Einwand. »Den Männern mangelt es an Respekt und Einfühlungsvermögen. Sie kommen gar nicht auf die Idee, ihren Frauen etwas Gutes angedeihen zu lassen, eine Tantramassage zum Beispiel. Sie denken immer nur an sich.«

Ich stelle den heißen Becher ab und lehne mich entspannt zurück.

»Eine Tantramassage verzaubert den Körper und öffnet die Seele. Man berührt den Körper mit Federn und Seidentüchern und den Händen, über die man warmes Öl gegossen hat. Es ist nichts anderes als eine sinnliche Reise bei Kerzenlicht, orientalischen Düften und leiser Musik.«

»Ist mal was anderes als Neckermann«, murmele ich.

Ich spüre, wie sich Hanumans Hand um meinen Nacken legt, wie er seinen Daumen auf meine verspannten Muskelstränge legt und behutsam dagegendrückt. Ich schließe meine Augen. O ja, das tut gut! Das möchte ich immer haben. Das soll gar nicht mehr aufhören.

Bitte, bitte weitermachen!

Genau das ist es, was ich mir von dem »inner glow« in der Klinik erhofft hatte.

Ich schwebe ein Stückchen über der Erde, mein Kopf taucht durch die Wolken, und ich gebe ein fast lautloses Stöhnen von mir.

»Und dabei«, wispert Hanuman in mein Ohr, »sind wir doch erst ganz am Anfang. Aber du fährst ja jetzt schon voll drauf ab. Am Ende steht die Stimulation des Intimbereichs, die deine gesamte sexuelle Energie wieder in Fluss kommen und durch deinen Körper strömen lässt.«

Er presst sich im Sitzen an mich.

Was machen wir hier?

Ich erwache schlagartig aus meiner Benommenheit und rücke ein Stück von ihm ab.

»Hey, Hanuman, du stehst auf Jugendherbergen. Schon vergessen?«

»Im Augenblick mehr auf Grandhotels.«

Ich nehme seine Hand von meinem Nacken und drücke sie einen Moment. »Das hier ist ausgebucht. Sorry!«

Er sieht mich traurig an.

»Aber du hast mich auf den richtigen Weg gebracht«, versuche ich, ihn zu trösten.

»Immerhin!« Sein Mund deutet ein Lächeln an. »Du wirst deinem verschütteten Selbst begegnen. Auch eine gesunde Sexualität trägt zur geistigen Reinigung bei.«

»Da wir gerade beim Thema ›Aufräumen‹ sind«, zirpe ich. »Könntest du bitte noch eure Betten im Wohnzimmer abziehen und die Wäsche in die Maschine stecken? Wie sagte schon mein alter Yogalehrer Amarjit Bhalla Singh?! Durch nichts anderes erreichen wir diesen ultimativen Glückszustand als durch frische, duftende, weiße Bettwäsche.«

Er guckt mich einen Moment lang verdutzt an. »Kann ich sonst noch was für dich tun?«

»Du könntest mir ein Stück Salami aus der Küche holen! Manchmal ist einem nach dem Genuss eines Appetithäppchens nach Handfestem. Das gilt für Essen. Und für Sex.«

Als mein alter Freund Hanuman fort ist, kann ich mir ein Grinsen nicht verkneifen, während ich das letzte Stück Wurst mit ayurvedischem Tee hinunterspüle. Ich bin Kai dankbar, dass er unbewusst genau den richtigen Zeitpunkt für sein Bauchmuskeltraining gewählt hat. Tabea wäre mir keine große Hilfe gewesen. Ich kann ganz beruhigt meine Brausetablettenröhrchen auf der Fensterbank stehenlassen, ich kann ernsthaft die Anschaffung eines Couch-Kondoms erwägen, und ich muss nicht mehr ständig den Bauch einziehen. Das hat was ungemein Entspannendes. Geradezu tantramäßig.

19.

Der Putzmann

Jede Ehe hat ihr Ritual. Unseres ist das gemeinsame Zähneputzen. Am Morgen gebe ich einen Klacks Aronal auf die Bürste von Kai. Und dann auf meine. Am Abend einen Tupfer Elmex in der umgekehrten Reihenfolge. Wir stehen nebeneinander vorm Spiegel und schrubben schweigend. Das ist *sehr* verheiratet, zugegeben. Es fördert nicht gerade den zarten Schmelz der Erotik, aber es stärkt den Zahnschmelz, da man unter Bobachtung eher das Drei-Minuten-Limit bei der Mundhygiene einhält.

Während ich bürste und mir bläulich weißer Schaum aus dem Mund quillt, merke ich, dass Kai knatschig ist. Das ist der denkbar ungünstigste Zeitpunkt für einen Ehekrach, da ich doch gerade meinem verschütteten Selbst begegnet bin und genug damit zu tun habe, einen Teil davon wieder auszubuddeln.

Wir spucken beide den Schaum aus, spülen nach, gurgeln, spucken wieder aus, wischen uns mit einem gemeinsamen Handtuch den Mund ab, wobei Kai den Zipfel unten links nimmt und ich den oben rechts. Unsere Bewegungen sind synchron wie Wasserballett. Dann schlüpfen wir ins Bett. Ich in einem champagnerfarbenen Satinpyjama, Kai in blauweiß karierter Boxershorts und kurzärmeligem weißen T-Shirt.

»Du hast sie vertrieben«, mosert er.

»Ich?« Fast hätte ich laut gelacht, halte mich aber zurück. Ich werde den Teufel tun und ihm den Grund für Tabeas Auszug verraten.

»Das arme Kind war ja völlig eingeschüchtert«, sagt Kai.

»Kann man wohl sagen.«

»So was ist die gar nicht gewohnt.«

»Ganz bestimmt nicht.«

»Das hat die noch nicht erlebt.«

»Davon ist auszugehen.«

»Du brauchst eine Hilfe, und dann jagst du sie aus dem Haus. Das ist so was von unlogisch.«

»Ich habe das Recht, unlogisch zu sein. Ich bin eine Frau. Hättest du jede Nacht miterleben wollen, wie in unserem Wohnzimmer ein langhaariger Yogi während der Übung ›abwärtsgerichteter Hund‹ aus dem Vierfüßlerstand heraus meine Haushaltshilfe beglückt?«

»Könnte inspirierend sein.«

»Auch wieder wahr! Von Hanuman kann mancher noch was lernen. Mannomann!«

»Von dem?« Kai lacht trocken. »Ich bitte dich! Willst du mir etwa sagen, dass der mehr drauf hat als andere? Macht er es im Sturzflug vom Schrank?«

»Eben nicht. Er lässt sich alle Zeit der Welt.«

»Ich nicht? Ich habe noch nie Probleme mit vorzeitiger Ejakulation gehabt.«

»Habe ich das behauptet?«

Kai guckt beleidigt.

Mir bleibt nichts anderes übrig, als meine nächsten Worte mit Bedacht zu wählen und sie wie ein Pflaster auf Kais Wunde zu legen. Schmerzstillend. Lindernd. Heilend. Narbenbildung vorbeugend.

»Wir reden doch gar nicht von dir.«

»Nein, du machst dir nur Gedanken über die Sexualität anderer Männer.«

Pflaster, denke ich. Schnell.

Kai stößt einen Schwall Luft aus seiner Nase. »Ich wusste nicht, dass du darauf stehst, es im Lotussitz zu treiben.«

»Mit meinem Fuß?«

»Für gewöhnlich haben die Menschen keinen Sex mit den Füßen. Es sei denn, sie sind Fetischisten. War das vielleicht die Spezialität von diesem Koch?«

»Du machst dich lächerlich!«, schimpfe ich.

»Du hast verdammt viel Herrenbesuch in letzter Zeit. Aber an Sex mit dem Ehemann kein Interesse!«

»Mach nicht immer mich zum Buhmann!«, brause ich auf und frage lauernd: »Bei was genau hat Olina dir eigentlich mit ›Rat und Tat‹ zur Seite gestanden? Hat sie dir bei deiner Prag-Recherche geholfen? War sie das neulich bei Theo?«

»Sie hat mir wirklich einen sehr wertvollen Hinweis gegeben«, sagt Kai. »Sie hat ein großes Herz.«

Ich lache schrill, während ich mir ein Päckchen Zahnseide vom Nachttisch angele. »Und nur weil sie ein so großes Herz hat«, kläffe ich, während ich mit dem Faden so heftig zwischen meinen Schneidezähnen herumfuhrwerke, dass mein Zahnfleisch anfängt zu bluten, »hat ihr der liebe Gott auch die passenden Titten gegeben, damit es darin Platz hat, das große Herz, nicht wahr? Was stellt sie denn noch an mit ihrem großen Herzen? Spendet sie für eine Schule in Vietnam? Oder engagiert sie sich in der evangelischen Gemeinde?«

»Du bist bösartig. Und nein, ich will nicht mit ihr ins Bett.«

»Danke, dass du auf eine Frage geantwortet hast, die ich gar nicht zu stellen gewagt habe.«

Ich schleudere den Faden auf den Fußboden, stopfe mir

mein Kopfkissen in den Nacken, verschränke die Arme vor der Brust und zappele mit meinem rechten Fuß. Ich glaube Kai kein Wort.

»Es war mir nicht klar, dass du Kontakt zu ihr hast.«

»Ich habe sie jedes Mal getroffen, wenn ich dich in der Klinik besucht habe. Habe ich dir das nicht erzählt?«

»Nein. Hast du nicht!«

»Ich erzähle dir eben nicht alles«, schmunzelt er und klopft mit der flachen Hand besänftigend auf meine Bettdecke.

»*Das* war mir klar.« Ich schiebe seine Hand weg. »Warum lobt eigentlich niemand *meine* inneren Werte?«, fahre ich fort. »Meine Geduld. Meine …«

»Ja?«, sagt Kai. »Weiter!«

»… meine Salatsaucen! Habe ich jemals ein Dankeschön gehört?«

»Wofür? Könntest du bitte mit dieser Wibbelei aufhören!«

»Wofür? Für alles! Welchen Tipp hat sie dir gegeben?«

»Sie hat mir geraten, wie meine Frau kalte Füße bekommt.«

»Das sieht ihr ähnlich!«, sage ich und ziehe die Decke bis zum Kinn. »Schnepfe!«

Kai dreht sich auf die Seite und wendet mir den Rücken zu. »Von ihr kam der Tipp mit den Tiefkühlerbsen. Gute Nacht!«

Als ich mich beruhigt habe, streiche ich zärtlich mit meinem Zeigefinger an Kais Wirbelsäule entlang. »Das war albern von mir. Lass uns wieder vertragen!« Ich seufze. »Bist du müde?«

»Das wäre nicht so ungewöhnlich, wenn man im Bett liegt, oder?«, sagt Kai. Er lässt mich noch einen Moment lang zappeln, dann wirft er sich mit Schwung auf die andere Seite und haut dabei gegen meinen Fuß. Ich schreie auf.

Er blickt zerknirscht. »Verzeih! Tut's noch so weh?«

»Der Arzt in der Klinik hat gesagt, ich habe ihn überanstrengt. Er hat mir wieder Bettruhe verordnet.«

»Warum hast du mich angelogen?« Er dreht sich auf den Rücken, legt seine Arme wie ein Kissen unter den Nacken und starrt an die Decke. »Meine Schuld! Ich habe dich im Stich gelassen. Habe mich aus dem Staub gemacht, im wahrsten Sinne des Wortes, und mich nicht darum gekümmert, wie du klarkommst. Ich verfluchter Egoist!«

»Ich war unausstehlich! Was hättest du denn tun sollen? Hält doch keiner aus! Warum sollst du plötzlich deinen Charakter ändern, nur weil sie mich am Fuß operiert haben? Schwachsinn!«

Kai beugt sich wieder zu mir und gibt mir einen Kuss auf die Nasenspitze. »Ich bessere mich. Versprochen! Ich schmeiße in den nächsten Wochen den Haushalt. Und du? Du kümmerst dich nur um deine nächste Kolumne. Und um sonst nichts.«

Mich hat selten etwas so gerührt, was aus Kais Mund kam.

Aber ich darf nicht zulassen, dass das geschieht. Es wird genauso laufen wie nach meiner Entlassung aus dem Krankenhaus. Wir werden mit Karacho in die nächste Katastrophe schliddern. Nach einem vielversprechenden Beginn wird mein Mann sehr bald die Lust verlieren und mir in einem bequemen Sessel neben meinem Bett mit einem Glas Bordeaux in der Hand einen Vortrag über »Hygiene und Hysterie« halten. Ich habe akzeptiert, dass er niemals den Umgang mit dem Lappen lernen wird, allenfalls dilettierend.

Ich habe genug von Überraschungen dieser Art. Das Leben ist kein Flaschendrehen.

Ich will unsere Ehe nicht aufs Spiel setzen. Es ist nicht schwer, jemanden zu finden, neben dem man einschlafen kann. Aber es ist schwer, jemanden zu haben, neben dem man gerne aufwacht. Jeden Morgen. Immer wieder. Das tue ich. Und das soll auch so bleiben.

»Ich habe eine viel bessere Idee«, sage ich. Und dann erzähle ich meinem Mann, was mir Rebekka über die Haushaltshilfe gesagt hat.

»Aber ich wohne wieder hier«, beharrt Kai. »Ich gehe nicht zurück zu Theo.«

»Nur pro forma. Wir tun so, als ob. Ich stelle einen Eilantrag bei der Kasse, gucke mir ein paar Kandidaten an, die man mir schickt, und du lässt dich in der Zeit hier nicht blicken.«

»Du glaubst einfach nicht, dass ich das bisschen Haushalt schaffe! Das nennt man den subtilen Rassismus gesenkter Erwartungen.«

Kein Pflaster diesmal! Besser ein weiches Vlies, das sich sanft um die Wunde schmiegt. »Ich glaube dir alles, Schatz! Aber ich bin überzeugt, das ist die beste Idee, die ich jemals hatte. Vertraue mir! Sagen Ehefrauen ihren Männern nicht, was sie zu tun haben?«, necke ich ihn und schiebe meine Hand unter sein T-Shirt. »Läuft das nicht so?«

Die zwei Frauen, die mir die Kasse ein paar Tage später vorbeischickt, sind beide nicht mein Fall. Die eine riecht nach Achselschweiß und zählt mir als Erstes ihre Allergien auf *(Fisch, Nüsse, Penicillin, Katzenhaare, Äpfel, Karotten, Gras, Deo, Speck, Linsen, Kiwis, Kirschen, Ananas. »Wir es-*

sen täglich Apfel-Möhren-Rohkost mit Nüssen«, sage ich, »und zum Nachtisch Kiwi-Kirsch-Ananas-Salat, als Beauty-Redakteurin muss ich ständig Deos testen, und wir putzen unsere Schuhe mit Speck, irgendwo muss man ja sparen, wenn die Katze nur feinsten Fisch zu fressen kriegt.«), die andere bittet sich genügend Zeit aus, um bei uns weiterhin in Heimarbeit Kugelschreiber montieren zu können.

»Und wenn einen der Dreck mal zu sehr stört«, sagt sie, »gibt es immer noch eine Tür, die man von außen zumachen kann.«

»Das ist der falsche Ansatz«, sage ich. »Aber das mit der Tür, das stimmt.«

Als sich die dritte Kandidatin an diesem Morgen gegen elf Uhr vorstellt, habe ich keine großen Hoffnungen mehr, eine Perle zu finden, die man den Säuen vorwerfen kann.

Erst recht nicht, als ich die Tür öffne und ein Mann vor mir steht. Er ist attraktiv. Sehr sogar. Der Typ, bei dem man an warme Haut und kaltes Meerwasser denkt. An Treibholz und Whiskey. Der kein alkoholfreies Bier und keinen Latte macchiato mit Vanille trinkt und Sonnenmilch nur dann benutzt, wenn man ihm mit Liebesentzug bis zum Lebensende droht (was ihm vermutlich auch relativ egal wäre). Er sieht aus, als könne er gut küssen. Und als käme er niemals auf die Idee, im Winter lange Unterhosen mit Doppelsitz, Schrittverstärker und dauerelastischem Beinrand zu tragen oder im Sommer Socken in Sandalen.

Er trägt eine khakifarbene Baseballkappe, eine schwarze Jeans und einen schwarzen Kapuzenpulli mit dem Aufdruck einer amerikanischen Uni, und er ist komplett der falsche Mann für den Job. Das sehe ich sofort.

Er lässt mein Herz pochen, wie es gutaussehende Männer immer zu tun pflegen. Ich weiß nicht, wohin mit meinen

Händen. Ich bin froh, dass ich mir heute Morgen vor den Bewerbungsgesprächen besondere Mühe mit meinem Aussehen gegeben und zu Dingen gegriffen habe, die ich lange nicht mehr in der Hand hatte. Zu einem Glätteisen für meine Haare, die dazu neigen, sich zu kräuseln. Zu Lippenstift im Ton einer Zimtstange. Zu einer Schluppenbluse in der gleichen Farbe und einem Parfüm, das duftet, als würde ich in einem Garten aus Rosen und Narzissen spazieren gehen und als würde jemand noch einen Tupfer Moschus, Johannisbeere und Schokolade daraufsetzen.

Ich bin ganz Dame des Hauses, ein bisschen Diva, die Chefin, die Frau, die sagt, wo es langgeht.

Nur mein Lachen ist zu laut für meinen eleganten Auftritt.

»Ein Mann? Ich fasse es nicht!«

Ich brauche ihn gar nicht erst hereinzubitten, entscheide ich.

»Das muss ein Missverständnis sein. Ich suche eine Frau.«

»Ich bin nicht an Ihren sexuellen Präferenzen interessiert. Mir wurde nur gesagt, Sie suchen eine gute Kraft.«

»Genauso ist es. Ich suche eine weibliche Haushaltshilfe, die den Job hauptberuflich macht.«

»Haben Sie was gegen Männer als Putzfrauen?«

»Ich habe mit ihnen keine besonders guten Erfahrungen gemacht. Das ist alles. Mein Gatte hat auf dem Gebiet schon völlig versagt. Es ist nichts gegen Sie persönlich.« Ich schüttele energisch den Kopf. »Ich will einfach keinen fremden Kerl in der Wohnung haben.«

»Ich bin ein flexibler Charakter mit multifunktionalen Fähigkeiten.«

»Das klingt toll, aber damit sind Sie für den Job überqualifiziert. Bedauere!« Ich will die Tür schließen.

Er stemmt seine Hand dagegen.

»Ich habe schon einige Enttäuschungen in dieser Beziehung hinter mir«, sage ich. »Sie müssen das verstehen.«

»Das tut mir leid!«

»Ich will jetzt endlich das Richtige finden.«

»Wenn aber niemand mehr kommt?«

»Glauben Sie etwa, Sie sind der einzige Interessent?«

»Ich brauche das Geld. Sie sollten mir wenigstens eine Chance geben. Das ist nicht fair.« Er sieht mich flehentlich an. »Zeigen Sie mir, was ich zu tun hätte. Vielleicht sehe ich dann selbst, dass der Job nichts für mich ist.«

Unentschlossen stehe ich im Türrahmen.

»Vielleicht sind Sie ja eine dieser superpingeligen Hausfrauen. Dann mache ich sowieso ganz schnell die Biege.«

Das ist die Lösung! Sein Elan wird blitzschnell verfliegen. Mit einem Wisch ist alles weg!

Ich öffne die Tür. »Kommen Sie rein! Aber putzen Sie Ihre Schuhe ab!« Ich führe ihn ins Wohnzimmer. »Regelmäßig Staub wischen, den Fußboden erst saugen, dann feudeln. Den Schrubber dabei in Form einer Acht übers Parkett ziehen. Denken Sie einfach an eine Motorradtour über Alpenpässe! Damit müssten Sie als Mann doch etwas anfangen können. Den Glastisch mit ein paar Spritzern Essig oder Zitrone im Wischwasser säubern, damit er streifenfrei glänzt!« Ich lächele ihn an. »Haben Sie die Nase schon voll?«

»Bisher noch nicht!«

»Die Putzlappen müssen regelmäßig gewaschen werden; das Spültuch in der Küche mindestens alle drei Tage, wegen der Salmonellen.«

»Klar.«

»Da wir gerade bei der Wäsche sind: Bei 60 Grad denken Sie ab jetzt nicht mehr an Getriebemotoren, die diese

Steigung meistern, sondern an ein effektives Waschprogramm, mit dessen Hilfe Handtücher und Bettbezüge sauber werden, das aber aus Kaschmirpullovern Babylätzchen macht. Mein Mann kann ein Lied davon singen, in das ich nicht fröhlich einstimmen werde.«

Ich sehe ihn grimmig an, während er die Hände in die Hosentaschen schiebt.

»Die Wäsche«, fahre ich fort, »kommt sauber gefaltet und gebügelt in den Schrank, und Ihre schmutzige Wäsche waschen Sie gefälligst zu Hause. Damit meine ich: Nichts, was innerhalb dieser vier Wände geschieht, dringt nach draußen.«

»Ist schmutzige Wäsche ohnehin nicht eher das Gebiet der Frauen?«, sagt er.

Ich ziehe es vor zu schweigen und mache weiter: »Ins WC-Becken kippen Sie einmal pro Woche einen halben Becher Waschpulver und lassen es über Nacht einwirken. Das können Sie machen, bevor Sie Feierabend haben und wir schlafen gehen. Es riecht frisch und beseitigt Kalk- und Urinrückstände.«

Er schüttelt sich leicht. Jetzt habe ich ihn. Wusste ich's doch!

»Auch Backpulver und Cola wirken Wunder.«

»Moment mal!«, sagt er. »Sie geben Ihrem Sohn etwas zu trinken, das in der Lage ist, Kalkrückstände im Klo zu beseitigen?«

»Woher wissen Sie, dass ich einen Sohn habe?«

»Ich habe die Fotos im Wohnzimmer gesehen.«

»Es könnte auch mein Neffe sein, oder nicht?«

»Von seinem Neffen stellt man sich nicht so viele Bilder hin.«

»Und woher wollen Sie wissen, dass er Cola kriegt?«

»All die Flaschen in der Küche …«

»Vielleicht trinkt die mein Mann …?«

»Mir wurde gesagt, Sie leben im Augenblick allein.«

»Ja, das stimmt!«, sage ich hastig. Ich darf mich nicht verraten. »Wir sind getrennt.«

Ich blicke in seine Augen. So tief, dass ich mich an die Farbe für immer erinnern werde.

»Seit kurzem«, ergänze ich.

»Eine Frau wie Sie sollte man nicht allein lassen.«

»Sagen Sie ihm das mal! Vielleicht glaubt er es, wenn es von Ihnen kommt.« Ich bemühe mich, nicht rot zu werden. Aber ich spüre, ich werde es doch.

»Können wir jetzt bitte weitermachen?«, schnappe ich, da er mich verlegen macht. »Mein Mann ist ein antiquierter Stehpinkler. Das ist das Problem.«

Misstrauisch sieht er mich an. »Ich denke, er wohnt nicht mehr hier.«

»Er hat das leider seinem Sohn vererbt. Manche haben verdammt viel Pech mit ihren genetischen Programmierungen.« Ich hole kurz Luft. »Die gelben Flecken am unteren Rand der weißen Klobrille bekommt man am besten mit Seifenwasser und einem weichen Tuch weg.«

»Müssen wir das so detailliert besprechen? Meine Ekelschwelle ist relativ niedrig.«

»Ich verlange nun wirklich nicht, dass Sie mit einem Zahnarztspiegel vor der Toilette knien und unter dem Rand nach Schmutzstellen suchen«, brause ich auf, bevor ich abschließend sage: »Beim Putzen der Wanne bilden Sie sich einfach ein, dass die Armatur eine Figur auf der Kühlerhaube eines Lamborghini ist.« Triumphierend blicke ich ihn an. »Immer noch Interesse an dem Job?«

»Mit was müsste ich denn morgen anfangen?«, fragt er schüchtern.

»Wieso morgen? Heute! Mit Fensterputzen!« Ich lache. Mein Lachen hört sich tief und kehlig an.

Ich erkläre ihm, wo Eimer, Fensterleder und Gummiabzieher sind, dann setze ich mich auf das Sofa und beobachte, wie er mit dem Leder schlangenlinienförmig über das Glas fährt, von der Fensterecke links oben zur anderen Seite und wieder zurück, und danach mit dem Gummiabzieher das überschüssige Wasser von der Scheibe streift. Er macht das sehr gut. (*Was nicht viel heißen will. Alle Männer können in der Regel hervorragend Fenster putzen, da sie auf jahrelanges Training beim Wischen der Windschutzscheibe zurückblicken können.*)

»Warum wollen Sie als Haushaltshilfe arbeiten? Sie könnten doch auch andere Jobs haben.«

»Ich suche Familienanschluss. Seit der Trennung von meiner Frau ist da so eine Verlorenheit in mir. Ein Bedürfnis nach Nähe. Jeder Mensch möchte irgendwie aufgehoben sein, oder nicht?«

Ich stehe auf und lege ihm leicht meine Hand auf den Arm, der sich muskulös anfühlt. Ich recke meine Brüste vor und spüre seinen forschenden Blick, der meine Kleidung durchdringt. Mit moschusparfümierter Stimme sage ich, während ich ihm den Lederlappen abnehme: »Wir müssen aufpassen, dass er nicht so hart wird!« *(Ich schenke mir die weitere detaillierte Pflegeanleitung des Fensterleders, die da lauten würde: »Und dazu spülen wir ihn in warmem Salzwasser und wringen ihn kräftig aus!« Es würde nur den Gesamteindruck dieser prickelnden Situation stören und mich als gnadenlose Männerhasserin darstellen.)*

Mein Putzmann reibt sich die Hände an seiner Jeans

trocken und schaut mich gespannt an. »Habe ich den Job?«

»Wollen Sie ihn denn nach wie vor?«

»Absolut. Es ist eine gute, ehrliche Art, sein Geld zu verdienen.«

»Muten Sie sich da nicht zu viel zu? Wer mit Pfeil und Bogen in den Himmel schießen will, braucht einen starken Arm. Haben Sie den?«

»Sie können gerne noch mal fühlen.«

Ich räuspere mich. »Ich brauche von Ihnen trotzdem ein Bewerbungsschreiben, aussagekräftige Referenzen und einen tabellarischen Lebenslauf.«

»Jetzt hören Sie aber auf!«

»Und es gibt drei Bedingungen: 1.) Ich bin der Boss. 2.) Sie gehen bei mir in die Lehre. 3.) Wenn Sie die Probezeit nicht bestehen, werde ich Sie feuern!«

»Sie sind knallhart«, sagt er und blickt mich mit einer Mischung aus Bewunderung und Wut an.

Noch etwas lese ich in seinen Augen.

Ich bin schön. In diesem Augenblick bin ich schön.

»Was haben Sie eigentlich mit Ihrem Fuß gemacht?«

»Das wollen Sie doch gar nicht wissen«, hauche ich.

»Doch. Das. Will. Ich.« Er betont jedes Wort.

»Ein kleiner Unfall«, sage ich. Jetzt bloß nichts Falsches erzählen! Jetzt das Wort »Arthrose« wäre wie ein Alphorn an einem Himmel voller Geigen.

»Mir wurde von der Jobvermittlung gesagt, dass ich auch kleine krankenpflegerische Aufgaben übernehmen soll«, sagt er und zieht mich neben sich auf das Sofa. Er bückt sich, streift behutsam den scheußlichen Schuh von meinem operierten Fuß und fährt zart mit seiner Hand darüber. Über den Strumpf. Den Verband. Den Schmerz.

Von unten herauf sieht er mich an. »Gut so?«

Ich nicke mit geschlossenen Augen. »Wahnsinn.«

»Reicht das als Bewerbung?«

»Ich könnte unter diesen Umständen eventuell auf den ganzen schriftlichen Kram verzichten«, seufze ich.

Ich könnte noch mehr: Mich verlieren. Mich verlieben.

»Sie müssen mir sagen, wenn ich etwas falsch mache. Ich hatte zwar mal einen Erste-Hilfe-Kurs beim Roten Kreuz, aber eigentlich habe ich's nicht so mit körperlichen Beschwerden.«

»Du machst das genau richtig, Kai!«, flüstere ich, bevor seine kalte Zunge auf meine trifft und immer weicher und wärmer wird. Noch mal auf Anfang, sagen seine Augen mit dem Silberblick.

20.

Das Yum-Yum-Kondom

Später, viel später liegen wir auf dem Bett. Nackt und matt.

Ich habe mich auf etwas ganz Unmögliches eingelassen.

Auf meinen Mann.

Ohne Wenn und Aber und lange Diskussionen, weil mein Herz schon während seiner Fußmassage tiefer gerutscht ist und hinter dem Schambein pochte.

»Siehst du«, sage ich, wälze mich vorsichtig auf den Bauch und lasse meinen Finger um seinen Nabel kreisen. »Es juckt mich nicht, ob die Bettdecke beim Sex Staub aufwirbelt.«

Er lacht und gibt mir einen Klaps auf den Hintern.

Nicht die Bohne juckt mich das. Mich interessiert nur, was eben mit uns geschehen ist. Das Verlangen, das wie kleine Stromschläge durch unsere Körper gezuckt ist. Unsere Hände und Zungen, die wir losgeschickt haben. Auf Wanderschaft. Auf die Reise. Zum Siedepunkt. Zum Schmelzpunkt.

Es war wie … unverheiratet. Wie ein Date mit einem anderen Leben.

Ich bin glücklich, das Leben besteht aus Goldflocken und Sternenstaub, und als ich mich kurze Zeit später auf die Matratze knie und einen Blick in den ovalen Wandspiegel über unserem Bett werfe, kommt mir meine Haut zart vor wie die Ohrmuschel eines Babys, und Rosenschimmer liegt auf meinen Wangen. Ganz ohne Creme mit Tee und Tralala. Ich sehe gut aus, auch wenn ich mir die Schminke vom Gesicht geschwitzt habe, meine Wimperntusche verlaufen ist und mein Hals rote Flecken hat. Mein Herz rast noch immer, meine Beine zittern, die Mascara brennt in meinen Augen. Kai zieht mich zurück aufs Bett, fasst meinen Kopf mit beiden Händen und küsst mich. Sehr lange. Sehr zärtlich. So wie lange nicht mehr.

Seltsam, welche Wege sich das Glück sucht! Da tritt es durch die Wohnungstür und macht einem Alice-Cooper-Augen, pfeift auf Frühjahrsputz und sät Frühlingsgefühle. Kai war anders als sonst. Ich auch. Vielleicht wird man anders, wenn man sich einmal nicht schert um Rechtsschutz und Reiseapotheke und die Kalktropfen an der Duschkabine, sondern mittags im Bett liegt und scharf ist und daran glaubt, dass alles gut wird, und Curtis Mayfield hört. All Night Long. Summer Hot. Hey Baby. Oh So Beautiful. Ich möchte tanzen. Wie eine Verrückte. Durch unser Schlafzimmer. All Night Long. Winter Hot. Hey Baby. I am so beautiful.

Mein Mann hat mich zurückerobert. Mit Herz und Hirn. Wir haben unsere Liebe entbeint, haben das Alltagsgerippe, das das Ganze stützt, rausgenommen und saftiges Filet vorgefunden. Wir haben Glück gehabt. Es hätte auch zähes Fleisch sein können.

Kai wirft sich auf den Bauch. »Irgendwie bist du der Klebstoff, der mein Leben zusammenhält. Kratz mal!«

Ich gebe ihm einen Kuss. »Wo?« Ich grabe meine Nägel in seinen Rücken und schabe an seiner Wirbelsäule entlang.

»Links. Unter dem Schulterblatt. Nee. Doch eher rechts. Jetzt mehr in der Mitte. Weiter oben. Ah, da! Genau! Fester!

Au! Gut!« Kai rollt sich wieder auf den Rücken und stützt seinen Nacken mit seinem linken Unterarm ab.

Ich gucke auf meinen Fuß. Ein Teil des Verbandes hat sich gelöst. »Ich muss ihn neu wickeln«, sage ich. »Hilfst du mir?«

Er richtet sich auf und kniet nackt neben mir. Er rollt die Mullbinde ab. »Hat was von Geschenk auspacken«, flachst er.

»Du musst den Verband wie eine Aidsschleife um meinen großen Zeh schlingen. Das nennt man elastokompressive Zügelwicklung«, kichere ich, lehne mich entspannt zurück und lasse ihn machen.

Nachdem er meinen Fuß bandagiert hat, lässt er sich auf den Rücken fallen, beugt das rechte Bein, zieht es zum Brustkorb, jault auf und verzieht sein Gesicht vor Schmerzen.

»Warum gehst du nicht zu Holger?«

»Ich gehe nicht zum Arzt. Nicht in diesem Leben. Und auch nicht im nächsten.«

Ich fühle mich schläfrig. Sex mit dem eigenen Mann ist ein Segen. Hätte *ich* das jemals von jemand anderem verlangt? Hätte *er* sich von einer anderen Frau den Rücken kratzen lassen? Ich tue was für ihn. Er tut was für mich. Wir sind quitt. Man entscheidet sich für jemanden mit allen Konsequenzen. Gegen tausend andere Möglichkeiten. Und dann muss man da durch.

So läuft es nun mal in einer Ehe. Er fragt sich, wie er mein Leben besser machen kann. Ich frage mich, wie ich sein Leben besser machen kann. Und dann trifft man sich vielleicht in der Mitte. Anders geht's nicht. Und in der Zwischenzeit isst man was Gutes, quatscht Blödsinn, trinkt Wein und lacht.

Lachen ist immer ein prima Rezept.

Außerdem, denke ich, war der Verbandswechsel eben weniger peinlich, als sich vor dem Sex gegenseitig den Blutdruck zu messen und die ganze Sache abzublasen *(in dem Zusammenhang übrigens kein unpassendes Wort)*, wenn der obere Wert bei einem von beiden über 180 liegt.

Am Nachmittag fährt Kai ein letztes Mal zu Theo, um seine Reisetasche zu holen. Ich summe vor mich hin. Durch die Wolken zieht sich ein Riss, aus dem langsam die Sonne kommt. Ich warte auf Jonas, der beim Fußball ist. Und ich warte auf meinen Mann, der bald zurückkommen müsste. Ich hebe ein Tütchen auf, das wohl aus der Tasche von Kais Hose gefallen ist. Weiß mit grüner Schrift.

Ein Kondom.

Ich nehme es kurz in die Hand und werfe es angeekelt in den kleinen Abfalleimer im Bad.

Ich kann es nicht glauben.

Die Sonne ist plötzlich grell wie ein Schmerz. Dafür kühlt meine Körpertemperatur um gefühlte 25 Grad ab. Ich habe das Gefühl, dass mir jemand die Sauerstoffzufuhr abdreht. Meine Lippen sind spröde, mein Mund ist trocken. Ich muss mit jemandem reden. Ich will gerade Margaux anrufen, da kommt mir das Klingeln des Telefons zuvor.

Ich nehme ab.

Es ist Rebekka von Schlippenbach.

»Wie ist die Kolumne angekommen?«

»Gut. Aber ich werde meinem Chefredakteur die Wahrheit sagen. Dass Sie sie geschrieben haben.«

»Habe ich nicht. Wir waren das zusammen. Warum wollen Sie sich alles kaputtmachen?«

»Es ist sowieso egal. Mein Leben implodiert gerade. Da kommt es darauf auch nicht mehr an.«

»Was ist passiert?«

»Ich habe nur noch Wut auf diesen Mann, der einen Großteil der vergangenen 6752 Nächte auf der anderen Seite meines Bettes gelegen hat. Wo er nie wieder liegen wird. Das kann er schriftlich haben.«

»Sie rechnen wirklich gerne, wie?«

»Vor allem *rechne* ich gerne *ab*. Mit einem untreuen Ehemann.«

»Woher wollen Sie wissen, dass er Sie betrogen hat?«

»Ich habe ein Kondom gefunden. Braucht man noch andere Beweise?«

»Was für eins?«

»Ein pupsnormales. Meinen Sie, mein Mann benutzt welche mit Goldkante?«

»Es gibt durchaus eine Typologie der Kondom-Benutzer«, klärt sie mich auf.

»Die ich nicht wissen will.«

»Das ist typisch Mann«, sagt Rebekka. »Der Auerhahn ist während der Balz kaum empfänglich für Signale seiner Umgebung. Er ist sozusagen blind vor Liebe. Und wer blind ist, macht Fehler – und lässt Federn. Man muss sie nur finden. Die Fehler. Und die Federn. Sie haben sie gefunden.«

»Könnten Sie bitte mit Ihrem Zoo-Jargon aufhören!«, stöhne ich.

»Männer sind Beutetiere«, sagt sie, ohne auf meinen Einwand zu achten. »Und sie sind auch noch stolz darauf, wenn man Beweise dafür findet, dass unter dem Baum ein junges Rackerhuhn sitzt und auf den alten Hahn wartet, der herabflattert und es begattet.«

»Danke für die plastische Schilderung!«

»Lassen Sie ihn nicht mehr ran!«

»Keine Bange! Das Einzige, was er in meiner Gegenwart

noch vernaschen darf, ist ein Stück Marmorkuchen. Ich frage mich, wie er das geschafft hat: eine Affäre trotz kaputtem Knie.«

»Er hat ein kaputtes Knie? Freuen Sie sich doch! Wenn Männer in die Jahre kommen, steigen sie entweder auf in der Hierarchie oder ab in die Hilflosigkeit.« Rebekka von Schlippenbach stößt ein zufriedenes Glucksen aus. »Falls es Sie interessiert: Ich habe wieder einen Hund. Einen Labrador. Sollten Sie sich auch anschaffen! Die sind treu wie Gold.«

»Ich werde es mir überlegen. Danke für den Tipp! Auf Wiederhören!«

Ich habe eine Stinkwut auf Kai. Da versprüht er hier Funken, bis mein Herz zu glühen beginnt und ich mir ein Hufeisen daraus schmieden kann – und vorher betrügt er mich ganz dreist nach allen Regeln der Kunst.

Ich habe mir was vorgemacht.

Es war doch eigentlich wie immer.

Er war wie immer.

Ich auch.

Menschen häuten sich nicht wie Schlangen. Und Männer ändern sich nicht mehr, wenn sie erst mal aus dem Babybrei-Alter raus sind.

Was soll auch eine aufgewärmte Liebe? Das ist nichts weiter als frisches Wasser auf alten Kaffeesatz. Bekömmlich. Magenfreundlich. Aber im Grunde genommen dünne Plörre.

Ich nehme das Telefon und rufe meinen Chefredakteur an. »Ich habe einen Titel für die Männerduft-Kolumne: ›Ein Hauch von Hengst und eine große Prise Mist‹. Ich werde im

Text allerdings auch auf die leichteren Duftnoten eingehen, die am besten zu einem Wallach passen. Sanft und angepasst, weil kastriert. Schönen Tag noch!«

Dann wähle ich Kais Nummer. Ich warte nicht ab, bis er sich meldet, sondern brülle gleich los: »Geh lieber in Deckung, Kai Kohlmey! Und glaube ja nicht, dass du durch die Hintertür wieder reinkommen kannst, nur weil wir seit langer Zeit mal wieder guten Sex hatten!«

»Wie wär's mit der Vordertür?«, fragt eine amüsierte Stimme, die definitiv nicht die meines Mannes ist.

»Theo?«

»Ellen!«

»Ich will sofort meinen Mann sprechen!«

»Das geht nicht!«

»Warum nicht?«

»Der Arzt ist bei ihm.«

»Wie bitte? O Gott! Was ist passiert?«

»Seine Kniescheibe ist rausgesprungen.«

»Ich komme!«

Ich rufe meinen Sohn auf seinem Handy an und sage ihm, er soll nach der Schule mit zu seinem Freund gehen. Dann ziehe ich mich an, humpele an meinen Krücken aus der Wohnung, fahre mit dem Lift nach unten und warte auf mein Taxi. Es dauert eine knappe halbe Stunde, bis es vor einem unscheinbaren Haus direkt an der Straße hält. Theos Haus.

Das Gartentor hängt schief in den Angeln. Die Holztür knarrt. Der Windfang ist klein und vollgestopft mit Schuhen. Auf einem wuchtigen Sofa im Wohnzimmer liegt Kai. Ich weiß nicht, was zerfurchter ist: seine Stirn oder der schwarze Lederbezug von Theos Couch.

Am Esstisch sitzt Theo in seiner Anstreicherkluft und tunkt einen Berliner in eine Pfütze von ausgelaufenem Himbeergelee auf dem Teller. Neben dem Sofa steht Holger, unser Freund und Orthopäde.

Kai winkt mir mit matter Hand zu und spricht mit zittriger Stimme: »Hallo, Schatz!«

Holger nimmt mich zur Begrüßung in den Arm und sagt: »Die Kniescheibe ist wieder drin. Ich fahre ihn ins Krankenhaus. Er muss in die Röhre! Da ist noch was anderes.«

»Ich fahre mit«, sage ich.

Ich sitze im Wartezimmer der radiologischen Abteilung und blättere in einer abgegriffenen Illustrierten, als Holger zu mir kommt. »Dein Mann hat einen Meniskusriss am Innenknie.«

»Muss er operiert werden?«

»Ich würde ihm dringend dazu raten.«

»Was passiert, wenn er es nicht machen lässt?«

Holger kräuselt die hohe Stirn zu Sorgenfalten. »Kriegt er vielleicht eine Arthrose im Knie.«

»Arthrose? Tatsächlich?«

Er nickt. »Warum grinst du so?«

»Das ist ein Reflex bei mir, dass ich ausgerechnet dann anfange zu grinsen, wenn es besonders tragisch ist.«

»Ich empfehle ihm dieses Krankenhaus hier«, sagt Holger. »Das ist für Kniegeschichten das beste. Da arbeiten leider nicht so hübsche Mädchen wie in der Klinik, in der du warst …«

»Kai kommt es nur auf die optimale medizinische Versorgung an«, sage ich.

»Er sollte es schnell machen lassen.« Er hält mir die Krücken hin, während ich aufstehe. »Solange dein Mann noch mit dem Anästhesisten redet, stelle ich dich der Stationsschwester vor, die für Kai zuständig sein wird, wo wir schon mal hier sind.«

Die Stationsschwester heißt Marie-Christine Huber. Sie trägt unauffällige Kniestrumpfoptik, teewurstfarben, einen gestärkten Kittel, weiße Gesundheitslatschen. Sie ist aus dem Alter raus, in dem ihr bei männlichen Patienten vermutlich noch etwas anderes am Herzen liegt als deren Unterschenkel, die hoch gelagert etwa auf ihrer Brusthöhe sein dürften. Ich bin sehr beruhigt.

Als Kai und ich am späten Nachmittag nach Hause kommen, ist Jonas schon da. Ich würde gerne mit meinem Mann über das Kondom reden, das ich gefunden habe. Doch ehe ich dazu komme, liegt Kai auf dem Bett und ist eingeschlafen. Seine Lippen sind leicht geöffnet. Nach einigen zarten Pfeiftönen, die aus seinem Mund dringen, beginnt er zu schnarchen. Es dämmert. Im fahlen Licht des Sichelmondes betrachte ich sein Gesicht.

Jonas tritt zu mir. Seine Hand wühlt in einer kleinen Tüte und zieht trockene Nudeln heraus, die er sich in den Mund stopft. Mein Blick fällt auf ein quadratisches Tütchen auf dem Boden. Weiß mit grüner Schrift. Warum liegen diese Dinger hier überall rum? Ich bücke mich, hebe es auf und drehe es zwischen meinen Fingern.

»Wo hast du das her?«

»Yum Yum«, sagt Jonas und schleckt sich über die Lippen. »Leckerschmecker.«

»An so was darfst du in deinem Alter noch nicht mal denken.«

Jonas reißt mir das Tütchen aus der Hand. Ich will es ihm wegnehmen, aber er ist schneller. Er beißt einen Zipfel der Plastikverpackung ab, quetscht eine weißliche Paste heraus und schmiert sie auf seine trockenen Nudeln.

»Igitt!«, sage ich und schüttele mich. »Was ist das?«

»Knoblauchöl zum Würzen der Thai-Nudeln.«

»Pfui Deibel!«

»Das essen nur die Coolsten«, sagt er.

»Und die dürfen ihrer Mami abends keinen Gute-Nacht-Kuss geben«, sage ich und fange an zu lachen, bis ich nach Luft schnappe und mein Gesicht ganz aufgeweicht ist.

Kai stößt noch ein paar gurgelnde Töne aus, die klingen, als würde eine Horde Jungs auf einem Kindergeburtstag die letzten Limopfützen mit Strohhalmen aus ihren Gläsern saugen, dann pustet und prustet er ein paarmal – und ist wach.

»Was ist denn hier los?«, brummt er. »Kann man einen kranken Mann nicht mal schlafen lassen?« Er schaut Jonas mit Leidensmiene an. »Hol deinem Vater bitte einen Becher Milch!«

Ich lasse mich auf seiner Bettkante nieder. »Du bist nicht krank. Das Ganze ist ein Klacks. Kurz nach der OP machen manche schon wieder Sport.«

Kai stößt mir seinen warmen Atem wie einen Windstoß ins Gesicht. »Wenn du dich da mal nicht irrst.«

Ich schiebe meine Hand unter sein schwarzes Kapuzen-Sweatshirt und kraule seinen Oberkörper.

»Was machst du da?«

»Was glaubst du?«, schnurre ich. »Ich zähle nicht deine Brusthaare, sondern versuche, dich zu streicheln.«

»Das sollten wir mal lieber lassen, bis ich wieder auf den Beinen bin.«

»Wie du meinst«, sage ich kühl.

Jonas kommt mit der Milch.

»Wir könnten Theo bitten, uns einen Eimer Kartoffelsalat aus der Metro mitzubringen«, sage ich. »Das ist das Beste bei zwei frisch Operierten im Haus.«

»Schon mal was davon gehört, dass ein Kranker Vitamine braucht?«

Ich erhebe mich und beobachte Kai, wie er das kalte Getränk hinunterstürzt. Ich halte mich an meinen Krücken fest. Und ehe ich weiß, wie mir geschieht, stülpt mir mein Mann den Henkel seines leeren Bechers über meinen abgespreizten kleinen Finger, wo er vergnügt vor sich hinpendelt. »Falls du in die Küche gehst«, sagt Kai.

Es ist alles wie immer.

Fast alles.

Ich habe mir vorgenommen, ab jetzt einiges am besten unter den Teppich zu kehren. Nicht nur den Dreck. Was bleibt einem übrig, solange es Männer gibt, die der liebe Gott zu den Frauen geschickt hat, damit sie an den Herausforderungen wachsen und lernen, sich in Geduld zu üben?

P. S.: Falls Sie meine aktuelle Kolumne zu diesem Thema interessiert: Sie steht vorne im Buch. Sie ist ganz ohne Rebekkas Zutun entstanden, aber unter dem Einfluss positiven Chis, was mit den roten Fischen zu tun hat, die uns Hanuman samt Aquarium geschenkt hat. Er ist jetzt übrigens mit Tabeas Mutter zusammen.

P. P. S.: Ich übe gerade das Piksen einer Nähnadel in eine Tomate, damit ich Kai seine Anti-Thrombosespritzen geben kann. Das wird ein Spaß!

Anette Göttlicher

Die Melonenschmugglerin

Roman

ISBN 978-3-548-26685-5
www.ullstein-buchverlage.de

Mitte 30 und endlich vom Traummann schwanger ... da muss man doch einfach glücklich sein! Nicht so Charlotte: Denn mit dem Bauch wächst auch das Chaos in ihrem Leben und vor allem in ihrem Herzen. Ist Frank wirklich der Richtige? Oder ist ihr bester Freund Tom eigentlich nicht schon lange die Liebe ihres Lebens? Sind vielleicht allein die Hormone schuld an dieser Verwirrung? Und so steht Charlotte auf einmal – in einer Lebensphase, in der doch alles klar sein sollte – mit einem Baby im Bauch zwischen zwei Männern.

»Göttlicher erzählt frech-poppig über das Durchwurschteln zwischen zwei Männern. Entspannung pur!« *Bild.de* über *Paul darf das!*

ullstein

UB512

Matthias Sachau

Schief gewickelt

Roman

ISBN 978-3-548-26984-9
www.ullstein-buchverlage.de

Markus ist hauptberuflich Vater. Während er seinem Sohn die Windeln wechselt, macht seine Freundin Karriere. Aber auch das Leben als »Superpapa« hat es in sich, denn der kleine Sonnenschein lässt keine Gelegenheit aus, Markus' Puls auf 180 zu jagen.

Schonungslos ehrlich und extrem lustig: Wer Kinder kriegt, ohne vorher dieses Buch gelesen zu haben, ist selber schuld!

»Saumäßig komisch!« *Jürgen von der Lippe*